HUMMELDUMM

Tommy Jaud

Hummeldumm

Das Roman, ne

Scherz

www.fischerverlage.de

Dreizehnte Auflage 2010
Erschienen bei Scherz,
einem Verlag der S. Fischer Verlag GmbH, Frankfurt am Main
© S. Fischer Verlag GmbH, Frankfurt am Main 2010
Gesamtherstellung: CPI – Ebner & Spiegel, Ulm
Printed in Germany

ISBN 978-3-502-11037-8

Für Carlos (†)

»Wir sind alle überfordert.
Wir brauchen mehr Nachsicht miteinander.«
Henno Martin, Deutscher Geologe und Schriftsteller, 1942

»Reimen tuat ka Bahee und ka Huber,
des macht nur euer Pepi Gruber!«
Pepi Gruber, Tourist, 2009

»Ich war mir sicher: Hinter der nächsten Düne kotzten
Springbock, Oryx und Gnu ihre Verzweiflung in den
roten Sand der Kalahari.«
Matze Klein, Tourist, 2009

1

Sitzreihe 12 war die letzte, die zwischen Tortellini und Hühnchen wählen durfte. Ich saß in Reihe 13. Schon auf dem Hinflug hätte ich also ahnen können, dass der Jahresurlaub zum Albtraum wird. Einen Scheiß ahnte ich. Im Gegenteil: Ich war so happy, dass es endlich in den Urlaub ging, dass ich sogar Sekt bestellte für meine Freundin und mich und harmonietrunkenen Unsinn faselte wie »Auf einen tollen Urlaub!«.

»Und auf die neue Wohnung!«, ergänzte Sina strahlend, und dann knirschten unsere Plastikbecher aneinander, was irgendwie erbärmlich klang, und doch waren wir glücklich in diesem Augenblick und ich sogar ein bisschen stolz: In letzter Minute war es mir nämlich gelungen, eine süße kleine Eigentumswohnung zu reservieren, die nahezu perfekt zu uns und unserem Leben passte und Sina so verzückt hatte, dass sie im Kopf seit Tagen Möbel schob, Farben aussuchte und Vorhänge.

Es ging mir so gut auf dem Hinflug, dass ich die Tritte des zappeligen Kleinkinds ebenso ertrug wie die einhundertsiebzigste Wiederholung von *Mr Bean am Strand*. Ja, nicht mal der grauhaarige Schnösel in seinem lächerlichen La-Martina-Düsseldorf-Polohemd ärgerte mich, als er mit süffisantem Grinsen und Champagnerglas in der Hand durch den Business-Class-Vorhang linste und sich prächtig darüber zu amüsieren schien, wie eng Air Namibia seine weniger betuchten Passagiere gesteckt hatte.

Ein aufgebrezelter Frauenkopf, ebenfalls mit Champagnerglas, kam durch den Vorhang. Er gehörte einer zierlichen Mittdreißigerin mit riesigem Mund, die ich von irgendwoher zu kennen glaubte. So erschrocken war sie vom Elend in der Economy, dass ihre Gesichtszüge erstarrten wie in einem Stummfilm. Fehlte nur das Klavier und der Untertitel: ›Ach du lieber Himmel!‹ Der Vorhang fiel ohne Applaus.

Sina hatte die beiden ohnehin nicht gesehen, sie war viel zu sehr damit beschäftigt, Eselsohren in ihren Ikea-Katalog zu knicken. Es mussten mindestens 100 Eselsohren sein mittlerweile, und ich fragte mich, ob sich die für unsere Wohnung in Frage kommenden Möbel nun auf den Seiten mit oder ohne Knick befanden.

Der Reiseprospekt in der Sitztasche vor mir hatte nur ein einziges Eselsohr, und das war gleich auf der ersten Seite, weiter hatte ich es nicht geschafft. Es gab ehrlich gesagt auch keinen Grund für mich weiterzulesen, denn die erste Seite war wirklich toll! Goldgelbe Köcherbäume wurden dort beschrieben, die sich gestochen scharf vom sattblauen Abendhimmel Namibias abheben, elegante Springböcke, die vom Straßenrand scheu in den Bus blinzeln. Von abenteuerlichen Pirschfahrten durch den Etosha Nationalpark war die Rede, auf denen man Elefanten, Zebras und mit etwas Glück sogar Leoparden und Löwen digital schießen konnte, um sie später im Büro stolz als Desktop-Hintergrund zu verwenden.

Nun, auf dem Hinflug wusste ich ja noch nicht, was alles passieren würde, und genau dieser Umstand erlaubte es uns, glücklich zu sein. Das ist wahrscheinlich der Trick des Glücks, dass es uns nie verrät, was noch kommt: Es hält uns auf Seite 1 des Reiseprospekts. Blättern wir um, haben wir verloren.

Rückblickend frage ich mich natürlich, wer an allem schuld war. Der Veranstalter? Nicht wirklich. Namibia? Schon gar nicht. Dieses stolze Land tut mir sogar leid, war es doch ungefragt Bühne für ein überaus jämmerliches Drama. Der Titel: »Menschliches Versagen«. Die Hauptdarsteller: neun Idioten in alberner Wanderkleidung.

Ich will es kurz machen: Schuld an allem war natürlich meine Freundin. Sie wollte schon immer nach Namibia. Sie fand, dass eine geführte Gruppenreise das Entspannendste für uns wäre. Ja …, es kann sein, dass ich in irgendeinem Telefonat zu ihr gesagt habe, sie solle einfach »irgendwas« buchen. Aber musste dieses »irgendwas« ausgerechnet eine zweiwöchige Gruppenreise durch ein Land sein, in dem jede hüftkranke Schildkröte schneller ist als das Internet?

Ich schreibe diese Zeilen auf dem Rückflug von Windhoek nach Frankfurt. Wenn ich wieder zu Kräften gekommen bin, werde ich versuchen, mich an alles zu erinnern. Aber jetzt muss ich schlafen. Vielleicht noch eine Kleinigkeit: Es waren die schlimmsten zwei Wochen meines Lebens.

2

Die Einwanderungsprozedur der namibischen Behörden war weit weniger paranoid als die der USA: Sina und ich mussten lediglich unsere Namen auf ein Formular schreiben, was wir in Namibia so vorhatten und wie lange wir bleiben wollten, das war's. Es gab keine Fingerabdrücke und keine Nachfragen, ob wir nicht vielleicht doch zufällig Mitglieder einer terroristischen Vereinigung waren oder irgendwie am Holocaust beteiligt.

Als wir mit unseren frisch gestempelten Visa auf das Kofferband zusteuerten, strahlte Sina wie ein Eichhörnchen: »Hey! Wir sind in Afrika!« Und auch ich lächelte. Immer mehr Touristen fluteten die Halle, die meisten trugen Freizeit- oder Wanderkleidung, fast alle waren alt. Vorsichtig räusperte ich mich.

»Sina?«

»Ja?«

»Gab's denn irgendeine Info, wer noch so in unserer Gruppe ist?«

Sina machte ein recht unschuldiges Gesicht. »Die haben nur die Namen geschickt, sonst nix.«

Ich nickte, und dann rumpelte auch schon das Kofferband los, und die ersten Taschen und Rucksäcke tauchten auf. So richtig zufriedenstellend fand ich Sinas Antwort ja noch nicht. »Hast du nicht noch den ein oder anderen Namen im Kopf von dieser Liste?«, fragte ich vorsichtig.

»Kevin Schnabel!«, antwortete Sina wie aus der Pistole geschossen.

»Kevin Schnabel?«, fragte ich amüsiert. »Kein Mensch heißt Kevin Schnabel.«

»Na, Kevin Schnabel schon. Ach ja, und … ein Herr Seppelpeter, Vornamen hab ich vergessen.«

»Seppelpeter? Das klingt ja jetzt superalt!«

»Findest du?«, zweifelte meine Freundin, »ich finde, Seppelpeter is ein ganz normaler Name. Das kann auch ein Webdesigner sein, ein Beachvolleyballer oder DJ!«

»Ein DJ? MC Seppelpeter, oder was?«, schmunzelte ich.

»In zehn Minuten wissen wir's.«

»Stimmt. Und vielleicht bringt MC Seppelpeter ja ein paar freshe Tracks mit für den Bus.«

»Ja, ja …«, sagte Sina, dann rüttelte das Gepäckband auch schon meinen rosa Wanderrucksack durch die schwarzen Gummilamellen.

»Du, Matze, ich glaub, ich hab deinen Rucksack entdeckt!«, rief Sina.

»Jeder hat ihn entdeckt«, antwortete ich leise und blickte verschämt auf die umstehenden Wartenden.

Sofort zog Sina die Stirn kraus. »Matze, bitte! Wie oft noch? Ich hab auf ›schwarz‹ geklickt bei der Bestellung!«

»Ich hab ja gar nix gesagt.«

»Aber entsprechend geguckt. Wanderrucksäcke haben nun mal komische Farben!«

»Rosa ist aber keine komische Farbe. Rosa ist entweder Mädchen oder schwul.«

»Ich nehm ihn auch gerne runter, wenn's dir peinlich ist.«

»Danke, geht schon«, sagte ich und versuchte, meinen Rucksack so unauffällig wie möglich vom Band zu hieven.

Die Ankunft gestaltete sich weiterhin farbenfroh, denn der Tourguide, der uns gleich hinter der elektrischen Schiebetür mit einem breiten Lächeln begrüßte, war unerwartet stark pigmentiert. Er trug eine kurze Hose mit dicken Wanderschuhen und ein dunkelgrünes, spack sitzendes Freizeithemd. In der Hand hielt er ein Pappschild, auf dem der offizielle Titel unserer Reise stand: *Zwischen Sand und Seidenkissen.* »Willkommen in Namibia! Ich bin euer Guide, der Bahee, ne.«

Schon jetzt war offensichtlich: Bahees Deutsch war ebenso breit wie sein Lächeln. Sina reichte ihm freundlich die Hand und wiederholte unsicher seinen Namen.

»Baheene?«

»Nee, nur Bahee, ne. Die ›ne‹ sag ich immer nur so, der is so eine Sprachdings von mir da immer, ne!«

»Oh … Entschuldigung! Ich bin die Sina.«

»Matze!«, stellte ich mich ebenfalls lächelnd vor. Bahee nickte freudig und strich unsere Namen auf einer Liste durch. »Ihr seid die Erste, ne. Am beste ihr latscht gleich mal hinter, um euch a bikkie Geld mal hier zu wechseln, der wird nämlich gleich ganz voll, der Halle, und da konnt ihr die Zeit schon mal nutzen, um euch einen Kaffee mal zu nehmen oder so. Rucksack konnt ihr hierlasse, die pinke da von Paris Hilton auch, ne, hehe.«

Glucksend vor Spaß, zog Bahee unsere beiden Rucksäcke an die Absperrung und Sina mich in Richtung des kleinen Bankschalters am Ende der Halle.

»Ähm, Sina, hast du vielleicht bei ›Guide‹ auf ›schwarz‹ geklickt statt beim Rucksack?«

»Nein, aber ich hab bei ›Freund‹ auf ›nett‹ geklickt.«

Sina und ich wechselten jeweils 250 Euro in namibische Dollar und setzten uns auf zwei Metallhocker eines Flughafenbistros. Von dort hatten wir die Schiebetür der Ankunftshalle gut im Blick. Ich schaltete mein Handy ein und bekam auch prompt eine englische Begrüßungsnachricht von einem Provider namens MTC. Besser noch: Das Wireless LAN des Cafés war unverschlüsselt, und ich hatte vollen Empfang. Stolz zeigte ich es Sina.

»Schau mal, ich bin im Netz! W-LAN auch!«

Wie von einem Menschen mit zwei X-Chromosomen nicht anders zu erwarten, hielt sich Sinas Begeisterung in Grenzen. Ich klickte auf die Wetterapplikation, und innerhalb weniger Sekunden strahlten unter ›Windhoek, Namibia‹ ein Sonnensymbol und ›13 Grad‹ auf dem Display. Damit wagte ich einen neuen Versuch.

»Dreizehn Grad nur, schau!«

»Ich weiß.«

»Woher?«

Ungerührt deutete Sina auf eine Temperaturanzeige vor dem Flughafen. Dort blinkte ›13 Grad‹ im Wechsel mit der Uhrzeit.

»Hast du nicht eigentlich versprochen, das Ding mal auszulassen im Urlaub?«, fragte sie mit einem Ursula-von-der-Leyen-Kindergartentonfall, »du sitzt doch sonst schon die ganze Zeit vorm Rechner.«

Verkniffen starrte ich auf mein Handy.

»Das gibt's ja nicht: dreißig Prozent Rabatt auf alles bei Habitat!«

»Zeig!«

Pfeilschnell schoss Sinas Hand zu meinem Telefon, doch darauf war natürlich immer noch das Windhoeker Wetter. Ich beömmelte mich vor Lachen.

»Du bist echt blöd, Matze Klein!«

Immer noch giggelnd, steckte ich das Handy in die Hosentasche. Eine adrette schwarze Bedienung mit vorlauter Frisur dackelte herbei, und wir bestellten zwei große Milchkaffees. Neugierig blickte ich zu unserem Guide Bahee, neben dem inzwischen ein muskulöser Weißer in einem blauen Poloshirt stand. Auf dem rasierten Schädel klemmte eine riesige Sonnenbrille, die ihn wie einen italienischen Profikicker wirken ließ.

»Gehört der schon zu uns?«, fragte ich fast ein wenig ängstlich.

»Ich hätte nichts dagegen«, schmunzelte Sina.

»War ja klar!«

Fast im Sekundentakt spuckte die Schiebetür nun neue Wanderfreunde ins Land, und so war es nur eine Frage der Zeit, bis auch unsere Reisegefährten auftauchen würden. Ich wurde ein wenig nervös. Die meisten Leute, die durch die Tür stolperten, erinnerten mich an das Personal von Senioren-Kaffeefahrten in der Eifel: dickbäuchige Männer mit dürren Stachelbeerbeinen und energische Frauen mit bunten Westen und komischen Hüten. Ich schickte Stoßgebete zum Himmel, auf dass der liebe Gott diese unförmigen Subjekte weiterlaufen ließ. Gerne konnte er sie auch in eine tiefe Schlucht schubsen, sollte er Gefallen an so etwas finden.

Ich kann dem lieben Gott keinen Vorwurf machen, denn er ließ ziemlich viele Kaffeefahrt-Senioren an Bahee vorbeilaufen. Und doch wusste ich ja, dass wohl oder übel irgendwann sieben Touristen an ihm klebenbleiben würden, mit denen wir dann die nächsten zwei Wochen verbringen würden.

Ein kompakter, wirklich sehr alter Rentner mit rot-weißem Wanderhemd und Videokamera vor dem Auge schnaufte durch die Tür wie eine Dampflok. Ungebremst krachte er in das nur hüfthohe Geländer, verlor das Gleichgewicht und klatschte mit einem lauten »Naaaaaaa!« auf den Steinboden der anderen Seite, wo er regungslos verharrte wie ein Marienkäfer nach einem Stromschlag. Wir hielten die Luft an vor Schreck und beobachteten, wie Bahee und der Typ mit dem blauen Polo dem alten Mann aufhalfen, woraufhin sich dieser schüttelte wie ein Hund nach einem Wannenbad und den Zustand seiner Kamera kontrollierte.

»Mein Gott, was wollte der denn filmen?«, fragte Sina entsetzt.

»Seinen Tod, nehme ich mal an.«

»Wir werden auch mal alt!«

»Nein, Sina, sooo alt werden wir nicht!«

Dass dem alten Mann nichts passiert war, freute uns freilich. Dass er seinen Rucksack bei Bahee ablegte, weniger.

»Och nee …«, stöhnte ich, »das gibt's doch nicht! Warum geht der nicht weiter?«

»Bleiben ja noch fünf«, tröstete mich Sina, aber allzu begeistert wirkte sie auch nicht.

Der Milchkaffee kam, mit ihm keimte stille Hoffnung auf.

»Da!«, rief ich und deutete auf Bahee. Ein überaus sympathisches Pärchen in unserem Alter stand nun bei unseren Rucksäcken, sie scherzten mit Bahee und umarmten sich sogar kurz.

»Da siehste mal!«, lächelte Sina.

Als das Pärchen nach kurzem Plausch zum Schalter einer Autovermietung weiterzog, schmolz unser Lächeln dahin.

»Schade«, seufzte ich, »die sahen echt nett aus.«

Dafür taumelte nun eine füllige Endvierzigerin mit riesigem Rucksack auf Bahee zu. Ihr Gesicht war so unfassbar weiß, als habe sie es eben auf dem Klo noch schnell aus frischem Quark geformt. Es kam umso mehr zur Geltung, als darüber eine erdbeerblonde Igelfrisur abstand.

»Meine Güte«, stöhnte ich, »die sieht aus wie Beaker aus der *Muppet Show*!«

»Welcher Beaker?«

»Mimimimi!«

»Ach der! Unsinn!«

Die offenbar elastische Wanderhose fast bis zu den Brüsten gezogen, trug der Erdbeerigel ebenfalls ein Pappschild mit der Aufschrift *Zwischen Sand und Seidenkissen*, über das Bahee sich halb totlachte. Ich lachte nicht. Stattdessen fragte ich Sina, was sie so grundsätzlich von Mallorca hielt. »Zwei Tage Palma, den Rest Finca, bisschen lesen am Pool, abends Tapas und Rioja …«

»Jetzt lass uns doch erst mal auf die anderen vier warten!«, erwiderte sie ein klein wenig genervt.

»Auf die anderen ZWEI!«, krächzte eine Männerstimme am Tisch direkt hinter uns. Blitzartig drehte ich mich um und sah, dass die Stimme zu einem schmierigen Kerl in einem La-Martina-Düsseldorf-Polohemd gehörte. Außerdem trug er eine enge Jeans mit kupferner Gürtelschnalle und schwarze Westernstiefel. Der Mann war eine grandiose Mischung aus verzweifeltem Trucker und alterndem Schlagersänger, ich schätzte ihn auf Mitte 50. Neben ihm stand seine herausgeputzte brünette Trulla in schwarzer Lederhose und grinste wie ein Floh auf Speed.

»Wir haben am Gepäckband gesehen, dass ihr die gleichen Aufkleber habt wie wir. ›Zwischen Sand und Seidenkissen‹, stimmt's?«, schnatterte sie aufgeregt, und von einer Sekunde auf die andere wusste ich auch, woher ich sie kannte. Klar! Das da vor mir war ganz eindeutig Brenda Schiller, die mit Abstand nervigste Wetterfrau bei N 24! Wie ein aufgescheuchtes Huhn flatterte sie Morgen für Morgen an Wolken- und Sonnensymbolen vorbei und bewarf unschuldige Zuschauer in viel zu guter Laune mit Sätzen wie ›Aus fetten Regenwolken quetscht sich am Abend eine Menge nasses Wasser!‹.

Jetzt sagte sie noch was viel Schlimmeres, nämlich: »Kommt doch zu uns!«

Ich schüttelte mich und schloss die Augen, doch Brenda Schiller blieb.

»Gerne!«, sagte Sina, und dann nahmen wir unseren Milchkaffee und schlichen zum Tisch der beiden, wo wir uns mit gefrästem Lächeln brav die Hände reichten.

»Matze.«

»Sina!«

»Max Breitling, aber für euch bin ich der Max«, hustete der Angeber mit der gegelten Grauhaarfrisur und drückte seine Zigarette aus. »Vorschlag: Wir lassen die Scheiße mit dem ›Sie‹ gleich.«

»Klar«, sagte ich und versuchte so zu klingen, als ob ich es ansatzweise meinte.

»Gläschen Schampus vielleicht, die beiden Mitreisenden?«

»Warum nicht!«, antwortete Sina und kommentierte meinen vorwurfsvollen Blick mit einem homöopathischen Schulterzucken.

Innerhalb kürzester Zeit hatten wir dann auch zwei Gläser Champagner in der Hand, und Breitling setzte gönnerhaft zu einem Toast an.

»So, ich würde mal sagen: Hoch die Tassen auf unsere Luxusreise durch Deutsch-Südwest und auf unsere attraktive Begleitung natürlich!«

Reihum klangen die Gläser, wobei Breitling alle Namen wiederholte: »Sina! Matze! Maus!« Und noch während ich rätselte, ob Deutsch-Südwest tatsächlich noch die korrekte Bezeichnung für Namibia war, bekam ich schon eine Marlboro-Schachtel unter die Nase gehalten.

»So. Und jetzt rauchen wir erst mal eine!«

Ich hob abwehrend die Hand.

»Vielen Dank, aber ich rauch nich.«

»Komm. Is Urlaub!«

Ich antwortete, dass ich auch im Urlaub nicht rauchte.

»Und deine Maus?«

»Raucht auch nicht«, sagte Sina. Kopfschüttelnd reichte Breitling eine Zigarette an seine eigene Maus, nahm sich selbst auch eine und steckte beide an.

»Hab auch mal ein Jahr nicht geraucht«, schnarrte er und zog so heftig an der Zigarette, dass ich fürchtete, sie würde gleich komplett in Flammen aufgehen, »das war vielleicht ne Scheiße!«

Na dann. Breitling nahm einen weiteren, tiefen Zug, dann verteilte er den restlichen Champagner aus der Flasche auf unsere Gläser.

»Wisst ihr was? Meine Maus und ich, wir hatten eben noch ein bisschen Angst, dass hier nur Bekloppte mitfahren, aber ihr seid echt okay! Prostata!«

Und wieder mussten wir die Gläser heben.

»Auf unseren Urlaub!«, lachte Brenda, und wie beim Wetterbericht auch lachte sie an völlig unpassenden Stellen. Ratlos drehte ich mich zu Sina, die mich ebenso anblickte. ›Auf unseren Urlaub!‹, hatte der Wetterfloh gesagt. Unseren! Sina und ich, wir machten Urlaub mit einem Düsseldorfer Schampusschnösel und der dümmsten Wetterfrau Deutschlands! Davon stand nichts im Prospekt, zumindest nicht auf Seite 1. Ich ließ meine Augen zur Tafel mit den Abflugzeiten flüchten. Um genau 20 Uhr am gleichen Abend würde die nächste Maschine zurück nach Frankfurt gehen.

»Schaut mal, der Schwatte winkt uns!«, unterbrach Breitling meine kleine Phantasie.

Oha. »Du meinst unseren schwarzen Guide Bahee?«, fragte ich ein wenig verschnupft und hatte sogleich Breitlings nach Rauch riechende Hand auf meiner Schulter.

»Warst du schon mal in Afrika?«, fragte er grinsend.

»Nee. Wieso?«, fragte ich eingeschüchtert zurück.

»Dann kennst du auch nicht den Unterschied zwischen einem Touristen und einem Rassisten, oder?«

»Nein. Kenn ich nicht. Was ist der Unterschied?«

»Zwei Wochen!«, prustete Breitling, und Brenda riss ihren riesigen Mund auf, als hätte ihr jemand eine Lammschulter in den Nacken geknallt.

»Max!«

»Ach, scheiß drauf! War nur Spaß!«

Ein weiteres Mal erhob Breitling die Gläser, doch ich schaute ihm nicht in die Augen beim Zuprosten dieses Mal, ich linste zu Bahee, zu dem sich, neben dem Erdbeerquarkigel und dem Video-Greis, noch eine ältere Frau mit grauen kurzen Haaren und ein Rentner mit braunem Lederhut gesellt hatten.

»Ich glaube …«, begann Sina, und ich wusste: Wir mussten da jetzt hin.

Breitling zahlte großzügig den Champagner, und gemeinsam brachen wir auf, unsere Mitreisenden kennenzulernen. Je näher wir kamen, desto langsamer wurde ich, jedenfalls spürte ich irgendwann, dass Sina mich nach vorne zog. Ich hatte gerade brav die klammen Hände des Quarkigels geschüttelt und erfahren, dass sie in Zürich wohnt, aber eigentlich aus Hannover kommt, da ereilten mich zwei weitere Schicksalsschläge. Erstens: die Grubers aus Wien. Er: mindestens 60 mit grauem Vollbart, dicker Brille und speckigem Lederwanderhut. Sie: ein bisschen jünger, kurze graue Haare und mit einem winzigen, rosinenhaften Gesicht, in dessen Falten ein mäßig talentierter Bildhauer die schlechte Laune von mindestens fünf Jahrzehnten gekloppt hatte. Zweitens: der durchtrainierte Profikicker mit der Sonnenbrille hieß Kevin Schnabel und war somit tatsächlich Teil unserer Gruppe. Er zerdrückte fast meine Hand.

»Kevin aus Weimar!«

»Matze aus Köln.«

»Pepi Gruber, aus Wien!«, sagte der Mann mit dem Speckhut, und »Sei Frau!«, sagte das Rosinengesicht. Erst jetzt gab sich auch unser neuer Freund Breitling dem Tourguide als Mitreisender zu erkennen.

»Chef? Breitling und Schiller, ganz oben auf der Liste!«, und der steinalte Kamerarentner grunzte ein offenbar fränkisches »Aus'm Fernsehn, odder?«.

»Ja, genau!«, lächelte Brenda, die sich zu freuen schien, dass man sie erkannte.

»Sauber!«

Erleichtert strich Bahee die Namen Schiller und Breitling auf seiner Liste durch. »Ahh … und ich hab schon gedacht, wo seid ihr denn mal, ne!«

»Und wer sind Sie?«, hakte Brenda nach.

»Na, der junge Sebbelbeter aus Bamberch!«, knarzte der Rentner, als würde man Robbie Williams fragen, was er beruflich so macht.

»Entschuldigung, aber warum der junge …?«, fragte Brenda verwundert.

»Na, vom alden Sebbelbeder der Sohn hald!«, knirschte er unwillig.

21

»Verstehe!« Brenda nickte und verstand doch gar nichts.

»Und du bist der Fahrer?«, fragte Breitling Bahee.

»Ich bin Fahrer und Guide, ne.«

»Fahrer UND Guide?«

Bahee blickte irritiert von seiner Liste auf. »Ja klar, ne!«

»Und Reifen auch?«, lachte Breitling, und nur der Mann mit dem speckigen Hut lachte mit.

»Ganz schön frech, der Herr da, ne«, schmunzelte Bahee und klopfte Breitling freundschaftlich auf die Schulter, während der Quarkigel mir ein weiteres Mal seine klamme Hand reichte.

»Entschuldigung, ich bin die Trixi aus Zürich, Trixi Sipp, also eigentlich aus Hannover!«

»Matze Klein. Aber ich glaube, wir haben uns gerade schon vorgestellt.«

»Echt? Ach … das ist wieder typisch von mir, Entschuldigung!«

»Nicht schlimm!«

Guide Bahee klatschte laut in die Hände.

»So, Leude, jetzt wollen wir mal schnell zu unsere Bus da ruber, die ganze Zeug hier mal verladen und unsere schöne Reise hier mal starten, ne!«

Nervös hüpfte der Wetterfloh zu Bahee. »Du … wie ist das denn vom Programm her, fahren wir erst ins Hotel oder machen wir gleich die Tour durch das Schwarzen-Ghetto?«

Ich war nicht der Einzige, der verschämt zu Boden blickte. Mit der Erfahrung von inzwischen über eintausend missglückten Wettermoderationen ahnte ich bereits, zu was der quirlige Lederhosenfloh noch alles imstande war. Bahee ahnte natürlich nichts, auch er war noch auf Seite 1 des Reiseprospekts.

»Also wir machen kleine Stadtrundfahrt, dann auch Katutura, was du wahrscheinlich meinst mit Ghetto, und danach erst Lodge. Wieso?«

»Weil … dann zieh ich mir schnell noch was Ärmeres an.«

Sprach's und verschwand mit ihrem Louis-Vuitton-Täschchen Richtung Toiletten.

»Sina?«, flüsterte ich, doch statt zu reagieren, schulterte sie ihren Rucksack. »Siiiiinnnna!«, wiederholte ich, wieder erfolglos. Also ging ich zu ihr und zog sie von der Gruppe weg.

»Du, das ist nicht dein Ernst hier, oder?«

»Was?«

»Na, dass wir unseren Jahresurlaub mit diesen Leuten verbringen!«

»Warum denn nicht?«

»Sina, bitte! Schau dich doch mal um! Mit solchen Leuten fährt man nicht durch Afrika. Mit so einer Truppe dreht man ne Dokusoap für RTL 2!«

Sinas Gesichtsausdruck verhärtete sich, ihre Stimme klang gestresst. Sicherheitshalber gingen wir noch ein paar Schritte von den anderen weg.

»Ich hab mir die Leute nicht ausgesucht, Matze«, zischte sie.

»Das kann ja sein, aber wenn ich so ne Reise buche, dann frag ich doch vorher, wer mitfährt!«

»Du hast sie aber nicht gebucht!«

»Stimmt. ICH hab unsere Wohnung klargemacht. DU hast gebucht!«

»Ja und was heißt das jetzt? Dass du alles super klargemacht hast und ich nicht?«

»Nein, Sina, bitte! Es heißt einfach nur: Lass uns hierbleiben!«

»Und dann? Was machen wir dann?« ·

»Nehmen wir ein Hotel in Windhoek, und in zwei Wochen treffen wir uns wieder am Flughafen, fragen, wie's war, und fliegen nach Hause.«

»Also jetzt erzählst du wirklich Unsinn.«

»Du hast recht. Wir bleiben gar nicht erst hier. Wir fliegen sofort zurück.«

Sina atmete tief durch. Dann knipste sie ihr bestes Lächeln an, und als hätte es unseren kleinen Disput gar nicht gegeben, wandte sie sich lächelnd der Gruppe zu.

»Alles klar, wir können!«

Ich fühlte mich wie ein Politiker nach einer verlorenen Wahl: Irgendwie schien es mir nicht gelungen zu sein, meinen Standpunkt deutlich zu machen. Gleich morgen würden wir uns intern zusammensetzen und das Ergebnis in Ruhe analysieren.

3

Bei einer Tour quer durch Namibia hatte ich uns eigentlich in einem dickbereiften Geländefahrzeug mit ordentlich Kawumm unter der Haube sitzen sehen. Was nun vor uns auf dem Flughafenparkplatz stand, war hingegen ein reichlich abgerockter, weißer Toyota Minibus mit Reifen so dünn wie die Arme eines Magermodels.

Unter den skeptischen Augen der frisch formierten Reisetruppe stapelte Bahee Taschen und Rucksäcke in den Kofferraum. Teilzeitrassist Max Breitling stand mit qualmender Kippe direkt daneben und beaufsichtigte das Ganze. »Sag mal, Chef, wie soll ich denn die Löwen sehen, wenn du die komplette Rückscheibe zustapelst!«

»Wenn da hinten ein Tier rumhupft, dann habt ihr doch vorne schon gesehen!« Augenzwinkernd packte Bahee meinen rosa Rucksack ganz obenauf.

»Ich mach den mal an die Scheibe, ne, dann werde wir besser gesehen!«, grinste er.

»Danke, sehr nett.«

Die rosinengesichtige Gruberin drängte sich zum Gepäck und zog vor den Augen Bahees ihre Reisetasche von ganz unten heraus wie die Dose einer Supermarktpyramide. »Des druckt ma doch ois zamm, wenn mei Tascherl da unten steht!«

Ja, dachte ich mir, so wie dir deine Laune im Gesicht ois zammdruckt hat.

Ohne Murren verstaute Bahee das Gepäck einfach ein zweites Mal, und dieses Mal stellte er die Taschen und Rucksäcke einfach kopfüber.

»So gibt nur eine Schicht und keine Tasche druckt!«, schmunzelte er, doch nun knautschte es im Gesicht vom Wetterfloh. »Ich weiß nich, ob das gut ist, wenn das so schräg steht. Was ist, wenn da was ausläuft?«

Entschlossen ließ Bahee die Kofferraumtür ins Schloss fallen. »Da lauft nichts aus, die Tur is dicht!«

»Die Schiraffe noch!«, quäkte die Gruberin und reichte Bahee ein in Folie gewickeltes Holztier von Form und Größe eines Herrenskis. Zögerlich nahm Bahee die Giraffe entgegen und betrachtete ein wenig ratlos den randvollen Kofferraum. »Na ja … kann man schon kaufen an Flughafen, aber eigentlich besser an Ruckflugtag, ne.«

»Was i hab, des hab i!«, rechtfertigte sich die Wienerin, und Bahee musste aufs Dach krabbeln, wo er die Giraffe auf dem Gepäckträger verschnürte.

›Bing!‹ machte die Videokamera unseres Gruppenältesten: Seppelpeter filmte allen Ernstes das Festzurren der Holzgiraffe. »Wink ama!«, rief er Bahee im besten Lothar-Matthäus-Fränkisch zu, und Bahee winkte.

›Bing‹.

Ich schloss meine Augen. Dann stellte ich mir vor, ich stünde irgendwo in Köln ganz alleine auf dem Parkplatz eines Baumarktes. Ein herrlicher Gedanke …

Über die Sitzordnung im Bus begann ich dummerweise erst nachzudenken, als alle schon saßen, nur meine Freundin und ich nicht. Jedenfalls beanspruchte das Wiener Rosinengesicht den Fahrersitz für sich mit der Begründung, dass ihr auf jedem anderen Platz sofort schlecht würde. Das Lenkrad, das sich wegen des Linksverkehrs in Namibia direkt vor ihrer Nase befand, hatte sie in der Aufregung wohl übersehen. Doch selbst das konnte Bahee nicht aus der Ruhe bringen, und so drückte er ihr einfach die Autoschlüssel in die Hand, um sich dann seelenruhig auf den Beifahrersitz zu räkeln. »So, Frau Gruber, dann fahr'n wir mal nach Windhoek rein, ne!«

Die Gruberin starrte Bahee an, als habe sie noch nie in ihrem Leben einen Schwarzen gesehen, dann entfuhr ihr ein geradezu hysterisches Lachen. »Ach Gott, i hob gonz vergessen: Ihr fahrt's ja auf der folschen Seiten!«

»So vü Geisterfahrer!«, scherzte ihr Mann, und unter lautem Gelächter tauschten Bahee und die Gruberin die Plätze.

Hilflos drehte ich mich zu Sina, doch die hatte sich inzwischen hinter einer großen Namibiakarte verschanzt. Und wieder knabberte der Zweifel an mir. Warum ließ ich das hier alles einfach so über mich ergehen? Ich hatte doch nichts verbrochen, ich war doch nicht verhaftet worden! Dies war doch eine Gruppenreise und kein Gefangenentransport! Warum stieg ich nicht aus? Noch hatten wir die Gelegenheit! Noch waren wir am Flughafen und warteten auf Trixi aus Zürich bzw. Hannover. In ihrer Aufregung hatte sie vergessen, Geld zu wechseln.

»A Schweizerin, die vergisst, Göld zu wechseln, des glab i neeed!«, war nun schon der zweite lustige Kommentar von Pepi Gruber, und natürlich lachte er selbst am lautesten über sein fades Witzchen. Er wirkte wie seine eigene Karikatur beim Lachen mit seinem bebenden Lederhut, der glänzte wie frisch aus der Fritteuse gezogen.

Ganz von alleine formten meine Lippen ein stummes ›Schrecklich!‹ Erst jetzt bemerkte ich, dass Brenda sich tatsächlich etwas ›Ärmeres‹ angezogen hatte: Statt ihrer teuren Karo-Bluse trug sie nun ein beiges, markenloses Shirt, die Ohrringe hatte sie abgelegt. Wie sie so dasaß und einfach mal nichts sagte, sah sie fast gut aus, und ich fragte mich, wie der nikotingesichtige Schmier-Düsseldorfer an eine so junge Frau kam.

»Chef?«, schnaubte er aus seinem Sitz heraus, »wie sieht's denn aus mit Rauchen im Bus? Ist kein Problem, oder?«

»Also im Bus, da haben wir Rauchverbot, ne.«

»Is nicht wahr, oder?«

»Doch. Das muss ich schon mal von die Tour Operator her mal achten, ne.«

Breitling sank in seinem Sitz zusammen, als hätte jemand die Luft aus ihm rausgelassen. Dann wandte er sich ausgerechnet an mich.

»Schöne Scheiße, oder?«

»Ich rauch ja nicht.«

›Bing‹! Vorsichtig schielte ich auf meinen steinalten Sitznachbarn, der gerade damit begonnen hatte, den Flughafenparkplatz mit all seinen prachtvollen Betonflächen und den exotischen Autos und Bussen zu filmen. Sein Gesicht erinnerte mich an das einer beleidigten Schildkröte. ›Bing‹! Ungläubig starrte ich auf die hochmoderne Kamera.

»Gschenk vom Kollechen Greulich«, erklärte die fränkische Schildkröte.

Ich nickte freundlich und drehte mich zu Sina, die noch immer ihre Landkarte studierte. Vorsichtig tippte ich dagegen, woraufhin sich zunächst ihre schwarzen Haare und dann ein gefährlich blitzendes Paar brauner Augen über die namibisch-angolanische Grenze schoben.

»Ja, bitte?«

»Ich würde jetzt gerne aussteigen«, flüsterte ich.

Die Karte ging wieder nach oben, und statt auf Sinas hübsches Gesicht blickte ich nun auf den Etosha Nationalpark im Norden Namibias. Dann durchbrach Bord-Clown Pepi das Schweigen.

»Was haltet's ihr davon, wenn wir uns a bisserl weniger förmlich ansprechen? Also i bin der Herr Professor Gruber – aber das Gruber könnts ihr weglassen, ha, ha!«

Während seine Frau ihre Augen genervt über die Busdecke rollen ließ, schaute sich der Rest des Busses verwirrt an.

»Wor a Spaß. I bin der Pepi!«

Ach so. Direkt vor mir hörte ich Brenda Schiller ihren Düsseldorfer Begleiter fragen, ob der alte Mann da vorne jetzt die ganzen zwei Wochen so komisch sprechen würde. Breitling erklärte ihr, dass sie da mal von ausgehen solle.

»Das ist ein guter Idee von die Pepi mit die Vornamen, ne«, quäkte Bahee in sein Headset. »Also ich bin die Bahee! Bahee Mutima, aber die Mutima könnt ihr gleich mal wieder vergessen, ne.«

»Hat der eine Bedeutung, der Name?«, wollte Sina wissen.

»Ja, … also Mutima, das heißt ›Herz‹, ne, und Bahee ›Giraffe‹. Also heiß ich hier mal so was wie ›Herz von Giraffe‹, und das heißt, dass ich bin eine geduldige Kerl, ne.«

»Also in Österreich bedeutet Bahö ›Durcheinander‹. Des is a ganz altes Wort!«, ergänzte Speckhut naseweis grinsend.

»Echt? Na ja … das könnte passen, weil manchmal mein Herz ist auch a bikkie durcheinander, ne … hehe. Und sagt ihr noch mal eure Vorname alle bitte, ich hab Hirn wie Moskitonetz.«

Also wiederholten wir alle unsere Vornamen, und ich wollte sie mir gar nicht merken, doch einige blieben einfach so kleben in meinem Hirn, da krabbelte die Quarkschweizerin mit furchtbar schlechtem Gewissen in den Bus.

»Also das tut mir so leid, dass ihr wegen mir warten müsst. Lasst ihr mich überhaupt noch mitfahren?«

»Nur wenn du uns deinen Vornamen sagst, ne.« Lachend startete Bahee den Motor.

»Trixi! Ich bin die Trixi aus Zürich, also eigentlich Hannover. Hallo!«

Ich freute mich, dass ich das nun auch mal endlich erfuhr.

»Und ich bin der Bahee aus Otjosongombe, ne! So. Jetzt haben wir alle auch mal einheimische Geld hier, dann kann's mal losgehen mit die Komfort-Reise, ne. Sind denn sonst auch alle da?«

»Ja!«, riefen alle, und ich ergänzte still und nur für mich »Kasper!«.

Wir rollten vom Parkplatz, und nach gut zwanzig Metern zupfte ich vorsichtig an Sinas Hose.

»Matze, was ist denn jetzt wieder?«

»Ich halte das nicht mehr aus!«

4

Unser Bus verließ das Flughafengelände, und wir erreichten eine Art Autobahn. Es fühlte sich seltsam an, dass wir uns Meter für Meter vom Flughafen entfernten und somit von Flug SW 285, der Sina und mich noch am selben Abend aus dem Verderben hätte katapultieren können.

Mit flauem Magen blickte ich schräg an ihr vorbei durch das Fenster. Die Gegend zwischen Flughafen und Stadt wirkte leer und karg, mit ein paar verlorenen Grasbüscheln dazwischen, die »verdörrter Sauergras« waren, wie Bahee uns über Lautsprecher mitteilte. Mit seiner Sonnenbrille, dem schwarzen Headset und dem sattgrünen Hemd wirkte er wie eine Mischung aus Diktator und Förster. Der Sauergras flog an mir vorbei, und ich schaute stumpf nach draußen. Vorsichtig nahm Sina meine Hand. In sieben langen Jahren hatte sie meine Gesichtsausdrücke und die dazu passenden Stimmungen kennengelernt.

»Kriegen wir schon, Matze!«

Ich nickte stumm und zog den Reiseprospekt aus meinem Tagesrucksack. Vielleicht stand ja auf der zweiten Seite irgendetwas, das mich aufheitern konnte.

›Tag 1: Windhoek, Kalahari Anib Lodge. Gehzeit: 1 ½ Stunden, Fahrzeit: 4 Stunden. Von Windhoek aus fahren wir nach einer kleinen Stadtrundfahrt an den Rand der Kalahari, wo wir bei einer kurzen Wanderung erste Eindrücke dieser wunderbaren Landschaft sammeln. Mit einem Glas Rotwein genießen wir dann den afrikanischen Sonnenuntergang und lauschen den Stimmen der Nacht.‹

»Ja, verregg!«

Noch mussten wir allerdings den Stimmen des Tages lauschen, wie der fränkischen Schildkröte, die das Batteriefach ihrer Kamera nicht aufkriegte.

Ich las weiter.

›Tag 2: Kalahari – Köcherbaumwald. Gehzeit: 2 Stunden, Fahrzeit: 4 ½ Stunden.‹

»Drecksding, lumbiches. Sagramend!«

›Tag 3: Gehzeit: 4 Stunden. Fahrzeit: 6 Stunden.‹

Sechs Stunden? Hektisch blätterte ich weiter und schaute mir die anderen Tage an. Dort wurde es nicht besser. Ich atmete ein, und ich atmete aus, und dennoch – als ich die Fahrzeit für den gesamten Urlaub ausgerechnet hatte, klatschte ein warmer roter Tropfen Blut auf das Foto eines Kameldornbaums. Hektisch drückte ich meinen Zeigefinger an den rechten Nasenflügel.

»Warte!«, sagte Sina und reichte mir ein Taschentuch. Während ich es an meine Nase presste, drangen neue Infos aus den Lautsprechern.

»Also der Professor Pepi hat mir gerade nach unsere Flagge gefragt von Namibia, was der Farben bedeutet und so, ne. Also … auf die Flagge vorne drauf ist die Sonne, die gibt jeden Tag bei uns, die Blau steht für den Meer mit seine ganze Fisch und Krebs und so, grün ist die Landschaft, wo wir auch profitieren mit die Beef-Konzern und die Tourismus, und Rot ist das Blut, was hier gefließen ist, um unser Land endlich mal unabhängig zu kriegen. Der letzte Farbe is Weiß, und der steht für Friede. Das ist die funf Farbe von unser Flagge.«

»Interessant!«, nickte die Hannoveraner Schweizerin und machte sich eine Notiz in einem getigerten Block. Pepi beugte sich nach vorne und sprach in Bahees Headset, so dass alle ihn hören konnten.

»Vier Farben, Bahee! Eure Flagge hat vier Farben, net fünf!«

»Die hat funf, Pepi, ich weiß das, weil ich bin ja Namibier.«

»Ja, aber Weiß is ka Farbe, ha, ha!«

»Klar ist Weiß ein Farbe«, schmunzelte Bahee. »So wie Schwarz auch. Ich weiß das, weil ich bin schwarz, ne!«

»Dann brauchst du nur an Schwarzweiß-Fernseher und siehst trotzdem an Farbfilm, oder!« Speckhut feixte beifallheischend in die Runde, doch wie durch ein Wunder verwandelte sich unser Toyota Quantum nicht in einen Hexenkessel.

»Für was bist du denn mal Professor?«, fragte Bahee.

»I wor Lehrer für Latein und Geschichte. Aber jetzt bin i pensioniert.«

»Ach ja ...«, stöhnte die Rosinenhexe leidend, und wir näherten uns dem Stadtzentrum. Sina tat so, als ob sie eingenickt wäre, aber das sollte ihr nicht helfen, denn Bahees Flaggen-Exkurs hatte mich die Gesamtfahrzeit unserer Reise nicht vergessen lassen.

»Sina?«

Meine Freundin öffnete nur ein Auge. Aber das reichte mir.

»Schatz?«

»Ja?«

»Hast du eigentlich mal überlegt, was mich am meisten daran nerven könnte, dass ich in Frankfurt arbeite und in Köln wohne?« Mit halbherzig geheuchelter Unschuld schüttelte sie den Kopf. »Überleg einfach mal: Ist es a) mein Chef, b) das Wetter, oder sind es c) die drei Stunden, die ich jeden Tag in verspäteten und überfüllten Zügen sitze?«

Ich war lauter geworden bei c), und mit einem Mal war Sina wach und ihr Blick scharf. »Du gibst mir jetzt nicht wirklich die Schuld dafür, dass Namibia so groß ist, oder?«

»Nein, Schatz. Wofür ich dir die Schuld gebe, ist, dass ich insgesamt vierundachtzig Stunden in einem japanischen Minibus sitze. Im Urlaub!«

»Sag nicht ›Schatz‹, wenn du sauer bist!«

Statt Sauergras und Sand sahen wir nun die ersten Wohnhäuser Windhoeks. Die meisten waren aus buntem Holz und mit Mauern sowie Elektrozäunen gesichert. An einigen klebten Verkaufsschilder von Maklern und erinnerten uns daran, dass wir ja selbst bald umziehen wollten. Drei Tage nach unserem Urlaub würden wir den Kaufvertrag unterzeichnen – natürlich nur, falls wir das hier überlebten.

Sina hatte mir in der Zwischenzeit die Broschüre abgenommen und rechnete mit gestresster Miene die Fahrzeit nach. »Zweiundachtzig Stunden, nicht vierundachtzig!«, zischte sie und gab mir den Prospekt zurück, »und die Broschüre hättest du ruhig vorher mal lesen können, statt mich jetzt im Bus anzupampen!«

»Stimmt. Ich hätte wirklich die Broschüre lesen sollen, statt unsere Wohnung klarzumachen in letzter Minute, und das neben meinem Projekt.«

»Du bist echt so blöd manchmal!«

Sina kochte vor Wut, also ließ ich sie vorerst in Frieden. Mit gemächlicher Geschwindigkeit erreichten wir das Stadtzentrum von Windhoek und passierten einen großen, relativ unspektakulären Platz. Der Lautsprecher klickte. »So, ich werde euch jetzt mal an die ein oder andere Sight von Windhoek mal vorbeifahren, ne. Also … Windhoek, der ist unsere Hauptstadt, ne, und der liegt fast 1700 Meter hoch zwischen die Eros und die Auasberge. Die Platz hier rechts zum Beispiel, das ist die berühmte ›Ausspannplatz‹, und die heißt so wegen die deutsche Soldaten damals.« Wetterfloh Brenda zog die Stirn kraus: »Echt? Auf dem Platz haben die Soldaten gechillt?«

Es war plötzlich recht still im Bus, und auch Brendas grauhaariger Begleiter zog es vor, stumm durchs Fenster zu schauen. Bahee tat so, als hätte er die Frage gar nicht gehört, was mit Sicherheit das Beste war, was er tun konnte.

»Ja, und hier sind wir jetzt schon in die Independence Avenue, die hieß auch mal Kaiserstraße, aber nach der Unabhangigkeit so eine Name war naturlich ein bikkie unglucklich, ne.«

34

»Kann man hier denn gut shoppen?«, wollte Brenda wissen.

»Du hast doch alles!«, hustete Breitling recht uncharmant.

»Ich frag ja nur!«, zickte Brenda zurück.

»Also, hier in Windhoek kriegst du so gut wie alles, ne. Klamotten, Computer und auch so was wie Bratwurste und Leberkäse, das haben wir noch aus die deutsche Zeit mal ubernommen, ne, das ist jetzt auch Teil von unsere Kultur!«

»An Leberkäs? Sauber!«, knarzte die fränkische Schildkröte neben mir.

»Wann war denn die deutsche Zeit?«, fragte der Schweizer Erdbeerigel.

»Vierundachtzig bis funfzehn!«, antwortete Bahee knapp und bremste den Bus, um ein paar weiße Touristen über die Straße zu lassen.

Aufgeregt schaute Brenda durchs Fenster. »Ach, dann sind wir noch mittendrin?«

Die gesamte zweite Sitzreihe drehte sich wie in Zeitlupe nach hinten um. Breitlings Kopf klackte an das Seitenfenster. Brenda merkte, dass man sich über sie lustig machte, und mit dem gleichen Mut, mit dem sie sich jeden Tag öffentlich durch den Wetterbericht schnatterte, fragte sie weiter: »Okay ... schon kapiert. Bis 1915. Aber ... warum haben wir das Land denn wieder aufgegeben? Ich meine ... ist doch schön hier.«

»Maus, bitte!«, schnaubte Breitling und bekam einen roten Schamfleck auf der Wange.

»Na ja, die Deutsche damals, die haben's ja nicht so richtig aufgegeben«, erklärte Bahee, »die haben da mal die Krieg verloren in Europa, und dann hat man hier halt mal die Gelegenheit genutzt und denen gezeigt, wo die Tür ist, ne.«

Und weiter ging die Stadtrundfahrt. Wir sahen die wirklich schöne Christuskirche, den »Tintenpalast«, wie das Parlamentsgebäude hieß, und ein Denkmal mit einem deutschen Reiter drauf. Dann verließen wir die Innenstadt, um nach Katutura zu fahren, also ins wirkliche Windhoek, wie Bahee es nannte. Ich blickte auf die Uhr. 81 Busstunden hatte ich noch abzusitzen, wenn nichts dazwischenkam.

Bald waren wir nicht mehr auf Asphalt unterwegs, sondern auf einer Staubpiste, die Häuser wurden kleiner und schließlich zu Hütten aus Wellblech, die Straßenlaternen verwandelten sich in hohe Flutlichtmasten, und als Bahee auf eine Anhöhe fuhr, sahen wir, dass der Mischmasch aus Stein, Blech und Sand sich noch kilometerweit erstreckte.

Während wir die Eindrücke auf uns wirken ließen, gab die Gruberin kopfschüttelnd an, so einen Saustall wie hier noch nie gesehen zu haben. Brenda nutzte eine kurze Unaufmerksamkeit ihres Begleiters aus und fragte, warum so viele Leute hier in Blech und Pappe wohnten, wo doch der andere Teil Windhoeks viel schöner sei mit richtigen Häusern, Pools und Shops. Bahee erklärte Brenda ruhig, dass das mit dem Wohnort ja am Ende dann auch mal eine Geldfrage sei. Ich war beeindruckt, dass sich Bahee nicht einmal von der dümmsten Frage aus der Fassung bringen ließ.

Wir rollten an einer blauen Bretterkneipe vorbei, vor der zwei Männer auf kleinen Blechstühlen saßen und ungerührt in den Bus blinzelten. Ich wusste nicht, ob ich zurückblinzeln oder wegschauen sollte. So recht wohl fühlte ich mich nicht, mit diesem Touristenbus durch anderer Leute einfaches Leben zu fahren, aber was sollten wir machen? ›Klack‹ machte der Lautsprecher und ›Bing‹ die Kamera meines Sitznachbarn.

Bahee deutete auf einen kleinen Stand mit bunter Marken-Sportswear, der ebenso auf einem Wochenmarkt in Berlin oder Köln hätte stehen können. Dahinter sortierte eine alte schwarze Frau ihre Ware. »Schaut amal, hier verkaufen sie eure alte Kleider für viel Geld, ne!«

»Das sind Fälschungen, oder?«, fragte Breitling.

»Nee, das sind eure Klamotte aus Europa«, antwortete Bahee. »Also am besten is ihr schmeißt eure alte Klamotten gleich in die Abfall, sonst lande sie hier, und dann schaut die schwarze Schneider hier mal sparsam, wenn du an seine Shop vorbeilatscht mit eine brandneue Nike-Shirt für zwei Dollar, ne.«

»Das ist echt gut zu wissen«, schnatterte Brenda, »ich schmeiß alles weg ab jetzt.«

»Ja, Maus.«

Mir fiel auf, dass die meisten Namibier auf der Straße praktisch kaum Notiz von unserem Bus nahmen. Lediglich ein paar kleine süße Kinder winkten uns und verzückten die Gruberin so sehr, dass sie vergnügt in die Hände klatschte und ausrief: »Ge, so a süßes Negerkind mit den großen Augen, des würd i a noch mitnehmen!«

Das tat nun wirklich weh. Ich begann meine Schläfen zu massieren. Normalerweise entspannte mich das. Eigentlich hätte man die Gruberin ohne Vorwarnung aus dem Bus schmeißen müssen, aber sicher hätte keiner der Katutura-Bewohner gesagt: ›Ge, so eine alte, weiße Rentnerin mit den vielen Falten, die würden wir ja mal gerne hierbehalten.‹

So schlecht war das »Elendsviertel« im Übrigen auch gar nicht. Klar, alles war irgendwie zusammengeschustert und einfach, aber es wirkte sauber und schien zu funktionieren. Die Bewohner waren gut angezogen, es gab befestigte Straßen und, wie Bahee uns erläuterte, auch eine Kanalisation, Strom und moderne Wasserpumpen, wo die Einwohner mit einer Chipkarte Wasser in bunte Plastikkanister füllen konnten. »Wenn der Chipkarte leergepumpt ist, ne, dann musst du dann mal zur Stadtverwaltung latschen und die neu aufladen, sonst bleibt die Whirlpool trocken, ne.«

Gelächter im Bus. Und natürlich wollte es sich Witzprofessor Pepi Gruber nicht nehmen lassen, noch einen draufzusetzen. »Und wenn die Kartn leer is, können die sich dann was puumbn?«

In freudiger Erwartung auf den größten Lacher seines Lebens

blickte er abermals nach hinten, und leider lächelten Teile der Gruppe, unwissend, dass sie damit nur die Laufzeit von Pepis Altherren-
Spaßreaktor verlängerten.

»Nee, Pepi, pumpen kann man nur, wenn der Karte voll ist«,
antwortete Bahee trocken. Nun beugte Breitling sich nach vorne.

»Chef? Frage: Von was leben die Leute denn hier?«

»Na, einige habe domestic jobs bei die Reichen in Windhoek,
also so Saubermachen und Bügeln, ne, andere habe hier kleine Geschäfte, und einige lebe naturlich auch von so Leute wie dir, Max,
wenn die mal aussteigt hier mit seine teure Uhr.«

Erschrocken blickte Breitling auf seine Uhr, und erst jetzt sah ich,
dass er nicht nur Breitling hieß, sondern auch eine funkelnde Uhr
dieser Marke trug. Bahee hielt den Bus neben einem roten Holz-
zaun, hinter dem es eine ganze Menge bunter Buden gab. Breitling
war noch immer einigermaßen durcheinander. Der Motor verstummte, die Türen gingen auf.

»Chef?«

»Ja?«

»Wir steigen jetzt aber nicht wirklich aus in dieser Scheiße,
oder?«

Ich war mir sicher: Es war nur eine Frage der Zeit, bis Breitling
eins in die Fresse bekäme. »Der ist keine Scheiße, der is nur eine
schwarze Viertel mit a bikkie wenig Geld«, antwortete Bahee ungerührt, »und damit ihr mal kennenlernt, dass hier auch ganz normale Leut nur wohnen, gehen wir jetzt mal eine echte Markt hier
kucken.«

»Ist das nicht gefährlich?«, fragte Brenda, und Bahee lachte: »Erstens ist hell, ne. Zweitens ich bin dabei. Und drittens glaub ich ja,
ihr seid so schlau und präsentiert nicht hier mal eure teuerste
Schmuck und Gadgets.«

Ich stand keine Sekunde auf dem staubigen Boden Katuturas, da
meldete sich mein brandneues iPhone mit der Melodie von Lady

Gagas »Money Honey«. Aus Gründen der Sicherheit, aber auch wegen Sinas vorwurfsvollem Blick drückte ich den Anruf noch in der
Hosentasche weg.

5

Bahees Markt war nicht größer als ein Fußballplatz und bestand aus einer langen Reihe kioskgroßer Lädchen, in denen es alles Mögliche zu kaufen gab. Unsicher stolperte unsere bunte Gruppe dem forsch voranschreitenden Bahee hinterher, und obwohl wir in unserer Wanderkleidung herausleuchteten wie neun Papageien im Neuschnee, wurden wir nicht groß angegafft. Als Bahee einen befreundeten Schuster begrüßte, verlangsamte ich meinen Schritt, und etwas abseits raunte ich Sina schließlich zu: »Das macht keinen Sinn hier! Lass uns abbrechen!«

»Du gibst keine Ruhe, oder?«

»Nein. Weil – noch sind wir in Windhoek. Noch können wir uns ein Taxi nehmen. Noch steht unsere Maschine auf dem Rollfeld!«

»Und WARUM sollten wir abbrechen?«

Ich stutzte. »Sag mal, sitzt du in einem anderen Bus?«

Verärgert legte Sina den Kopf in den Nacken, und beinahe konnte man meinen, dass die Marktbesucher einen extra großen Bogen um uns machten wegen des miesen Karmas, das wir versprühten.

»Ich war im gleichen Bus!«, zischte Sina, »und von allen, die drinsaßen, hattest DU die beschissenste Laune!«

»Ach ja?«, lachte ich, »und warum, glaubst du, hatte ich so eine … beschissene Laune?«

»Weil du den ganzen Tag vor deinem Rechner hockst im Büro, und wenn du nach Hause kommst, dann hockst du wieder davor, und jetzt im Urlaub tippst du auf deinem bescheuerten iPhone rum!« Sinas Stimme klang nun enorm feindselig. »Du bist einfach keine Menschen mehr gewöhnt! Deswegen!«

»Du weißt, dass das Unsinn ist, oder? Schatz?«

»Sag nicht Schatz, wenn du –«

Wie auf Kommando klingelte es ein zweites Mal aus meiner Hosentasche.

»Ha!«, triumphierte Sina. Ich drückte auch diesen Anruf weg.

»Unsere Gruppe ist eine Katastrophe, Sina! Der einzig Normale im Bus ist Bahee.«

»Die Trixi ist doch nett!«

»Kermit der Frosch ist auch nett! Trotzdem würde ich mit ihm nicht in Urlaub fahren.«

»Okay! Mit wem würdest du denn in Urlaub fahren?«

»Mit DIR!«

»Tja! Hier bin ich!«

»OHNE die anderen«, ergänzte ich.

»Sorry, aber dann hätten wir keine Gruppenreise buchen dürfen.«

An dieser Stelle musste ich herzhaft lachen. »WIR? Nur zur Erinnerung: DU hast die Reise gebucht. ICH hab unsere Wohnung klargemacht.«

»Jaaaaaa! Du hast die Wohnung klargemacht, ich hab's kapiert«, grummelte Sina, und zeitgleich blickten wir zurück zu Bahee, um zu sehen, was unsere Dokusoap-Truppe so machte: Sie stand nur wenige Meter vor uns an einer Grillstation und schaute, was wir so machten.

»Matze?«

Sinas Stimme klang nun wieder ein wenig versöhnlicher.

»Ja?«

»Wollen wir nicht einfach versuchen, die Reise zu genießen? Wir müssen uns ja nicht gleich mit allen anfreunden.«

»Das«, seufzte ich, »wäre auch ein bisschen viel verlangt.«

»Bitte!«, flehte Sina. »Vergiss doch mal die anderen. Wir haben doch uns! Und das Land hier. Und dann haben wir auch noch eine supertolle Wohnung, wenn wir zurückkommen.« Fast schon beschwörend blickte Sina mich an. Ich biss mir auf die Innenseite der rechten Wange und dachte nach. Die Frage war, was übrig blieb von dieser Reise, wenn man die 81 Busstunden und die Dokusoap-Trottel abzog. Ich fragte Sina genau das.

»Ganz viel: die Wanderungen, die Landschaft, das Essen, die Tiere … da ist so viel, was übrigbleibt!«

»Mhhh.«

»Bitte! Matze!«

»Du wirst mich nur mit Kopfhörer sehen im Bus.«

»Kein Problem!«

»Ich werde mich mit keinem unterhalten, den ich nicht leiden kann.«

»Ich auch nicht, Matze. Ich auch nicht.«

»Und wir essen immer, ich wiederhole: immer zu zweit.«

»Kein Problem!«

»Immer, das ist I-M-M-E-R!«

»Alles, was du willst, aber lass es uns versuchen, okay?«

Ich atmete tief ein und schaute in die hoffnungsvollen, braunen Augen meiner Freundin. Wie konnte ich da … »Okay. Dann … versuchen wir's!«

Sina war so erleichtert, dass sie mir gleich einen dicken Kuss auf die Wange drückte. Und ich war es ehrlich gesagt auch ein bisschen. Vielleicht war ich ja einfach durch vom Job und dem Wohnungshickhack, und vielleicht hatte Sina ja recht, und alles war gar nicht so schrecklich, wie es die ersten Stunden aussah.

Es gab zwei Küsschen, dann schlurften wir Hand in Hand zu den anderen, als wäre nichts gewesen. Sie standen neben einem blutverschmierten runden Holztisch, auf dem frisch geschlachtete Fleischteile lagen, die von einem guten Dutzend Fliegen umkreist wurden. Daneben verkaufte ein junger schwarzer Kerl mit lustigem Kopftuch kleine Fleischschnipsel für zwei Namibia-Dollar, also für 20 bis

30 Cent unserer Währung. Bahee, der uns mit verzückter Miene versicherte, dass das hier frisches Rind sei und man das auch als Europäer ruhig essen könne, hatte die Backen schon voll.

»Der ist viel gesunder als eure depressive Chemieschnitzel im Supermarkt«, schmatzte er. Die Gruberin sonderte ein herablassendes Lachen ab und gab zu bedenken, dass es hier von Bakterien ja nur so wimmle, da komme sie mindestens drei Tage nicht von der Schüssel runter, wenn sie das Gammelzeugs auch nur anschaue.

»Und?«, fragte Sina, »probieren wir auch mal?«

»Aber klar doch!«, sagte ich, und Bahee orderte erfreut zwei Portionen Rinderstreifen für uns, die sogar überraschend gut schmeckten.

»Lecker!«, lobte ich und ließ ein »Tastes great!« für den BBQ-Meister mit dem lustigen Kopftuch folgen. In der Hosentasche vibrierte zweimal kurz mein Handy, nun hatte ich offensichtlich eine Kurzmitteilung bekommen. Sina zuliebe entschied ich mich dafür, sie später zu lesen.

Bahee führte uns weiter zu einer blauen Holzbude, in der eine ältere Einheimische auf einem blauen Plastikstuhl saß und uns neugierig musterte. Über ihr hingen an einer Metallstange einfache Kleider in verschiedenen Farben. Bahee begrüßte die Frau in der Landessprache, anscheinend mit einem Scherz, zumindest lachten beide. Wahrscheinlich hatte er so was gesagt wie: ›Ich bin hier mit einer Herde primitiver Idioten unterwegs, aber was soll ich machen, is halt mein Job.‹

»Das hier«, erklärte uns Bahee und nahm ein kleines, gelbes Kleid mit einem weinroten Gürtel in die Hand, »das sind nachgemachte Schuluniforme, ne. Weil alle Kinder die trage muss, und die Originale kosten mal viel Geld, die meisten kaufen hier die nachgemachte, aber halt nur, wenn welche gibt, weil der Nachfrage ist naturlich groß.«

»Maus?« Breitling nahm sich eines der Kleider von der Stange und reichte es Brenda. Ich ahnte das Allerschlimmste. »Siehste bestimmt lecker drin aus!«

Kurz darauf geschah, was ich befürchtet hatte: Wetterfloh Brenda Schiller hopste in einer kurzen roten Schuluniform lächelnd vor die Bude. »Tataaaa!«, trällerte sie und warf sich in Pose. Breitling behielt recht: Brenda sah lecker aus. So lecker, dass binnen Sekunden so ziemlich jedes Augenpaar der schwarzen Marktbesucher auf uns gerichtet war. Unsere Gruppe starrte ebenfalls auf Breitling und seine Maus, und für einen Augenblick waren Einheimische und Touristen vereint in ihrer schwarz-weißen Fassungslosigkeit. Zum ersten Mal sah ich Bahee mit einer Sorgenfalte, als er in seiner Landessprache mit der Verkäuferin verhandelte. Diese sagte auch etwas, allerdings ohne Sorgenfalte, und nahm Breitlings Geldscheine entgegen. Der kaufte gleich drei Schuluniformen für Brenda. Ich nutzte die allgemeine Irritation, um unauffällig zu checken, wer mich erreichen wollte. Es war Immovest, die Firma also, von der wir unsere Wohnung kaufen würden. Die Kurznachricht nahm mir die Luft.

Hallo Herr Klein, denken Sie noch an die Reservierungsgebühr, bevor Sie verreisen? Beste Grüße. Heidrun Metzger

»Die Reservierungsgebühr!«, zischte ich zu mir selbst und schloss die Augen. Alles hätte ich Idiot vergessen dürfen, nur das nicht!

»Was Wichtiges?«, fragte mich Sina, die natürlich mitbekommen hatte, dass ich auf mein Handy starrte.

»Ach was«, sagte ich, »nur die Pütz ausm Büro, wollte wissen, ob ich ihre *Desperate-Housewives*-Tasse gebunkert habe!«

Sina schaute mich ungläubig an.

»Nee, oder?«

Ich wollte das Handy ausschalten, doch das tat es schon von ganz alleine: Der Akku war leer.

6

Wenn Sina und ich in ein Hotelzimmer kommen, ist es seit Jahren das Gleiche: Sina schaut sich zunächst das Bad an, das Bett und die Schränke, ich checke immer erst Klimaanlage und Handyempfang, dann checke ich, wie ich ins Internet komme. Was das Letzte betraf, so sagte man mir schon an der Rezeption: gar nicht. Klimaanlage gab es eh keine, und da mein Handy leer war, wusste ich auch nicht, ob ich Empfang hatte.

»Jetzt vergiss doch mal das blöde Handy. Wir sind im Urlaub!«, strahlte Sina.

»Im Urlaub?« Ich blickte durch ein kleines Fenster hinaus in die Steppe, wo mich in der Ferne zwei Antilopen zu beobachten schienen. »Am Arsch sind wir!«

Säuerlich stand Sina auf, griff sich ihren Ikea-Katalog und ein Badetuch und öffnete die Tür zur Terrasse.

»Vielleicht bist DU am Arsch. Ich bin jedenfalls in Namibia auf einer wunderschönen Lodge, von der andere träumen würden, und das bei dreiundzwanzig Grad. Und deswegen geh ich jetzt auch zum Pool!«

»Viel Spaß«, seufzte ich und schaute ihr nach, wie sie über den sattgrünen Rasen in Richtung Pool wanderte, eine der Liegen zur Sonne ausrichtete und schließlich auch noch die letzten Seiten des Katalogs mit Eselsohren versah.

Ein wenig beneidete ich Sina um ihre innere Ruhe. Klar, sie wusste ja auch nicht, dass unsere Wohnung erst dann sicher reserviert war, wenn ich die fünftausend Euro überwiesen hatte. Was ich jetzt tun würde.

Statt zum Pool ging ich also zurück in unseren roten Backstein-Bungalow und zog die Plastiktüte mit den verschiedenen Ladekabeln aus meinem Schwuppentornister. Ich hatte ungefähr zwanzig Ladekabel mitgenommen: Kabel für mein Notebook, Kabel für meine Digitalkamera und Kabel für mein Handy, für die Stirnlampe, den Rasierer und natürlich die elektrische Moskitofalle. Außerdem hatte ich so ziemlich alle Verbindungskabel dabei, die der Weltmarkt hergab, von USB 1 bis 3, Ethernet, Firewire und sogar ein HDMI-Kabel, schließlich wusste man ja nie. Das Wichtigste war natürlich der brandneue Reiseadapter, mit dessen Hilfe all meine kleinen und großen Geräte in die seltsamen namibischen Steckdosen passten. Eilig zog ich ihn aus der Verpackung, friemelte das sorgsam gewickelte Kabel auf und versuchte ihn in die Steckdose neben dem Schreibtisch zu stecken. Es war, als wollte ein Laboraffe ein Holzviereck in eine dreieckige Aussparung stecken. Der Adapter passte nicht. Hektisch fingerte ich nach der Verpackung. Dort verriet ein Aufdruck, dass man durch Klicken und Ziehen auch andere Steckverbindungen hervorzaubern konnte. So ein toller Reiseadapter war das also! Sofort klickte und zog ich, fingerte hier und drückte da. Keine der neuen Steckkombinationen passte. Ich versuchte ruhig zu bleiben. Dann probierte ich minutenlang und mit wachsender Unruhe jeden Klick und jeden Klack, den das kleine Gerät mir anbot.

Plötzlich ließ mich ein neuer Gedanke Hoffnung schöpfen. Vielleicht hatte ich ja irgendeine Spezialsteckdose im Zimmer erwischt! Ich sprang zu einer zweiten Steckdose direkt neben dem Bett. Klick! Klack! Fehlanzeige. Ich hetzte ins Bad. Klack! Klick! Auch nichts. Wo auch immer ich es versuchte: Der Stecker passte in etwa so gut in die namibischen Dosen wie eine Holzofenpizza in den Kartenschlitz eines Geldautomaten.

Ratlos setzte ich mich wieder aufs Bett und dachte nach. Ich musste die Sache regeln, und zwar so schnell wie möglich. Aber wie?

Ohne Handy kam ich ja nicht mal an die Telefonnummer von Immovest! Ich konnte es drehen und wenden, wie ich wollte: Ich brauchte einen funktionierenden Adapter! Mit zusammengekniffenen Lippen starrte ich zunächst auf den Reiseadapter und dann nach draußen zum Pool, wo Sina sich entspannt sonnte.

»Siiiinnaaaaaaa!«

Meine Freundin fiel fast von ihrer Liege, so laut schrie ich. Sie hasste es, wenn ich so nach ihr rief, konnte aber auch nicht gegen ihre Neugierde ankämpfen, und so stand sie schließlich doch mit Bikini und Ikea-Katalog im Türrahmen.

»Was ist denn?«

Ich präsentierte ihr den Reiseadapter, als sei er das wichtigste Beweisstück in einem Jahrhundertprozess.

»Hier!«

»Was ›hier‹?«

»Dein Adapter passt nicht!«

Sinas Miene verfinsterte sich.

»Wieso denn ›dein‹ Adapter?«

»Du hast ihn doch besorgt, oder?«

»Weil du keine Zeit hattest und mich drum gebeten hast. Zeig mal.«

Sina setzte sich neben mich aufs Bett und las die Rückseite der Verpackung.

»Also hier steht, dass der in 149 Ländern geht.«

»Dann ist Namibia halt keines dieser 149 Länder! Das Ding kannste wegwerfen, das ist totaler Schrott!«

Sina ließ ihren Zeigefinger über die in Zwergenschrift gedruckte Länderliste wandern.

»Stimmt. Ausgerechnet von Namibia steht hier nichts!«

Ich nahm ihr die Verpackung wieder ab.

»Na, super! Und was mach ich jetzt ohne Strom?«

»Was würdest du denn mit Strom machen? Draußen scheint die

Sonne, Matze. Wir sind in Afrika. Wir haben einen Pool und zwei freie Liegen!«

»Ich muss nur leider trotz der zwei freien afrikanischen Liegen mein Handy aufladen, weil …«

»Weil?«

»Ich … noch mal im Büro anrufen muss.«

»Jetzt sag aber nicht, wegen der Tasse!«

»Ich weiß nicht, warum, hab nur ne SMS bekommen, dass ich anrufen soll.«

»Dann frag doch mal an der Rezeption, die haben bestimmt irgend so einen Stecker. Was hältst du denn von der Kommode hier?«

Verdutzt blickte ich in den Ikea-Katalog, wo eine rosa Kommode mit schwarzen Beschlägen abgebildet war.

»Nix!«

Ein zweites Mal verschwand Sina und ließ mich stromlos und offline zurück. Stöhnend sank ich aufs Bett und überlegte, was ich tun konnte. Es war kurz vor 17 Uhr, und Namibia hatte meines Wissens nur eine Stunde Zeitverschiebung. Ich musste logisch vorgehen. Okay … was hatte ich? Ich hatte eine Freundin am Pool, ein leeres Handy und vermutlich keinen Empfang. Ich hatte jede Menge Kabel, eine Digitalkamera und mein altes Notebook.

Ha! Ich schnellte aus dem Bett wie aus einem Trampolin. Das war es doch: Die Batterie meines Notebooks würde mein Handy aufladen! Hastig verband ich Notebook und Handy, und tatsächlich: Die Ladeanzeige meines iPhones blinkte und saugte sich das letzte bisschen Strom aus meinem Notebook. Nach exakt 14 Minuten war der Akku meines Notebooks platt und der meines Handys bei 7 %, Netz hatte ich allerdings noch immer keins. Dafür aber eine neue Idee: Warum sollte ich der Frau Metzger von Immovest umständlich erklären, wieso und weshalb ich die Gebühr noch nicht überwiesen hatte, wenn ich es gleich tun konnte? Statt Immovest konnte ich doch direkt meine Sparkasse anrufen. Der Herr Pfingst kannte mich seit fast dreißig Jahren, außerdem wäre es nicht das erste Mal, dass ich eine Überweisung per Telefon machte. Ich würde kein Internet brauchen und nicht mal meine abfotografierte Tan-Liste, ich würde ihn einfach von der Rezeption aus anrufen.

Aufgeregt schlich ich mich an Sina vorbei über einen Steinweg durch den Garten. Vor dem mit bunten Blumen bewachsenen Rezeptionsgebäude saßen Breitling und Brenda unter einem grünen Sonnenschirm, rauchten und tranken Wein. Offenbar hatten sie es ebenfalls vorgezogen, die zweistündige Wanderung zum Einlaufen der Schuhe ausfallen zu lassen. Mit einem geschickten Schlenker um eine große Kübelpflanze konnte ich verhindern, dass die beiden mich sahen.

Durch den Haupteingang trat ich zur Rezeption, die Nummer meiner Sparkasse wartete bereits auf meinem Handydisplay. Nur an der Rezeption wartete keiner. »Hello?«, rief ich, »is there anybody?« Es war nobody hinter der Rezeption und daneben auch nicht. Ein Telefon suchte ich vergebens, ich musste mich also wohl oder übel doch auf die Suche nach einer Stelle mit Empfang machen. Auf dem Parkplatz vor der Lodge gab es einen Dekofelsen. Ich stellte mich drauf und starrte aufs Handydisplay: Ladestand: 7 %. Netz: keines. Da fiel mein Blick auf unseren Toyota Quantum.

Vorsichtig erkletterte ich das Dach des Busses. Dann hielt ich das Handy in die Höhe, und Freudentränen schossen mir in die Augen: Neben einem Ladestand von 6 % war ein Empfangsbalken zu sehen!

»Yes!!!« Vor Freude reckte ich so enthusiastisch meine Faust zum Himmel, dass ich fast vom Dach gefallen wäre. Ich taumelte und ruderte, und schließlich krachte mein Schuh auf die dürre Holzgiraffe der Gruberin. Es knackte hässlich, aber wenigstens stand ich wieder sicher. Als ich mein Handy erneut in die Luft hielt, bemerkte ich, dass ich nicht wirklich gut würde telefonieren können, solange mein Handy einen Meter von meinem Kopf entfernt war. Ich probierte alle Positionen auf dem Busdach, erst dann kam ich auf die Lösung, die ich laut zu mir selbst sagte: »Freisprechen!«

Ich klickte also auf das Lautsprechersymbol, dann auf den Eintrag der Sparkasse Euskirchen und hielt schließlich das Handy so hoch es irgend ging. Es tutete! Es klickte! Und der Ladestand rutschte um ein weiteres Prozent nach unten. Augenblicke später fiepte eine Stimme aus dem winzigen Handy-Lautsprecher. Es war eine Stimme, die ich noch nie gehört hatte: »Kreissparkasse Euskirchen, Lauer?«

»Wer?«, rief ich nach oben.

»Lauer!«

»Kenn ich nicht.«

»Können Sie auch nicht, weil ich meinen ersten Tag habe. Mit wem spreche ich denn, bitte?«

»Matthias Klein! Sie sprechen mit Matthias Klein! Und wenn Sie mir den Herrn Pfingst geben würden bitte, es ist wichtig!«

Ich muss auf dem Busdach ausgesehen haben wie die Freiheitsstatue, der man ein Handy in die Hand gedrückt hat statt einer Fackel.

»Das geht leider nicht im Augenblick, der Herr Pfingst ist im Foyer und backt Waffeln.«

»Er macht bitte was?«

Ich ließ das Telefon vor Schreck ein wenig sinken, sofort zitterte der Empfangsbalken, also riss ich es wieder nach oben.

»Er backt Waffeln für unsere Kunden. Heute ist doch großer Immobilientag.«

Ich presste die Lippen zusammen und ließ meinen Blick über das helle Gras und die namenlosen Büsche wandern. In der Ferne marschierten sie unter Bahees Führung auf die Lodge zu: Ich erkannte den Erdbeerigel, Schnabel und Bahee, die anderen beiden konnten die Grubers sein.

»Sind Sie noch da, Herr Klein?«, quäkte es dünn von oben.

»Ja!«, antwortete ich, »ich kann ja gar nicht weg!«

»Kann ich Ihnen denn vielleicht weiterhelfen?«

Mein Arm tat weh inzwischen wegen meiner ungewöhnlichen Telefonposition, doch ich hielt ihn eisern nach oben.

»Ich müsste superdringend fünftausend Euro überweisen!«

»Sind Sie denn Kunde bei uns?«

»Frau … es wäre wirklich am einfachsten, wenn Sie mir den Herrn Pfingst holen, der kennt mich seit dreißig Jahren!«

»Das würde ich ja gerne, aber der hat gerade frischen Teig bekommen von der Frau Barth, und wir haben eine Riesenschlange, die geht …«

Ein kalter Wind blies mir unter das T-Shirt. Irgendwo in der Ferne bellte ein Hund. Langsam sank meine Hand herab, und schwach blinzelte ich aufs Display. Es war schwarz. Dafür tauchte nun Sina im Eingang der Lodge auf. Sie entdeckte mich sofort, was vermutlich mit meiner recht exponierten Position auf dem Busdach zu tun hatte.

»Und?«, fragte sie interessiert.

»Alles klar, Schatz. Die … Sie … sie hat die Tasse gefunden!«

7

Dass Sina und ich kein romantisches Abendessen zu zweit haben würden, wurde mir in dem Augenblick klar, als Wetterfloh Brenda uns in ihrer neuen Schuluniform ein Weißwein-schwangeres »Huhuuuu! Hier!« vom Gruppentisch zuträllerte. Obwohl das Abendessen erst für 18 Uhr angesetzt war, waren alle schon da: Bahee, Witzprofessor Pepi Gruber samt Rosinenanhang, der stählerne Schnabel, Erdbeerigel Trixi sowie ›Bing‹ Seppelpeter und natürlich: Breitling, über dessen gegeltem Haupt bereits eine gelbe Rauchwolke schwebte. Zwei Plätze waren noch frei. Wie angewurzelt blieb ich stehen und griff die Hand meiner Freundin.

»Wir essen … alle zusammen?«, knirschte ich Sina mit schiefem Gesicht zu und versuchte, mein frontales ›Ach, da seid ihr ja‹-Grinsen beizubehalten.

Sina lächelte ebenso schief zurück. »Sieht fast so aus!«

Noch immer hatten wir uns keinen Zentimeter in Richtung der Gruppe bewegt, ja ich zog sogar am Stuhl eines unbesetzten Zweiertisches neben mir, in der stillen Hoffnung, wir könnten doch noch irgendwie alleine essen.

»Und jetzt?«, murmelte ich und bemerkte, dass inzwischen die erwartungsvollen Blicke aller auf uns beide gerichtet waren. Auch schien Speckhut bereits einen Gag auf seine Witzschleuder gespannt zu haben, allzu froh rollten seine Augen hinter seiner dicken Brille.

»Jetzt setzen wir uns da hin!«, tuschelte Sina.

»Im Leben nicht!«, presste ich zwischen zwei grinsenden Backen hervor, »weil wir uns schön hier an den Zweiertisch setzen, das war Teil der Abmachung.«

»Das kannst du nicht bringen, nicht am ersten Abend!«, zischte Sina, und dann zog sie mich lachend zum Gruppentisch.

»Hallo! Na ihr?«

Mist, dachte ich noch, das war echt ein Fehler, ihre Hand zu nehmen, da stand ich auch schon in Breitlings Qualmwolke und berechnete mögliche Sitzpositionen. Das erschütternde Resultat meiner Berechnungen war, dass ich mein erstes Abendessen in Afrika entweder zwischen Bahee und Breitling oder zwischen Schnabel und dem Wetterfloh einnehmen musste. Ich entschied mich für das kleinere Übel und nahm neben Bahee Platz, der uns freudig begrüßte.

»Na, habt ihr a bikkie geplanscht im Pool?«

»Ja, wunderbar war das«, antwortete Sina, »oder?«

»Absolut!«, antwortete Schnabel, noch bevor ich etwas sagen konnte. Irritiert blickte ich auf. Dass die beiden zusammen am Pool waren, hatte ich gar nicht mitbekommen.

»Und mit eure Zimmer alles okay?«, schmatzte Bahee, der sich bereits ein Brot genommen hatte.

»Echt schön, nichts zu meckern! Sehr stilvoll, da ist so manche Anregung dabei für uns, oder?« Immerhin: Sina schaute dieses Mal mich an.

»Absolut!«, bestätigte ich, »aber … wie sieht's denn so mit Adaptern aus?«

»Also, ich hab normalerweise immer zwei dabei, aber eine ist kaputt, und die andere hab ich vorhin die Käthe mal gegeben, ne.«

Als die Gruberin ihren Vornamen hörte, blickte sie neugierig auf.

»Wer hot was?«, wienerte es von schräg gegenüber.

»Wegen des Adapters …«, setzte ich höflich an, da schlug mir schon ein unwirsches »Den brauch i für'n Fön!« ins Gesicht. Kritisch blickte ich auf die kurzen grauen Haare der Wienerin.

»Trotzdem … wenn's irgendwie geht, bräuchte ich den mal ganz kurz morgen, nach dem Fönen! Kriegst ihn auch sofort zurück.«

»Na, ach so, des is ka Problem, wenn i des Steckerl am Obend wieder hob.«

Ich war beruhigt. Gleich am nächsten Tag würde ich alles aufladen, dann erst mal Immovest simsen, dass die Kohle unterwegs ist, und dann die Gebühr überweisen; irgendwann würde mein Sparkassenberater sein Waffeleisen ja vielleicht mal verlassen.

Eine knubbelige schwarze Bedienung fragte uns auf Englisch, was wir trinken wollen. Breitling bestellte auf Deutsch eine Flasche teuren südafrikanischen Rotwein, Sina und ich auf Englisch zwei Windhoek Lager, Bahee ein Rock Shandy und Schnabel ein Wasser.

»Nur ein Wasser?«, fragte ich interessiert. Schnabel nickte und sagte »No!«, was er so schnell aussprach wie »Na!«, wobei er mit der Stimme nach oben ging.

»No?«, wiederholte ich amüsiert.

»Also ›No‹ im Sinne von ›Ja‹!«

»Aha!«

»Is thüringisch.«

»Okay. Also … keinen Wein? Oder Bier?«

»Schmeckt mir nicht«, war Schnabels trockene Antwort.

»Dir schmeckt kein Bier UND kein Wein?«, fragte ich und blickte ihn kritisch an.

»Mir schmeckt einfach kein Alkohol!«

»Jetzt echt?«

»No!«

Ich nickte beeindruckt, und noch bevor ich fragen konnte, ob er denn schon mal Alkohol probiert habe, stieß Pepi Gruber mit seiner Gabel ans Weinglas und erhob sich von seinem Stuhl. Er hatte einen Zettel in der Hand, und ich fürchtete schon, er wolle eine Tischrede halten. Es kam schlimmer. Pepi Gruber hatte ein Gedicht über den ersten Reisetag geschrieben und war guten Mutes, dieses auch laut vorzutragen. Feierlich nahm er seinen Speckhut ab, erhob sich und hielt den Zettel vor seine Lesebrille. Dann begann er in glasklarem Wienerisch:

»Reisetagebuch Namibia, Tag Ans.

Am ersten Tag von unserer Reise,

hamma Schwarze g'sehen und Weiße.

Der Max, der hat sei Uhr beholten,

die Leud im Township sie net wollten.

Am Obend dann wusst ma im Nu,

ob was kneift und zwickt im Schuh.

Max und Brenda, Matze, Sina –

hört's diesen Tipp hier von am Wiener:

A Wanderschuh g'hört eingelaufen,

danach kommt erst die Zeit zum …«

Mit weit aufgerissenen, erwartungsfrohen Augen wartete Speckhut auf eine Reaktion von uns.

»Saufen?«, hustete Breitling desinteressiert.

»… Tratschen! Hahahaha! Reingefallen!«

Ich atmete ein, und ich atmete aus. Dann schaute ich in die Runde, um sicherzugehen, dass das Gedicht auch bei den anderen Schrecken und Atemlähmung ausgelöst hatte. Leider war dem nicht so. Ausnahmslos alle hatten ein Lächeln auf dem Gesicht. Das größte freilich hatte sich der Reimrentner selber in seinen Vollbart gekärchert.

»Den ersten Blesbock hammer gsehn,

a Gnu von weitem, a recht schön.

I weiß scho heit nach kurzer Zeit:

Der Bahee is a supa Guide!

Danke!«

Unser Tisch applaudierte, und wenn ich mich recht erinnere, dann klatschte ich sogar mit.

»Mensch Pepi, ne, so viel Kompliment schon an die erste Tag, danke!«, lachte Bahee und hob seinen Daumen. »Da muss ich ja auch mal ein Gedicht hier entwickeln, ne!« Mahnend wackelte Gruber mit seinem Zeigefinger: »Reimen tuat ka Bahee und ka Huber, des macht nur euer Pepi Gruber!«

Die Getränke kamen, und ich durfte Bahees Rock Shandy probieren. Es schmeckte süß, erfrischend und ein bisschen bitter zugleich.

»Lecker! Was ist da drin?«

»Da mischte mal Sprudelwasser mit Sprite und machst einen Spritzer Angustora Bitter drauf! Und Eis halt, ne.«

»Und Eis auch?«, hakte Trixi nach. Sie hatte ein getigertes Notizbüchlein dabei und schrieb offensichtlich das Rezept mit.

»Ja«, bestätigte Bahee, »Eis auch, ne!«

Dann war Showtime: Eine mehrköpfige Folkloretruppe sang und trommelte sich leicht beschürzt ins Restaurant und bot einen afrikanischen Tanz dar. Sogar unsere knubbelige Bedienung war dabei! Das Ganze wirkte allerdings so touristisch, dass ich mich in meiner Rolle als weißer Zuschauer nicht wirklich wohl fühlte. Wenigstens war der Zauber schon nach drei Liedern zu Ende, und es folgte die dreisprachige Präsentation des Abendmenüs. Angekündigt wurden marinierte Hähnchenfiletstückchen mit Aprikosen am Spieß als Vorspeise, gegrillte Springbockmedaillons mit Süßkartoffelscheiben als Hauptspeise und eine Art Kuchen als Nachspeise. »Klingt lecker.« Ich blinzelte Sina zu, die jede positive Regung von mir dankbar aufnahm und erleichtert zurücklächelte.

»Da siehste mal. Vielleicht können wir ja die eine oder andere Sache in unserer neuen Küche nachkochen!«

»Absolut!«, bestätigte ich und sah plötzlich Herrn Pfingst von der Sparkasse Euskirchen vor mir, wie er Waffeln backt in unserer neuen Küche.

»Da gibt Kochbücher auf Deutsch mit namibische Küche in Windhoek«, erzählte Bahee, der mitgehört hatte, »da müsst ihr mal am letzten Tag in die Bücherkeller.«

»Das müssen wir uns aufschreiben, Matze.«

»Schon gemerkt«, versuchte ich zurückzulächeln. Für einen winzigen Augenblick dachte ich an ein mehr oder weniger harmonisches Abendessen. Dann allerdings folgte die Ankündigung des Menüs in einer Sprache, die Nama hieß.

Das Problem an diesem Nama war nun, dass es nicht im Entferntesten so klang wie all die anderen Sprachen, ja nicht mal wie die anderen afrikanischen. Da es ziemlich viele Knack- und Schnalzlaute hatte, klang es in etwa so, als hätte man während des Sprechens einen dieser Blech-Knackfrösche im Mund, und was neben uns so lustig durch die schwarzen Kehlen schnalzte, hätte ein Europäer niemals aussprechen können. Dachte ich. Als Erster ließ der bereits angeschwipste Breitling ein süffisantes Glucksen von sich hören. Die Nama-Tänzer fuhren indes unbeirrt mit den Speisen des Abends auf Nama fort. Nun quietschte auch der Wetterfloh dazwischen, und zum ersten Mal schien sogar die Rosinengruberin einen Anfall von guter Laune zu haben, denn sie schnalzte amüsiert: »Des is ja wia: der K!nopf, der K!nopf, der Hosenk!nopf, der K!nopf, der K!nopf, der k!nallt!«

Wäre das Holz der Tischplatte nicht so verdammt hart gewesen, ich hätte meine zehn Finger bereits durchgebrochen vor Scham. Die Gruberin bekam Applaus von unserem Tisch, und Breitling feuerte mehrere stroboskopartige »Ha! Hey! K!nick, K!nack!« in den Raum. Sogar der schildkrötige Seppelpeter hatte amüsiert seinen fränkischen Knarzkopf aus dem Panzer gereckt und vor lauter Amüsement ganz vergessen, seine Bing-Maschine zu starten. Und als dann Speckhut noch ein »Ich k!nips, ich k!nips das G!nu im Nu, ich k!nips das G!nu im Nu!« dazulegte, da ersoff unser Tisch geradezu in sinnlosem Gelächter.

Hilfesuchend drehte ich mich zu Bahee, doch der grinste nur, als wäre nichts gewesen. Es war so, als wäre ich Zeuge eines brutalen Raubüberfalls, bei dem alle wegschauten. Ich erinnerte mich, dass man in einer solchen Situation ganz konkret um Hilfe rufen musste: Sie, mit den langen schwarzen Haaren und der roten Bluse! Helfen Sie mir!

Sina half nicht.

Als die Präsentation zu Ende war, hob Bahee feierlich sein Glas. »So, dann sag ich mal: Auf eine tolle Reise mit euch, ne. Ich glaub und was ich bisher gesehen hab, ne: ihr seid ein Super-Gruppe!«

Fassungslos hob ich mein Weinglas und stieß mit allen an, deren Gläser ich erreichen konnte. Irgendwie kam ich nur an das von Sina. Dann wurden unter lauten »Ooohs« und »Aaahs« die marinierten Hähnchenfiletstückchen gebracht. Als die schwarze Klicklaut-Bedienung meinen Teller brachte, zog ich sie zu mir, ich konnte nicht anders.

»I am really sorry!«, flüsterte ich.

»For what?«, fragte sie irritiert, und ich bemühte mich zu erklären.

»For … äh … everybody laughed about your k!nick k!nack language.«

Die Klicklaut-Bedienung lachte, klopfte mir auf die Schulter und antwortete in akzentfreiem Deutsch: »Da machen Sie sich mal keine Sorgen. Das geht jeden Abend so, wir sind's echt gewöhnt, 'n Guten!«

Sprach's und zischte ab, um weitere Vorspeisen zu holen. Ich bemerkte, dass der Thüringer Wassertrinker mich verwundert anschaute. Und ich hörte, wie die Gruberin ihren Mann Pepi fragte, was ich da auf Englisch gesagt hatte. Pepi antwortete ebenso verschnupft wie wienerisch: »Entschuldigt hat er sich für uns!«

»Des glab i aber jetzt net! Hast des a ghört, Kevin?«

»No!«, nickte dieser. Nicht ohne Abscheu blickte die Gruberin zu mir rüber, in ihren Augen funkelte es gefährlich. In diesem Augenblick wusste ich, dass ich am nächsten Morgen keinen Reiseadapter bekommen würde.

8

Ich tat kein Auge zu in meiner ersten afrikanischen Nacht. Stundenlang kreisten meine Gedanken um unsere Wohnung, Immovest und die Sparkasse Euskirchen. Einzig und allein das quietschende Bett unserer Lodgenachbarn vermochte mich für ein Weile abzulenken, denn ich konnte nicht anders als mir vorstellen, wie sich der ölige Breitling mit Kippe im Mund an »Schulmädchen« Brenda zu schaffen machte. Als es das dritte Mal losging, knipste ich das Licht an und setzte mich aufrecht ins Bett.

»Mein Gott«, stöhnte ich, »das gibt's doch nicht!«

Wie es der Vorführeffekt so wollte, vielleicht aber auch wegen dünner Wände, war es still ab diesem Augenblick: Das Quietschen stoppte ebenso wie das Knarzen des Bettrahmens. Verschlafen blickte Sina mich mit einem Auge an, wie immer wenn ich sie nachts weckte, ging sie zuerst in den Aufmerksamkeits-Sparmodus.

»Was ist denn?«

»Wie? Was ist? Kriegst du gar nichts mit?«, sagte ich patzig.

Nun öffnete Sina unschuldig auch das andere Auge.

»Ich hab ja geschlafen!«, verteidigte sie sich.

»Du schläfst, du sonnst dich, du liest! Denkst du eine Sekunde auch mal an mich?«

Sina schaute mich an, als könne sie meinen Gedankengang nicht wirklich nachvollziehen. »Willst du mir vielleicht noch irgendwas sagen?«, zickte sie.

»Ja«, begann ich und schaltete das Licht wieder aus, »Mallorca wäre besser gewesen!« Ich drehte mich um, und als ich nach ein paar Minuten fast eingeschlafen war, da klingelte Sinas Reisewecker.

Eine Stunde später saß ich mit kurzer Hose und T-Shirt auf einem harten Metallsitz eines offenen gelben Jeeps und rechnete mir aus, wann genau mein Kältetod eintreten würde. Ausgerechnet die Gruberin hatte mir mit falschem Lächeln den schlechtesten Sitzplatz angedreht: ganz vorne beim Fahrer. Nun bretterten wir in Eiseskälte mit gut und gerne 50 km/h auf einer staubigen roten Piste in die Wüste hinaus, wo wir laut Bahee ein bikkie rumlatschen wollten und kucken, welche Tiere so herumgehupft waren in die Nacht. Das hätte ich ihm schon am Frühstückstisch sagen können: Ein Grauschmierbär und ein Wetterhuhn sind rumgehupft, und zwar in Bungalow 21.

Der messerscharfe Fahrtwind schoss mühelos durch die Poren meines dünnen T-Shirts; ich kam mir vor wie ein frisch geschorenes Schaf im Frosta-Windkanal. Speckhut schien passender angezogen, er riss schon den ersten schlechten Witz des Tages.

»Seht's amal, da drüben, gleich drei Strauße! Ja hat's da an Fleurop um die Ecken?«

Hörte dieser Idiot denn nie auf mit seinem halbseidenen Wortgeklapper? Oder musste er die Dinger einfach rauströten, weil eine geheime österreichische Witzfabrik in ihm steckte mit straßenbreiten Gagfließbändern, die nie stillstehen durften, und einem Pointenlager, das so klein war, dass mindestens zehn Scherze pro Minute die Fabrik verlassen mussten? Das Lachen meiner Gruppe vernahm ich nur noch dumpf, wie durch einen Fadenvorhang aus Eis. Im Zeitlupentempo knirschte ich meinen Kopf in Richtung des schwarzen Fahrers rechts von mir. Er trug eine dicke Fleecejacke, eine Wollmütze mit dem Logo der Lodge und Handschuhe. Er trug Handschuhe!

»You're alright?«, fragte er mich mit besorgtem Blick.

»Absolutely!« Ich versuchte den Daumen zu heben, was aber nicht mehr recht ging. Und dann stimmte Speckhut von hinten auch noch ein Lied an. Ja, unser Jeep war gelb. Aber musste man deswegen gleich singen?

»Hoch auf dem gelben Wagen sitz' ich beim Schwager vorn …«, tönte es nun durch die Wüste, und ich fragte mich, warum die anderen mitsangen, statt ihn mit einem lockeren Kinnhaken vom Jeep zu hauen.

»Vorwärts die Rosse jagen, lustig schmettert das Horn …«

Mein Magen krampfte sich zusammen. Warum beschallte dieser trübäugige Trottel-Chor die schutzlose Natur mit derart armseligem Liedgut?

»Felder, Wiesen und Auen, leuchtendes Ährengold …«

Ich war mir sicher: Hinter der nächsten Düne kotzten Springbock, Oryx und Gnu ihre Verzweiflung in den roten Sand der Kalahari. Hilflos blickte ich zum Fahrer und konnte nicht fassen, was ich sah: Auch er sang mit!

»Möchte ja so gerne noch schaaaauuueen, aaaaber der Wagen, der rollt!«

Das war zu viel! Ich machte dicht und fuhr mich runter in den Gemüsemodus, das heißt: Ich kappte die Verbindung zur Außenwelt und stellte mir vor, ich sei ein weichgekochtes, emotionsloses Gemüse. Normalerweise nahm ich gerne Aubergine, heute war es Tiefkühlgemüse. Meine Hände verwuchsen mehr und mehr mit den blitzkalten, stählernen Haltegriffen des Jeeps. Den tödlichen Fahrtwind hingegen spürte ich nun nicht mehr.

Mit einem Mal zuckte ich zusammen. Vielleicht war ich ja schon derart unterkühlt, dass ich sterben würde? Ohne Strom und Wohnung würde ich im roten Sand zitternd den letzten Atemzug nehmen, umringt von meiner trällernden Reisegruppe unter der Leitung eines Wiener Scherzprofessors. Würde er wirklich auch meinen Tod noch durch seinen Reimwolf drehen?

›Voller Wehmut sog i leise,
san nur noch acht auf dieser Reise.
Der Matze is heut von uns gangen,

an der Händ zwa Eisenstangen.
Hot weder Strom kabt noch Humor,
des kommt bei Piefkes öfters vor. ·
Am zweiten Tag hat's er'm zerrissen,
ganz sicher wird er uns vermissen!‹

Ich wollte schreien, doch es ging nicht. Ich schluckte und wusste: Ich würde der erste Tourist sein, der so dämlich war, in der Wüste zu erfrieren! Elendig verrecken würde ich, und nur die singenden Silberköpfe würden überleben wegen ihrer dicken TCM-Fleecejacken. Was würden meine Eltern sagen, wenn sie die Bild-Zeitung aufschlugen und lasen: ›Erfrorener Trottel-Tourist: jetzt spricht die Freundin!‹

Irgendwann müssen wir dann doch angekommen sein. Ich bekam zwei Decken und eine Tasse Tee mit Keksen, die eigentlich als Überraschung und Mini-Frühstück gedacht waren nach der Wanderung. Sina rubbelte meinen Rücken warm und goss Tee nach.

»Du Armer, warum haste denn nichts gesagt? Der Kevin hätte dir sicher ne Jacke gegeben, oder?«

Der feine Herr Schnabel bestätigte dies. »No!«

Da ich noch immer halb Tiefkühlbrokkoli, halb Mensch war, zuckte ich nur mit den Schultern.

Kurz darauf standen wir auf einer der Dünen und betrachteten den roten Sand. Die Gruppe hatte sich ein wenig zerstreut, jeder schien etwas anderes zu fotografieren: Speckhut eine Blüte am Strauch, Schnabel die Dünen und die Schweizerin aus Hannover ihre eigenen Fußspuren, die sie, wie sie später zugab, für die Spuren eines gefährlichen Raubtiers gehalten hatte.

Noch während ich auftaute, wurde mir klar, dass die Wanderung gar keine Wanderung war, sondern so eine Art Wüstenkunde. Im Grunde genommen ging es darum, dass wir alle hier rausgefahren waren, um »die Zeitung der Wüste« zu lesen, was Bahee, der mit Wasserflasche und dem grünen Hemd von gestern vor einer Tierspur stand, auch genau erklärte: »Die Buschmänner früher, ne, die habe jeden Morgen die Wüstenzeitung gelesen, so wie wir den *Süddeutsche* oder auch die *taz,* ne.«

»Oda an *Kurier*«, ergänzte Speckhut.

»Oder die *Kurier*, genau, ne«, lachte Bahee. »Die Buschleute aber haben naturlich nicht die *Kurier* gelesen, sondern die *Kalahari Newspaper*. Das musst ihr euch mal so vorstelle jetzt, ne, dass die Buschleute aufgestanden sind, und noch bevor sie den Fernseher angeknipst haben ...«

»Den Schwarzweiß-Fernseher?«, kalauerte Speckhut.

»Genau, hehe, super, Pepi, also bevor die sich ihre Schwarzweiß-Fernseher angeknipst haben oder so, ne, die habe geguckt in die Sand, und dann habe die gesagt: ›Hoppala, was haben wir denn da für einen Spur? Da haben wir eine Springbock, der ist gelatscht in diese Richtung und hier ... wieder eine Springbock, der ist gelatscht in die andere Richtung! Hier wir haben ein Gnu, der ist vielleicht ein bikkie alt gewesen von die Spur her oder krank, und hier ... ha! Wieder eine Springbock!‹«

»Und das haben die alles aus der Spur rausgelesen?«, fragte Brenda mit großen Kulleraugen.

»Klar! Die Buschmänner ne, die war Profi, die wusste nicht nur genau, was für Tier da war in die Nacht, die weiß auch, ob die Tier ist gelatscht, gesprungen oder gehupft, wann es gehupft, wie schnell und mit wem! Die Buschmann wusste alles über die Tier, nur die Tier, ne, die wusste gar nix.«

»Ah ge, des war ka Buschmann net, des war die Kalahari-Stasi!«, wienerte es unter dem Speckhut hervor, und alle außer mir und seiner Frau mussten lachen. Die Aufmerksamkeit der Gruppe schien Balsam für den vereinsamten Ex-Lehrer zu sein, ja er badete geradezu im Erfolg seines kleinen Witzchens. Aufgeregt deutete Bahee auf einen perlhuhnähnlichen Vogel, der in gut fünfzig Metern Höhe über uns kreiste.

»Schaut amal! Das ist eine Gaggeltrappe, und wenn die landen, dann landen die so wie Hubschrauber, ne.«

›Bing‹!

Leider tat uns die Gaggeltrappe nicht den Gefallen, wie ein Hubschrauber zu landen. Sie landete einfach gar nicht, sondern flog an uns vorbei.

›Bing‹.

Enttäuscht nahm der alte Seppelpeter die Kamera herunter.

»Drecksvochel!«

Dafür tat uns Trixi Sipp den Gefallen, mit ihrer Weste in einem Dornenbusch hängen zu bleiben und sich sofort über sich selbst zu ärgern.

»Das war ja klar, dass ich da reinlaufe. Ich muss mal aufpassen und nicht rumträumen die ganze Zeit!«, schimpfte sie sich selbst aus.

Bahee befreite sie lachend.

»Das ist nicht schlimm, Trixi, da gibst du mir ein prima Überleitung. Da, wo die Trixi gerade reingelatscht ist, ne, das ist die Blüten von die Warte-ein-bisschen-Baum. Die Warte-ein-bisschen-Baum, das ist die Nickname von diese Baum, weil er Widerhakendornen haben und wenn man vorbeilauft und nicht aufpasst, dann hakt diese Widerhakendorn, und du kannst nicht weiterlaufen, sondern sollst wieder zurückkommen, um die Dinger hier mal wieder rauszuhaken, ne, und deswegen heißt der Warte-ein-bisschen-Baum, weil man warten muss und zurücklaufen, versteht ihr?«

Neun stumme Augenpaare waren auf Bahee gerichtet. Ja, wir verstanden. Wir verstanden so ein bisschen. Offenbar waren wir bereits gestern in einen Versteh-nur-ein-bisschen-Reiseleiter gelaufen und hängen geblieben.

Über rostroten Sand folgten wir Bahee zu einem weißstämmigen

Gewächs, halb Busch, halb Baum. Es hatte kleine grüne Blätter in der Farbe von Bahees Hemd und war in etwa so hoch wie unser Bus.

»Der ist die Boscia albitrunca und heißt auch Shepherd's Tree oder Weißstammbaum, ne. Dieser Baum hat eine Schwester, der heißt Boscia Fuddida, und wenn der blüten, dann stinkt der so wie Toilette. Da will der die Fliege attraktieren, damit die sich draufsetzt und befruchten, ne.«

Die Runde schwieg. Nur Erdbeerquarktörtchen Trixi machte ein schüchternes Foto von Bahee neben dem Toilettenbaum. Der Baum erinnerte mich daran, dass ich jahrelang dachte, wir hätten in Köln am Ring auch Bäume, deren Früchte nach Kotze stanken, wenn sie aufplatzten. Als es das erste Mal auch an Weihnachten nach Kotze roch und ich mir die Früchte genauer anschaute, wusste ich, dass es ganz normale Bäume waren. Sina und ich meiden den Ring seit dieser Erkenntnis.

Still gingen wir weiter und ließen uns noch einen Kameldornbaum erklären, verlassene Straußeneier und die Spur einer fußlahmen wilden Katze, die nachts Richtung Angola gehupft war. Als Bahee sich an einem Piss-mal-ein-bisschen-Baum erleichterte und somit außer Hörweite war, brach es aus der aufgeregten Gruberin heraus. Im tiefsten Wienerisch wandte sie sich gleich an die ganze Gruppe, ihr Gesicht wirkte noch rosiniger geschrumpft vor lauter Groll.

»Sagt's amal, versteht's ihr den Bahee? Weil – i versteh gor nix. I moan, i versteh er'm schon, aber i waas net, was er sagt.«

»Was?«, hustete Breitling grinsend und fing sich einen bösen Blick.

»I sog, i versteh er'm net, den Bahee!«

»Ach so.«

Missmutig blickte Käthe in die Runde, doch natürlich wollte keiner ihr zuliebe den sympathischen Bahee kritisieren. Trixi zog sich kopfschüttelnd letzte Dornen aus ihrer Weste, der alte Seppelpeter wechselte eine Speicherkarte an seiner Kamera. Also war es wohl an mir, etwas zu sagen: »Du, find ich auch, Käthe. So geht das nicht. Ich werd mal mit ihm sprechen.«

»Danke!« Die Gruberin nickte zufrieden, und ihr Gesicht entschrumpfte sich. Sina hingegen starrte mich an, als hätte ich mir gerade eine Crack-Pfeife angezündet. Ich hasste mich selbst dafür, dem überaus sympathischen Bahee in den Rücken zu fallen, aber was sollte ich machen – ich musste unsere Wohnung retten, und dazu brauchte ich nun mal dringend diesen Reiseadapter.

9

Beim anschließenden Frühstück erzählte Schnabel stolz, dass er Personal Trainer ist und vor genau zehn Jahren 1011. beim Ironman Triathlon Hawaii war. Sina fand ernsthaft, dass das eine echt gute Platzierung war. Ich fand, dass es nichts Peinlicheres gab, als den 1011. Platz zu machen, selbst wenn es auf Hawaii war – außer vielleicht Kevin mit Vornamen zu heißen und Schnabel mit Nachnamen. Dies sagte ich natürlich nicht am Frühstückstisch, sondern nur zu Sina.

»Das sagst du nur, weil er so fit ist!«

»Das sag ich, weil's ein Langweiler ist.«

»Du kennst ihn doch gar nicht.«

»Ich muss ja auch nicht auf die Malediven fliegen, um zu wissen, dass es da warm ist.«

Die Hupe unseres Toyota beendete unsere kleine Meinungsverschiedenheit, und dann brachen wir gleich dreimal zu unserem nächsten Ziel auf, der Farm Gariganus beim Köcherbaumwald.

»Die haben da auch deine Adapterdingsda, Matze, da kannste deine ganze Gadgets mit Strom mal bis an den Rand füllen, ne!«

»Super!«

Erleichtert ließ ich mich in den Beifahrersitz fallen, und schon fuhren wir los. Da Seppelpeter unbedingt eine Aufnahme vom fahrenden Bus haben wollte und wir noch »a bikkie Zeit« hatten, setzte Bahee ihn mit seiner Kamera am Rand der Schotterpiste ab. Wir wendeten, fuhren einen guten Kilometer zurück, um dann winkend an Seppelpeter vorbeizurasen, der mit einem verzweifelten »Naaaaa!« in einer dichten Wolke aus hellem Staub verschwand.

»Konnst weitaforn, der beißt sich scho durch!«, wienerte es aus Reihe zwei, und alle lachten. Bahee war die Sache allerdings recht peinlich, denn als wir Seppelpeter aufsammelten, sah er aus wie ein mit Puderzucker bestreuter Kaiserschmarrn.

»Tut mir leid, Karl-Heinz, da hab ich die Wind nicht mit reinbedacht!«, entschuldigte sich Bahee, und Seppelpeter bestieg grantelnd den Bus.

Wir fuhren weiter, bis Trixi fünf Minuten später feststellte, dass sie gar kein Portemonnaie mehr hatte. »Also, das haben die mir gestohlen, da bin ich ganz sicher, da waren Diebe am Werk!«, brach es aufgeregt aus ihr heraus, und Teilzeitrassist Breitling sagte, dass ihn so was nicht wundern würde hier. Bahee schien so langsam unter Zeitdruck zu geraten: »Glaub ich nicht, den hast du bestimmt irgendwo, schau noch mal.« Trixi hatte ihn nicht irgendwo, also fuhren wir zurück zur Lodge, wo wir das Portemonnaie schließlich aus ihrem Zimmersafe holten, in den sie es am Vorabend höchstpersönlich hineingeschusselt und vergessen hatte.

Das dritte Mal mussten wir dann zurück, weil Brenda sich zu erinnern glaubte, ihr Duschgel im Bad vergessen zu haben.

»Mensch Brenda, ich fahr doch da jetzt nicht noch mal zurück wegen irgend so eine Duschgel da!«

»Das ist nicht irgend so eine Duschgel, das ist das neue Rose The One von Dolce & Gabbana!«, protestierte Brenda.

Zähneknirschend wendete Bahee, und wir fuhren ein drittes Mal zurück zur Lodge, wo sich das Bad des Wetterflohs leider Dolce & Gabbana-los präsentierte. »Das haben sich die Putzmädels untern Nagel gerissen, damit die auch mal gut riechen!«, knatterte Breitling in die Runde, und Bahee meinte, das könne schon sein, aber halt nur, wenn das Zimmer schon geputzt worden wäre, woraufhin Breitling schwieg. Ohne Duschgel stiegen wir wieder in den Bus.

»So, Leute, habt ihr jetzt aber auch wirklich alles dabei hier von eure Sachen?«, fragte Bahee mit angespannter Miene. Wir hatten, also ging es endlich so richtig los über die uns inzwischen bekannte Schotterpiste. Eine gute Stunde galt es nun aufzuholen, sonst würden wir die Gepardenfütterung bei Farmer Nolte verpassen. Der Gedanke an die Farm schien Bahee aufzuheitern. Trotz der beachtlichen 120 Kilometer pro Schotterpistenstunde wurstelte er sich einhändig das Headset auf den Kopf. »Die Gariganus Farm, wo wir jetzt mal hinfahren, da wohnt auch die Otti, der ist eine ganz schön hässliche Warzenschwein, ne! Und alt, hehe!« Bahee grinste in den Rückspiegel. »Und der Otti, am Anfang, als der noch ein kleines Schweinchen war, da ist der bei die Farmer Nolte da ins Bett immer gegangen und natürlich irgendwann er durfte nicht mehr, ne. Aber deswegen will er da noch heute, wenn die Touristen die Tür vor ihre Bungalow da offen lassen, dann will der Otti da so gern wieder rein ins warme Bett, ne, und wenn der da erst mal liegt, dann muss man die Herr Nolte rufen, sonst bleibt der Otti bis zum Frühstück.« Wir lachten herzlich bei der Vorstellung des fiesen Warzenschweins im Bett, und der Witzprofessor merkte an, dass so ein Otti für manche Ehe sogar eine Bereicherung wäre. Seine Frau, die Gruberin, lachte nicht und bohrte mir stattdessen von hinten ihren dünnen Rosinenfinger in die Schulter.

»Sogst noch wos zum Bahee?«

Plötzlich wusste ich wieder, warum ich auf dem Stammplatz der Rosinenhexe direkt neben Bahee sitzen durfte statt in der letzten Reihe neben Seppelpeter: wegen meiner großspurigen Ankündigung, unseren Versteh-nur-ein-bisschen-Tourguide um verständlichere Erklärungen zu bitten. Da ich nun schon den Adapter der Gariganus Farm in Aussicht hatte, sah ich gar nicht mehr ein, der Gruberin irgendeinen Gefallen zu tun.

»Ich finde, wir sollten ihm noch eine Chance geben!«, flüsterte ich nach hinten. Blitzartig, wie bei einer chemischen Reaktion, zog sich das Rosinengesicht zusammen.

»A geh … plötzlich! Host doch selber gsagt, dass ma ihn net versteht!«

»Hab mal ein bisschen Geduld«, beschwichtigte ich.

»Der Bahö heißt scho richtig: A einziges Durcheinander is, wos er sagt!«, zischte es von hinten.

»Ach was!«, flüsterte ich zurück, »wenn man ihm ne klare Frage stellt, dann kriegt man auch ne klare Antwort.«

Bahee hatte nichts mitbekommen. Hochkonzentriert fixierte er die Schotterpiste, beide Hände fest am Steuer. So leicht schien es sich auf der durchaus breiten Piste gar nicht zu fahren. An manchen Stellen gab es schlecht sichtbare Bodenwellen, die den Bus zum Schlingern brachten und uns gehörig durchrüttelten. Dennoch zeigte der Tacho inzwischen beeindruckende 140 Stundenkilometer.

»Bahee, sag mal, wo bist du eigentlich geboren?«, fragte ich.

Bahee erschrak, als hätte ich ihn geweckt.

»Wo ich geboren bin?«

Ich nickte, und Bahee schaltete pflichtbewusst sein Headset an, so dass an seiner Antwort alle im Bus teilhaben konnten.

»Hört amal. Die Matze hat mich gerade gefragt, wo ich geboren bin. Also, das war in Otjosongombe, ne.«

Zufrieden blickte ich nach hinten zur Gruberin: »Bahee kommt aus Otjosongombe. Verstanden?«

»Ja!«, giftete sie mit verschränkten Armen zurück.

»Und sag mal, Bahee«, fuhr ich ein wenig gestelzt fort, »wo liegt denn das?«

»Das is in Otjozondjupa, ne!«

Und wieder drehte ich mich zur Gruberin, die bereits leicht köchelte.

»Is klar, oder?«

»Ja!«

Über den Rückspiegel blickte ich in die fragenden Augen meiner

Freundin. Ich zwinkerte ihr zu, woraufhin sie lächelte und der 1011. des Ironman Hawaii, der neben ihr saß, nicht.

»Und sag, Bahö, wo liagt des?« Witzprofessor Pepi hatte sich nach vorne gebeugt und drückte seinen Speckhut gegen Bahees Kopfpolster. »Also Otjosongombe, der is ganz nah bei Okakarara, aber die ganze Region is Otjozondjupa, ne.«

»Verstehe«, sagte ich und versuchte zusammenzufassen: »Is ja auch ganz leicht. Du kommst aus Otjozondjupa, und das ist in der Nähe von Okakahara.«

Leider schüttelte Bahee energisch den Kopf.

»Nee, nee, das geht nich, Matze, weil Otjozondjupa, der is ja die Region, und die Region kann ja nich in der Nähe sein von was, was da selber drin ist, ne.«

Speckhut schien zu begreifen:

»So wia die Steiermark net bei Graz sein kann, maanst?«

»Liegt der neben der Steiermark?«

»Wer?«

»Der Graz!«

»Naaa … eben net. Weil Graz is ja die Landeshauptstadt von der Steiermark, die is des Land und Graz die Stadt.«

»Aber der liegt da drin, ne?«

Zwei hilflose Augen blinzelten unter dem Speckhut.

»Wo drin?«

Hinter mir vernahm ich ein fast schon höhnisches Lachen. Warum hatte ich nicht einfach die Klappe gehalten und den Reiseadapter abgegriffen auf der Farm? Nun starrten alle mich an, als hätte ich höchstpersönlich den gesamten Globus durcheinandergebracht. Zu allem Unglück setzte Bahee seine Erklärung noch fort: »However, Otjosongombe ist in der Nähe von Okakarara oder auch andersrum, aber, und der ist wichtig: In Otjozondjupa, da sind die beide drin, ne.«

»Verstehe«, nickte ich als Einziger, »wegen der Region!«

»Hummeldumm!«, zischelte die Gruberin zu sich selbst, »der is einfach hummeldumm!«, dann beugte sie sich nach vorne und startete ihre Gegenoffensive.

»Sag amal, Bahö, wo hast du eigentlich dei Deutsch g'lernt?«

Bahee schob seine Sonnenbrille nach oben und blickte ein wenig irritiert nach hinten.

»Ich hab … selber gelernt die meiste. Wieso?«

»Ja, ganz einfach, weil – i muss jetzt wirklich ma sagen, und i denk, i sprech da für die Gruppe, dass …«

Da trat Bahee in die Eisen, dass es nur so staubte. Trotz Gurt musste ich mich mit beiden Händen auf der Plastikablage abstützen, Trixis getigertes Notizbuch flog an Bahee vorbei gegen die Scheibe, und von ganz hinten vernahm ich ein »Naaa!«. Nach endlosen Sekunden des Schweigens deutete Bahee auf einen Baum. Mit ruhiger Stimme erklärte er: »Entschuldigt, aber da musste ich jetzt mal schnell anhalten, ne, weil da habt ihr eine Riesenglück, dass ihr gleich an die zweite Tag so was Tolles hier mal sieht.«

Wie in Zeitlupe blickten wir nach draußen auf einen goldgelben Strohballen mit Loch, der in einem der Bäume hing.

»A Nest?«, fragte Speckhut.

»Genau, Pepi! Da ist die echt superseltene Nest von die soziale Webervogel, da habt ihr jetzt mal eine kleine Pause, um Foddo zu machen!«

Es stiegen tatsächlich alle aus und bewunderten das Nest. Ich blieb am Bus, mit Bahee, der schweigend zwei Dosen Cola aus einem kleinen Kühlfach nahm, sie öffnete und mir eine davon gab.

»Der dumme Kuh, der soll mal ihr Deutsch hören!«, platzte es aus ihm heraus. »Ich kann gerne alles auf Englisch erklären hier, da versteht die null. Oder Afrikaans oder Otjiherero. Da versteht die minus null!«

Mit unseren Coladosen stießen wir an.

»Was heißt denn Rosinengesicht auf … in deiner Sprache?

Ein leichtes Grinsen legte sich über Bahees Gesicht.

»Ha, Rosinegesicht sagst du, ne, hehe! Weißt du, ich hab immer gedacht, die hat so eine Kopf wie dieses Dings, was du nimmst, wenn du mal nähst, wie heißt der auf Deutsch?«

»Fingerhut?«

»Genau, hehe ... die hat eine Fingerhutgesicht, haha!«

»Und was heißt Fingerhut?«

»Kasurrunguta!«

»Kasurrunguta«, wiederholte ich grinsend. Dann ging auch ich zum Strohballen-Nest, mein frisch gelerntes Wort fröhlich vor mich hin murmelnd.

10

Auf dem Weg zur Gariganus Farm sahen wir noch ein gutes Dutzend der superseltenen Webervogelnester. So schnell jagte Bahee den Bus über die Piste, dass sie an meinem Fenster vorbeischossen wie goldene Kanonenkugeln. Ich schaute auf die Uhr. Wenn Bahee weiter dermaßen aufs Gas trat, dann wären wir bestimmt rechtzeitig auf der Farm, und ich würde endlich die blöde Reservierungssache regeln können.

Ich saß nun wieder in der letzten Reihe, vor dem Gepäck und zwischen Seppelpeter und Sina, die zum geschätzten zehnten Mal unsere neue Wohnung einrichtete und mich mit entsprechenden Fragen bombardierte. Zeitgleich las Speckhut über Bahees Headset aus seinem Reiseführer vor. Ich war ein wenig überfordert mit meinen zwei Audioquellen.

»›Gelbbraune Grasflächen und ausgedehnte Gebiete, die nur dürftig mit Sträuchern besetzt sind, charakterisieren weite Teile Namibias.‹«

»Wir könnten den Esstisch natürlich auch direkt an die Fenster stellen.«

»Absolut!«

»Oder machen wir's genau umgekehrt: Couch zum Fenster und den Esstisch in den hinteren Teil? Matze?«

Ratlos starrte ich Sina an, aus dem Lautsprecher quollen weitere Infos von Speckhut: »›Setzen aber die ersten Regenfälle ein, verwandeln sich über Nacht die kahlen Flächen in sattes Grün und bunte Blütenteppiche.‹ Sag amal, Bahö, kann i so an Blumenteppich legal ausführen? Ha, ha, ha!«

Sina tippte mich an, und ich zuckte zusammen.

»Hörst du mir überhaupt zu?«

»Aber natürlich! Wenn sich das kahle Land in sattes Grün verwandelt, stellen wir den Esstisch zur Sparkasse!«

Es war exakt halb sechs, als unser Bus von der Schotterpiste auf ein Gelände abbog, das ein bisschen so aussah wie eine 60er-Jahre US-Militärbase. Neben einem einstöckigen Farmhaus in klassischer Bauweise stand ein gutes Dutzend weißer, ufoförmiger Kunststoffbungalows. Die Deckenlautsprecher knackten. »So, jetzt sind wir nach nur drei Stunde Fahrt hier mal punktlich auf die Farm Gariganus angekommen. Ich hol die Zimmerschlussel jetzt, dann latschen wir fix ruber zu die Futterung von die Geparde, ne.«

Sina und ich hatten den Bus noch nicht ganz verlassen, als Seppelpeter sich mit einem granteligen »Lass mich raaaaus!« an uns vorbeidrückte und zur Rezeption stapfte. »Ich … geh auch mal schnell aufs Klo!«, log ich und folgte ihm und unserem Guide.

Die Rezeptionistin war eine detailgetreue Kopie der gütigen Mutter aus *Unsere kleine Farm*. Kleid und Frisur wirkten wie aus einer anderen Zeit, und so kam es mir seltsam vor, als sie mir mit mildem Lächeln ein modernes Tastentelefon reichte. Bahee verschwand gerade noch rechtzeitig mit einer Reihe altmodischer Schlüssel wieder nach draußen, da meldete sich die Auskunft, und ich ließ mir die Nummern von Immovest und der Sparkasse Euskirchen geben. Eine Minute später hatte ich eine recht aufgeregte Frau Metzger am Ohr.

»Gut, dass Sie anrufen, Herr Klein, seit zwei Tagen versuche ich Sie zu erreichen. Wo waren Sie denn?«

»Wo bleibst du denn?«, hörte ich Sinas Stimme. Sie stand draußen und hob die Zimmerschlüssel in die Luft. Ich zeigte ihr den erhobenen Daumen, eine Geste, die so recht keinen Sinn machte, doch eine andere fiel mir nicht ein.

»Das ist ja das Problem, Frau Metzger«, sprach ich ins Telefon und drehte mich vom Fenster weg, »ich bin schon in Namibia und hab das mit der Gebühr im ganzen Stress vergessen vor der Abreise.«

»Verstehe«, klang es recht nüchtern aus dem Telefon.

»Aber ich kann natürlich von hier aus überweisen, heute noch, und wenn Sie sich nur einen Tag gedulden würden, dann passt ja alles. Sie wissen ja, dass wir die Wohnung wollen!«

»Sie überweisen heute noch, sagen Sie?«

»Sobald ich aufgelegt habe.«

»Verstehen Sie mich nicht falsch, Herr Klein, aber ich kann Ihnen die Wohnung nur verbindlich zusagen, wenn Sie auch verbindlich reservieren. Ich will da keinen Druck machen oder so, aber ich hatte eben noch eine Besichtigung mit einem wirklich netten Pärchen, die wollten auch reservieren und hatten das Geld sogar in bar dabei.«

»Ich überweise, sobald ich aufgelegt habe, okay?«

»Ich hab dem Pärchen natürlich ganz klar gesagt, dass sie erst kaufen können, wenn der Herr Klein abspringt.«

»Ich springe ja nicht ab, ich bin einfach nur in Afrika.«

»Natürlich. Ich geb Ihnen noch einen Tag.«

»Danke!«

»Und einen entspannten Urlaub noch, Herr Klein.«

»Ja!«

Zerknirscht legte ich auf, die Farmersfrau schaute mich mitleidig an. »Möchten Sie vielleicht ein Glas Wasser oder einen Kaffee?«

»Kaffee, danke!«, sagte ich und wählte die Nummer der Sparkasse. Es tutete dreimal, dann meldete sich Frau Lauer von gestern.

»Klein hier! Den Herrn Pfingst würde ich gerne sprechen, bitte.«

»Herr Klein, Sie waren plötzlich einfach so weg gestern.«

»Ja. Aber jetzt bin ich ja wieder da. Den Herrn Pfingst, bitte.«

»Aber der Herr Pfingst ist gar nicht mehr im Haus.«

»Aber es ist doch gerade mal zehn vor sechs!«, protestierte ich.

»Ich weiß, aber er hat morgen seinen großen Auftritt beim Sparkassenfest, und da wollte er noch proben.«

»Macht er wieder Wolfgang Petry?«

»Da wissen Sie mehr als ich, ich hab doch heute erst meinen zweiten Tag.«

»Stimmt, Ihr zweiter Tag! Aber mein dreißigstes Jahr als Kunde. Und deswegen müssen Sie und ich, wir beide müssen jetzt sofort fünftausend Euro von meinem Girokonto überweisen. 3 502 110 378 ist meine Kontonummer.«

Ich blickte nach draußen auf den Parkplatz, wo Farmarbeiter in grünen Overalls gerade unser Gepäck zu den Unterkunfts-Ufos trugen, von Sina war nichts mehr zu sehen.

»Das tut mir leid, aber das müssten Sie entweder mit Herrn Pfingst persönlich machen oder online.«

»Hallo?«

»Hallo!«

»Ich wollte Sie nicht grüßen, ich wollte Ihre Hilfe. Warum muss ich das mit Herrn Pfingst machen?«

»Aus Sicherheitsgründen. Ich kenne Sie ja gar nicht. Da könnte ja jeder anrufen und sich von Ihrem Konto was überweisen.«

»Ich kenne Sie doch auch nicht. Sie könnten ja auch die Putzfrau sein oder … was weiß ich!«

»Ich bin aber die Frau Lauer!«

»Das hab ich auch verstanden, und deswegen möchte ich ja auch nicht mit Ihnen sprechen, sondern mit Herrn Pfingst!«

»Und wenn Sie einfach eine Online-Überweisung machen?«

So langsam begann ich sauer zu werden. »Das Problem ist, dass ich genau das nicht kann.«

»Das ist aber ganz leicht, das macht sogar mein Vater, und der ist neunundsechzig. Wenn Sie möchten, dann schicke ich Ihnen gleich morgen eine CD zu mit der Software.«

Das war der Punkt, an dem mein Tonfall von ›verschnupft‹ zu

›angepisst‹ wechselte. Vorsichtig stellte die gütige Mutter aus *Unsere kleine Farm* meinen Kaffee neben das Telefon. »Ich weiß, dass Online-Banking leicht ist, ich komm nur gerade nicht ins Internet!«

Um mich abzukühlen, blickte ich nach draußen, wo Bahee mit beiden Händen eine Raubkatze imitierte und auf seine Uhr deutete.

»Sie kommen nicht ins Internet?«

»Wollen Sie nicht zur Fütterung?«, flüsterte mir die Farmersfrau zu.

Ich atmete tief durch und versuchte mich auf mein Telefongespräch zu konzentrieren, indem ich weder aus dem Fenster noch auf die Farmersfrau schaute.

»Passen Sie auf, Frau Lauer. Ich bin nicht in Köln, sondern auf einer Farm in Namibia und das mit einem Bus voller Trottel und einem Guide aus Otjosongombe.«

»Otjosongombe?«

»Das is in Otjozondjupa. Otjozondjupa ist die Region!«

»Verstehe.«

»Also: Wie überweise ich, der ich seit dreißig Jahren Kunde bin bei der Sparkasse Euskirchen, wie überweise ich jetzt die fünftausend Euro?«

»Gar nicht.«

»Ich verstehe Sie leider ganz schlecht, Frau Lauer!«

»Ich darf das nicht machen! Alles, was ich machen kann, ist, dass ich dem Herrn Pfingst eine Notiz schreibe, dass Sie angerufen haben, und dann meldet er sich gleich morgen früh bei Ihnen, wäre das okay?«

»Wäre es nicht. Aber schreiben Sie trotzdem. Meine Nummer hat er. Und schreiben Sie dazu, dass es Scheiße nochmal verdammt wichtig ist!«

»Darf ich das ein wenig umformulieren?«

»Nein!«

Stumm reichte ich der verdutzten Farmmutter ihr Telefon.

»Sie haben ja ordentlich was zu organisieren im Urlaub!«

»Ja, leider«, seufzte ich.

»Kann ich sonst vielleicht irgendetwas für Sie tun?«, fragte sie mit sorgenvoller Miene.

»Sie haben nicht zufällig Internet hier?«

»Wir hatten das mal, aber es hat uns nicht gefallen.«

Fast ploppten meine Augen aus ihren Höhlen. »Es hat Ihnen nicht gefallen?«

»Genau genommen meinem Mann. Er sagt … wie hat er gesagt … ah, er meinte, das wäre das Gleiche wie Zeitung und Briefe schreiben, nur schneller.«

»Eben!«

Für einen Augenblick schauten wir uns schweigend an, und offenbar dachten wir beide, dass der andere gleich noch etwas sagen würde.

»Aber … einen Reiseadapter haben Sie für mich? Einen für deutsche Stecker?«

»Nicht mehr. Den letzten Adapter hab ich eben herausgegeben an einen älteren Herrn aus Ihrer Gruppe.«

»So ein kompakter mit kurzen, weißen Haaren? Sieht aus wie ne Schildkröte mit Unterbiss?«

»Genau. So einer war's! Vielleicht wenn Sie den Herrn mal fragen, ob –«

»Fünf Minuten!«, schnaubte ich und eilte zur Tür, »in fünf Minuten bin ich wieder hier. Mit Adapter!«

»Und was ist mit Ihrem Kaffee?«

11

Während ich den Namen Seppelpeter wütend zwischen meinen Zähnen zermalmte, stapfte ich stocksauer hoch zum Gepardengehege. Was wollte ein so alter Mann überhaupt mit Strom? Eine Frechheit war das, sich klammheimlich den Adapter zu schnappen, wo er doch genau wusste, dass ich auch einen brauchte!

Die Gepardenfütterung war bereits in vollem Gange, doch wenn ich ins Gehege wollte, musste ich an dem hässlichen und riesenhaften Warzenschwein vorbei, das mich bräsig musterte. Respektvoll betrachtete ich die salatgurkengroßen Stoßzähne und verlangsamte meinen Schritt.

»Hallo!«, grüßte ich freundlich, »lass mich mal gerade vorbei, ich hab's a bikkie eilig.«

Das Warzenschwein schnaubte finster und richtete sich sogar auf.

»Der Otti tut Ihnen nichts!«, rief die gütige Mutter von der Rezeption.

Als hätte Otti sie verstanden, sank er ächzend zurück in den Staub. Bahee hatte nicht übertrieben: Otti war wirklich sehr hässlich.

Ich passierte einen weiteren Metallzaun, hinter dem unsere Gruppe bereits einen Halbkreis gebildet hatte. Sina winkte mir aufgeregt, sie stand keine zwei Meter von einem riesigen Gepard entfernt, der sich unter der strengen Aufsicht des Farmers begierig über ein riesiges Stück Fleisch hermachte. Ich nickte Sina kurz zu, eilte aber natürlich zuerst mal zum filmenden Frankenfossil.

»Karl-Heinz? Den Reiseadapter bitte!«

»Psssst! Ich film grad!«

»Schon klar, aber … –«

»Da, schau!«

Seppelpeter deutete auf Sina, die gerade vom Farmer zum Gepard geführt wurde. Alle Kameras waren nun auf meine Freundin gerichtet, und Brenda fragte aufgeregt, ob das nicht gefährlich sei, so nahe an den Raubtieren zu stehen. Bahee erklärte: »Also wenn die fressen, dann kann man die streicheln!«

»Und wenn sie nicht fressen und ich sie streichel?«, fragte Breitling, der sein Rotweinglas mal eben mit ins Gehege genommen hatte.

»Sie fressen in jedem Fall!«, grinste Bahee. Das konnte ich mir gut vorstellen, zumal Farmer Nolte in seinem grobgemusterten Karohemd mindestens so aufgeregt schien wie Sina. Hatte ein einfacher Farmer wirklich so einen Draht zu Raubtieren wie Siegfried und Roy? Also, sagen wir – Siegfried? Noch immer hatte Seppelpeter seine Kamera auf Sina gerichtet, die nun seitlich hinter dem Gepard stand und ihn vorsichtig berührte.

»Karl-Heinz? Ich brauch jetzt echt den Reiseadapter! Kriegst ihn auch später wieder!«

»Jetzt hald dei Bebben und schau hi!«, fränkelte er.

Gut, dann schaute ich halt hin und ließ ihn noch kurz die Streichelei da filmen, bevor ich mir den Adapter schnappte.

Gierig riss die Riesenkatze ein Stück rohes Fleisch in Fetzen, von dem die Gäste eines kompletten Steakhouses satt geworden wären. Der Gepard schien sich tatsächlich überhaupt nicht dafür zu interessieren, wer ihn gerade filmte, knipste und angaffte, ja selbst, dass Sina ihm aufgeregt über den Rücken streichelte, war dem Tier offenbar egal.

Sanft und respektvoll glitt Sinas Hand über das goldene Fell mit den schwarzen Punkten, und ihr Gesicht strahlte vor Glück dabei: Die Schmuserei mit dem Gepard schien ihr auf eine seltsame Weise gutzutun. Als sich schließlich die Rosinenhexe ihre Streichelrechte erkeift hatte, kam Sina freudestrahlend auf mich zu.

»Hast du gesehen? Ich hab nen Geparden gestreichelt!«

»Ja«, antwortete ich kurz, »hab ich gesehen«, und schon verabschiedete sich die Freude aus Sinas Gesicht.

»Ach Matze, was ist denn jetzt wieder falsch? War die Fahrt zu lang, oder ist der Gepard zu groß?«

»Nichts. Ich bin nur –«

»Ist es, weil du telefoniert hast?«

Ich nickte.

»Mit wem?«

»Ich … hab im Büro angerufen, weil ich dachte, es wär was Wichtiges!«

»Und?«

»Die Pütz wollte wissen, ob ich an Karneval mitkomme in die ›Lachende Kölnarena‹.«

»Aber das ist doch nicht wichtig!«

»Na ja … wenn man noch Karten haben will, dann schon.«

Nun schoss auch meiner Freundin die Wut ins Gesicht. »Ich fass es nicht. Dich wegen so einem Scheiß im Urlaub anzurufen!«

»Stimmt. Und … ich geh ja auch nicht mit.«

Dann klatschte Bahee in die Hände.

»So, ich wurde mal vorschlagen, dass wir alle erst mal die Fuße hochlegen in unsere Bungalows! In eine Viertelstunde treffen wir uns dann wieder fur eine romantische Sundowner im Köcherbaumwald. Da werdet ihr mal sehen: Wenn die Sonne da weggeht über die Baume, es leuchtet wirklich super!«

»Müssen wir da wieder was trinken?«, fragte Schnabel besorgt, und Bahee lachte.

»Du musst nix trinken, Kevin, aber normalerweise man macht schon bei die Sundowner! Willst du ein Wasser?«

»No!«

»Bring ich mit, ne.«

In aufgeregter Vorfreude verteilte sich unsere Gruppe auf die Bungalows, und klammheimlich verschwand auch Seppelpeter samt Adapter.

»Halt!«, schrie ich, »Karl-Heinz!«, und wollte ihm hinterher, doch Sina hielt mich fest.

»Alles gut?«, fragte Sina und drückte meine Hände. Das Geschnatter unserer Gruppe wurde leiser, lediglich Speckhut hörte ich noch fragen, ob man im Köcherbaumwald nicht auch was kochen konnte. Nun standen Sina und ich ganz alleine im milden Schein der Abendsonne, bei uns waren nur noch der Gepard und Farmer Nolte. Sina blickte mich ratlos an. Der Farmer schaute genauso.

»Vielleicht auch mal bikkie streicheln, junger Mann?«

Ich betrachtete den prächtigen Gepard. Er hatte sein achtel Rind vertilgt und musterte mich ein kleines bisschen zu interessiert.

»Danke«, antwortete ich, »vielleicht ein andermal.«

12

Der Köcherbaumwald war kein Wald im europäischen Sinne, zu verstreut standen die Bäume zwischen schroffen, übereinandergeschobenen Felsklötzen, die aussahen wie hausgemachtes Kartoffelgratin. Die Bäume selbst erinnerten mich an verbrannten Riesenbrokkoli. Sina fand das gar nicht und fragte mich stattdessen, ob ich Hunger hätte. Ich hatte nicht, obwohl ich nur ein winziges Sandwich zum Frühstück gegessen hatte. So sehr hatte ich mich auf das Elend im Minibus und das Überweisungsproblem versteift, dass ich nicht mal dran gedacht hatte zu essen, und nun saß ich auf einer Kartoffelgratinfelsplatte, schüttete Windhoek Lager in meinen leeren Magen und gab vor, mich darauf zu freuen, wie die Sonne die Riesenbrokkolis wirklich super leuchten ließ für Foddos.

›Bing‹.

Ich starrte auf Seppelpeter, der mit seiner frisch aufgeladenen Videokamera langsam über den gesamten Köcherbaumwald schwenkte. Noch vor dem Abendessen würde ich mir den Adapter schnappen, das war jedenfalls schon mal klar. Ich bemerkte, dass Sina mich anschaute von der Seite.

»Du bist noch nicht so entspannt, oder?«

»Ich arbeite dran!«

»Dann vergiss doch mal das Büro. Wir haben Urlaub. Und sitzen gerade bei einem romantischen Sonnenuntergang!«

Das mit der Romantik war leider nicht ganz einfach, denn so richtig alleine waren wir natürlich nicht: Neben unserer Reisegruppe hatte sich ein gutes Dutzend weiterer Touristen zwischen den

Köcherbäumen verteilt. Sie knipsten sich gegenseitig über den Haufen und schnatterten, was das Zeug hielt. Direkt vor mir friemelte die quarkgesichtige Schweizerin an ihrem Fotoapparat herum, ein paar Meter weiter posierte Wetterfloh Brenda in Western-Bluse und schwarzer Lederhose für ihren qualmenden Lover auf einem Felsen. Nur der 1011. des Ironman Hawaii saß in einem straffen gelben Polohemd und mit einer Trinkflasche alleine auf einem Felsen.

»Dieser Schnabel«, begann ich, »was ist mit dem eigentlich? Ich meine, ihr habt euch schon mal unterhalten, oder?«

Sina nahm einen Schluck Bier und nickte.

»Is verlassen worden vor ein paar Wochen von seiner Freundin, warum, weiß er nicht.«

»Er weiß nicht, warum?«

»Nein.«

»Und … was macht er denn überhaupt auf so ner Reise hier? Ich meine, er passt doch gar nicht rein.«

»Sie wollten die Reise ja auch zu zweit machen.«

»Okay. Verstehe. Na ja …«

Ich legte den Arm um Sina, und gemeinsam blickten wir über die Köcherbäume und unsere kleine Farm hinweg auf die immer noch hellglühende Sonne. Da näherte sich Speckhut mit seiner Rosinenhexe. Auch wenn ich nicht alles verstand, so schienen sie doch im Wesentlichen darüber zu diskutieren, ob der namibische Sonnenuntergang mit dem in Australien mithalten konnte oder nicht. Speckhuts Worte fielen wie ein Eimer Kies auf unser zartes Pflänzchen Romantik.

»Tua ned bledln, in Australien hammer net so a schöns Licht kaabt!«

»Dafür hammer a Meer kaabt! Sikst a Meer irgendwo? I neet!«

»Woos wüll i denn mit am Meer?«, bellte Speckhut zurück. »I brauch ka Meer zur Entspannung!«

»Und woos dann?«

»A oide Kaifen jedenfalls neet!«

»Jetz budl di net auf und suach lieber an Blooz fürs Foto für die Nachborn, dass ma da wor'n!«

Ich hielt die Luft an.

»Nicht aufregen«, schmunzelte Sina und lehnte ihren Kopf an meine Schulter, »schau lieber mal den Wahnsinns-Himmel an!«

Mit einem einzigen unbedachten Wort hatte Sina den Projektor in meinem Kopfkino angeworfen, und ich konnte gar nichts dagegen tun: Dort vorne, direkt neben den vertrockneten Riesenbrokkolis, die vor dem pumpenden Abendrot wie bizarre Silhouetten wirkten, genau dort stand mein Sparkassenberater mit Petry-Perücke und sang!

›Wahnsinn, warum schickst du mich in die Hölle? Eiskalt lässt du meine Seele erfriern!‹

Panisch schüttelte ich meinen Kopf, und der Projektor fiel herunter.

Ich musste irgendetwas tun, sonst würde ich noch bekloppt. Also drückte ich Sinas Hand und beschloss, mich auf die Magie des Sonnenuntergangs zu konzentrieren. Leider sabotierten österreichische Bodentruppen diesen Beschluss.

»Muasst du in aaana Tua umananda motschgan?«, pfiff Speckhut seine Gattin zurecht. »I bin doch net am Motschgan! Du bist am Motschgan!«, krähte die Rosinenhexe. Sina spürte, dass ich kurz davor war zu platzen, und drückte mich an sich.

»Lass es, Matze, es bringt nichts! Und vor allem: atme mal!«

›Bing‹!

»Winkamal!«

Hastig riss ich meinen Kopf herum und erblickte Seppelpeter, der seine Kamera auf uns gerichtet hatte. Wir winkten kurz, dann stand Sina auf und zog mich an der Hand hoch.

»Komm, wir gehen woanders hin!«

Wir gingen nicht, wir rannten, und zwar so lange, bis der alpenländische Streit nicht mehr zu hören war. Leider waren wir mit dieser Idee nicht allein: Wo immer wir uns auch hinstellten – andere Touristen folgten aus Sorge, sie könnten ein ganz besonders tolles Fotomotiv verpassen. »So ein Riesenland, und alle stehen auf einem Fleck«, seufzte ich resignierend.

»Huhuuu!«, rief Brenda uns zu. »Wir trinken nachher ein schönes Weinchen zusammen, oder?«

»Unbedingt!«, rief ich zurück, dann eilten wir weiter. Und tatsächlich: Da war ein touristenfreier Bildausschnitt, den wir für ein Foto nutzen konnten, bevor die Sonne hinter dem Horizont verschwand. Es gab Köcherbäume nur für uns! Eilig richtete ich meine Digitalkamera auf einem Felsen aus, stellte den Selbstauslöser auf die maximale Zeit und positionierte Sina und mich Arm in Arm vor einen der Bäume. Ein rotes Blinklicht signalisierte, dass die Kamera in wenigen Sekunden auslösen würde. Das war der Augenblick, in dem der Schweizer Erdbeerigel mit rudernden Armen dazwischenstolperte.

»Sina, Matze! Ihr müsst mir noch mal helfen mit meinem Fotoapparat!«

Klick! Ungerührt angesichts des nun veränderten Motivs schoss meine Kamera ihr programmiertes Foto. »Was ist denn mit dem Fotoapparat?«, fragte ich.

Trixi reichte mir aufgeregt eine rote Digitalkamera der Marke Panasonic.

»Ich weiß auch nicht, die nimmt keine Bilder mehr auf«, erklärte sie mir traurig. Ich musste mich nicht lange durchs Menü klicken, um den Fehler zu finden: Trixi hatte ihren Speicherchip bereits vollgeknipst, was bei erbärmlichen 32 MB nicht sonderlich schwer war. »Hast du keinen anderen Chip?«, fragte ich sie und blickte in ein ebenso weißes wie ratloses Gesicht. »Also, der Verkäufer hat gesagt, da wär alles drin, da bräuchte ich gar nichts mehr.«

»Aber der Chip da drin ist winzig, da gehen ja keine zwanzig

Fotos drauf! Hat dir der Verkäufer nicht gesagt, dass du noch einen größeren Chip brauchst?« Trixi schüttelte stumm den Kopf und nahm ihre Kamera zurück.

»Matze?«

Ich drehte mich um und sah Sina mit ihrem Bier auf einem Kartoffelgratinfelsen sitzen. In ihrem Blick ließ sich ein Funken Ungeduld erkennen.

»Ja?«

»Stichwort Sonnenuntergang?«

»Gleich!«

Höchst unglücklich betrachtete Trixi ihre Kamera. »Ich bin aber auch selber schuld. Lass mir so einen Mist andrehen. Typisch!«

»Neiiin«, beruhigte ich sie und nahm das Gerät wieder an mich. »Die Kamera ist ja kein Mist, der Verkäufer hätte nur sagen müssen, was für ne Karte drin ist ab Werk und wie groß die ist!«

»So was passiert aber auch immer mir!« Sie schien den Tränen nahe.

»Ach Quatsch!« Ich klickte mich durchs Menü und betrachtete Trixis bisherige Fotos. Auf jedem zweiten waren entweder ihre Füße oder die Decke des Minibusses zu sehen. »Nicht so schlimm, das kriegen wir schon.«

»Matze?«

Sina schaute mich fordernd an. Ihr Windhoek Lager hatte sie bereits ausgetrunken.

»Sekunde noch, bin gleich bei dir!«

Ich wandte mich wieder an die traurige Schweizerin.

»Ich würde vorschlagen, dass du erst mal die versehentlich geknipsten Fotos löscht, dann kannst du hier noch ein schönes vom Sonnenuntergang machen. Die richtigen überspielen wir dann einfach auf mein Notebook und machen den Chip leer für neue Fotos.«

Trixis Gesicht hellte sich auf. »Das würdest du machen?«

»Klar. Also, wenn ich endlich mal an einen Adapter rankomme für die komischen Steckdosen hier!«

»ICH hab doch einen dabei!«, strahlte Trixi.

»Echt? Du hast einen Adapter?«

»Ja klar! Um meine ganzen Sachen aufzuladen!«

Ich merkte, wie meine Stimme vor Aufregung zu zittern begann. »Und ... du hast auch schon was mit aufgeladen? Ich meine ... er funktioniert hier, dein Adapter, mit den Steckdosen, den namibischen?«

»Ja klar!«

Ich hätte heulen können vor Glück. Stattdessen umarmte ich die überraschte Trixi einfach. Es fühlte sich an, als würde man einen Kuchen umarmen. Sina, die unser Gespräch nicht hatte hören können, schaute ein wenig seltsam herüber, aber das war mir egal. Hastig löschte ich Trixis Fehlschüsse und vereinbarte die Adapterübergabe zum Abendessen. Ich fühlte mich so, als hätte man mir einen Ganzkörpergips abgenommen; gleich am nächsten Morgen würde ich alles in Ordnung bringen können. Erleichtert, fast euphorisch setzte ich mich zu Sina auf den Felsen und nahm einen Schluck lauwarmes Bier.

»Stell dir vor, ich krieg einen Adapter!«, grinste ich stolz. »Von der Trixi!«

Sinas Freude hielt sich in Grenzen. Genau genommen blickte sie mich etwas mitleidig an. Da sie nichts sagte, sprach einfach ich weiter.

»Ich krieg sogar zwei Adapter, weil Bahee mir den von der Gruberin geben wollte!«

»Ja, was willst du hören? Toll! Adapter!«

»Dreiiiiii Adapter! Weil – der Karl-Heinz hat ja den von der Rezeption! Verrückt, oder?«

»Ja. Verrückt. Du bist also in jedem Fall erreichbar, wenn in Frankfurt ne Tasse fehlt.«

Erst jetzt sah ich, dass der Himmel hinter den Köcherbäumen gar nicht mehr so schön leuchtete. Die Sonne war bereits untergegangen.

»Oh!«, sagte ich. »Das tut mir echt leid.«

Sina nickte stumm.

»Aber wir haben ja zumindest das eine Foto von uns!«

Sina reichte mir meine Kamera mit einer blinkenden Batteriewarnung. Ich blickte aufs Display: Am oberen Bildrand unseres Fotos ließen sich noch die Spitzen eines Köcherbaums erahnen. Drei Viertel der Aufnahme hingegen bedeckte der gigantische Hintern von Trixi Sipp. Die automatische Arscherkennung – sie war noch nicht erfunden.

13

Wie schon am Vorabend mussten Sina und ich das Abendessen gemeinsam mit unserer Reisegruppe einnehmen. Unser Tisch stand in einem Nebenraum der Farm, der auch gut das Esszimmer der Farmerfamilie selbst hätte sein können: Mit seinen antiken Möbeln, dem gedimmten Licht und den vielen gerahmten Fotografien an der Wand wirkte es recht privat.

Ich war gut gelaunt, hatte ich doch gleich drei Adapter in Aussicht, mit denen ich unsere Wohnung retten konnte, und einer von ihnen lag sogar schon in einer kleinen Plastiktüte neben meinem Teller. Ebenso stimmungsaufhellend war es, dass der alpenländische Teil unserer Gruppe weit entfernt am Ende des Tisches saß und es mir gelungen war, mich mit einem geschickten Schlenker gerade noch rechtzeitig zwischen den 1011. des Ironman Hawaii und Bahee zu platzieren, der immer noch das gleiche grüne Hemd vom Beginn der Reise trug.

»Mensch Matze, haste den Geparden auch mal gestreichelt?«

»Nee, weil ... er hat nicht mehr gefressen.«

»Ha!«, beömmelte sich Bahee, »ich sag dir mal was, ne: Das war ein gute Entscheidung von dir!«

»Ja?«, fragte Sina, die gegenüber von mir neben Trixi saß, »ist da schon mal was passiert oder ...?«

»Kuck mal ... die Kuduauflauf!«, unterbrach Bahee, denn die Frau aus *Unsere kleine Farm* kam mit zwei Ofenhandschuhen und brachte eine dampfende Auflaufform. Zum Trinken hatten wir uns Wein bestellt, eine Flasche südafrikanischen Shiraz, der tatsächlich ›Allesverloren‹ hieß und den wir mit Bahee teilten.

»Warum heißt der denn Allesverloren, der Wein?«, fragte Trixi neugierig und öffnete ihr Notizbuch.

Bahee lud sich eine gewaltige Menge Kuduauflauf auf seinen Teller, während er erklärte. »Denen is amal die ganze Hutte abgebrutzelt, ne, deswegen heißt der so, der Weingut.«

»Und wie hieß es vorher?«, fragte Sina.

»Oh, das weiß ich nicht«, antwortete Bahee und reichte mir den großen Löffel für den Auflauf, »vielleicht ›Allesnochda‹?«

»I hör nix, Bahö!« krakeelte es von der Südseite unseres Tisches, wo sich die Rosinenhexe mit tiefen Zornesfalten auf der Stirn in unsere Richtung gebeugt hatte. Also erklärte Bahee die Geschichte mit dem abgebrannten Weingut einfach noch mal, worauf die Gruberin, Seppelpeter und Speckhut zufrieden nickten und mit ihren eigenen Geschichten fortfuhren. Der Auflauf schmeckte Sina und mir ganz hervorragend und erinnerte mich an deutsches Wildfleisch. Ich schenkte Wein nach und bot auch dem schweigsamen Triathleten etwas an. Der wehrte fast schon energisch ab.

»Danke, nein. Sehr nett.«

»Oh, Entschuldigung. Ich hab vergessen, dass du keinen Alkohol magst.«

Schnabel nickte.

»Ich hab natürlich schon mal welchen probiert.«

»Klar. Sonst wüsstest du ja nicht, dass er dir nicht schmeckt.«

»Neunundachtzig zum Beispiel, als die Mauer runterkam, da hab ich mir einen Sekt geteilt mit meiner Freundin!«

»Neunundachtzig? Im Ernst?«

»No! Und wenn ich die Woche über gut trainiert hab, dann gönn ich mir auch mal kellerfrisches Jever Fun.«

»Ein Jever Fun?«

»No!«

Heimlich musterte ich Schnabel. Einerseits hatte er das männlich markante Gesicht eines Gillette-Werbe-Models, andererseits fragte ich mich, wie man es als Frau auch nur einen Tag mit jemandem aushalten konnte, der sich nach einer harten Woche Training ein Jever Fun aufmachte. Ich wollte gerade fragen, wie viele Kilometer man rennen, schwimmen und Rad fahren musste, um einen Triathlon zu verlieren, als mir auffiel, dass Schnabel kein einziges Stück Fleisch angerührt hatte.

»Und … Fleisch ist auch nicht so dein Ding, Kevin?«

»Lieber Kohlenhydrate!«, entgegnete Schnabel trocken.

»Bist du Vegetarier?«

»Nee. Mir schmeckt Fleisch einfach nur nicht.«

»Aber du hast mal welches probiert? Ne Wurst oder so? Zur Wende vielleicht?«

»Klar. Nach der Wende war ich ganz heiß auf Tofu. Hatten wir ja nicht!«

Ich blickte nach vorne und sah, dass Sina unser Gespräch missbilligend beobachtete. Und irgendwas war in ihrem Blick, das mir signalisierte: ›Is gut jetzt!‹

»Was machst du denn so für Sport?«, fragte mich Schnabel, und Sina grinste. Ich ließ mich nicht provozieren und sagte, dass ich Sport in etwa so mache, wie er säuft, aber weder Sina noch Schnabel fanden das komisch, und so war ich froh, dass das zweite Glas Wein die Wetterabteilung von N 24 vom Standby- in den Fragemodus geschaltet hatte.

»Du, Bahee, kannst du als Schwarzer uns Weiße überhaupt auseinanderhalten?« Gespannte Stille am Tisch. Bahee genoss die Aufmerksamkeit.

»Also … ich kann nicht generell mal reden, aber die Namibier können die Weiße schon auseinanderhalten, ne, weil wir ja mit Weiße groß geworden sind. Aber andere Schwarze von Länder, wo da nicht so viele Weiße rumgelatscht sind in der Geschichte, die können das a bikkie schlechter.«

Ich nahm einen Schluck Allesverloren und lauschte amüsiert, wie sich Brenda um Kopf und Kragen redete. »Weil – ich kann ja überhaupt keine Schwarzen auseinanderhalten, weil die alle gleich aussehen!«, quoll es aus ihr heraus. »Also bis auf Seal. Den kann ich immer auseinanderhalten.«

Fassungslos starrte Breitling sie an.

»Auseinanderhalten von wem?«

»Von anderen Schwarzen natürlich, du Doof!«, entgegnete Brenda beleidigt.

»I hör nix!«, schallte es giftig von der Stirnseite des Tisches.

»Wir sprechen über die Seal!«, sagte Bahee laut, das Interesse der Gruberin erlosch, und weiter ging Brendas bunte Fragestunde.

»Und wenn du jetzt einen Schwarzen siehst, weißt du dann auch, woher der kommt?«

Augenrollend goss sich Breitling sein Rotweinglas bis zum Rand voll. Auch seine Wangen hatten an einigen Stellen schon wieder die Farbe des Weins angenommen.

»Maus, is gut.«

Bahee zog fragend die Stirn kraus: »Wie meinst du? Ob der vom Einkaufen kommt oder von der Arbeit?«

»Nein, ich meine, ob der aus Ghana kommt, Südafrika oder Kongo oder so.«

»Nee, das nicht«, lachte Bahee, »aber wenn ich mit dem was trinken war, ne, und ich seh ihn am nächsten Tag über die Straße da mal latschen, dann weiß ich schon noch, wer das war!«

»Mir woll'n a was hören!«, krähte es missmutig vom Tischende. Eifersüchtig blickte uns das Ehepaar Gruber an, die fränkische Schildkröte hingegen schien bereits eingeschlafen vor ihrem Bier.

»Das tut mir leid, Käthe, aber die Tisch hier ist einfach zu groß. Da ess ich morgen mal bei euch, dann lachen wir und die hier nicht, ne?«, schlichtete Bahee geschickt, und es war wieder Ruhe auf der Farm. Und dann fragte meine eigene Freundin, ob Schwarze denn auch Sonnenbrand bekommen könnten.

»Mein Gott, Sina, wie soll er denn einen Sonnenbrand kriegen«, fuhr ich sie an, »er ist doch schon schwarz!«

»Ha!«, bellte Breitling und stieß fast sein Glas um dabei. »Ich krieg schon Sonnenbrand«, antwortete Bahee ruhig. »Wir Schwarze mussen auch a bikkie schon aufpassen, wenn die ganze Zeit die Sonne da am Brennen ist, ne. Aber wir sehen nicht so aus wie ihr am zweiten oder dritten Tag von die Reise, ne, hehe!«

»Wie sehen wir denn aus?«, fragte Trixi.

»Da seht ihr aus wie Hummer, ne!«, lachte Bahee schallend und ergänzte: »Wie Hummer in Kochtopf, ne! Hehe!«

»Siehste«, triumphierte Sina und streckte mir die Zunge raus, »die kriegen auch Sonnenbrand!«

Der inzwischen komplett shirazfarbene Breitling verkündete ungefragt, dass Sonnencreme nur was für Weiber und Schwule wäre, woraufhin Brenda die Weinflasche außerhalb seiner Reichweite positionierte. An dieser Stelle stand Bahee völlig überraschend auf. »Anyway, Leude, ich muss noch a paar Sachen hier mal checken fur euch morgen. Schlaft ihr mal gut und bis morgen fruh, ne.«

»Wart mal, Chef, wann … is denn morgen früh?«, hakte Breitling lallend nach, »ich meine, is nur früh, oder? Nicht scheiße früh, oder?« Sein Gesicht hatte nun auch noch etwas Papageienhaftes. Erschrocken blickte ich auf die zwei leeren Weinflaschen zwischen ihm und Brenda. Stand da eben nicht noch eine?

»Ach ja, Wecken ist morgen um sieben, damit wir zeitig loskommen.«

»Um sieben Uhr?«, stöhnte nun auch ich laut. »Das ist doch kein Urlaub!«

»Da kuckst du mal in deine Prospekt, Matze«, schmunzelte Bahee, »da steht nix von Urlaub, da steht immer ›Reise‹, ne!«

»Na super.«

Bahee verabschiedete sich von allen, und bevor wir uns recht versahen, folgte der Rest. Die Gruberin und ihr Gatte wollten nun »ma an der Matratze horchen«, und auf das Stichwort »Matratze« erwachte auch der alte Seppelpeter und blickte auf seine Armbanduhr. »Sagramend!«

Schnabel entschuldigte sich ebenfalls, er wolle noch ein paar Übungen machen. Zurück blieben neben Sina und mir nur Trixi, Breitling und Brenda. Ich wusste gar nicht, warum plötzlich alle ins Bett wollten, schließlich war es erst neun Uhr.

»Kiiiinders, wie sieht's aus?«, leierte Breitling. »Machen wir Blödsinn?«

»Ich glaube, es reicht«, sagte Brenda leise, doch Breitling protestierte: »Aber wir sind doch im Urlaub! Im Urlaub kann man doch mal was trinken!«

»Hast du doch!«

»Haaaallo? Herr Faaaarmer?«, rief Breitling in Richtung Küche, »wir brauchen hier noch ne Flasche von Ihrem Allesverloren!«

Es war, zugegebenermaßen, ein klein wenig peinlich.

»Tja«, verabschiedete sich nun auch Trixi mit einem verschüchterten Lächeln, »dann will ich auch mal ins Bett, damit ich fit bin für die ganzen Abenteuer morgen!«

»Cheeeeefffff!«, bölkte Breitling quer durch den Raum, als Farmer Nolte mit müden Augen das Esszimmer durchschritt, zwei Wandlampen ausknipste und ein Gesicht machte, das Barkeeper in Deutschland gegen vier Uhr morgens machen.

»Noch 'n Wein, bitte!«

»Normalerweise gerne, aber es ist vielleicht schon ein wenig spät jetzt, oder?«

»Spät?«, fragte nun auch ich verwundert.

»Neun Uhr. Farmer's Midnight. Wir stehen ziemlich früh auf, wissen Sie?«

»Jetzt komm schon«, lallte Breitling, »bring uns mal einen noch!«

Der Farmer wünschte uns eine Gute Nacht und verschwand in

der Küche, kurz darauf ging das Licht aus. »Alter Sklaventreiber!«, knatterte Breitling ihm nach.

»Na dann«, sagte ich zu Sina und nahm die Tüte mit Trixis Adapter, »gehen wir mal a bikkie laden!«

Zurück im Zimmer steckte ich Trixis Adapter aufgeregt in die Steckdose neben meinem Bett und atmete augenblicklich auf. Er passte in die namibische Dose! Ein herrliches Gefühl. Ich war wie befreit. Bis ich das Ladekabel meines Handys in den Adapter stecken wollte. Es passte nicht. Und nach wenigen Sekunden des Luftanhaltens ahnte ich auch warum: Trixi Sipp hatte mir einen Reiseadapter für Schweizer Stecker gegeben.

Wütend riss ich den Adapter aus der Steckdose und ließ mich stöhnend aufs Bett fallen. »Ich werd hier noch bekloppt! Dieses verschissene Kackland!«, schrie ich.

Fast ängstlich lugte meine nackte Freundin aus dem Bad, auf dem Kopf einen weißen Handtuchturban.

»Was ist denn jetzt wieder?«

»Was jetzt wieder ist? Ich hab einen Schweizer Adapter, das ist!«

»Und warum steckst du in den nicht einfach unseren Reiseadapter?«

Wie unter Schock starrte ich Sina an. Dass ich den auf der letzten Lodge weggeworfen hatte, konnte ich unmöglich zugeben. Also sagte ich: »Ganz einfach, weil … man zwei Adapter niemals hintereinander schalten darf!«

In diesem Augenblick drang ein noch lauterer Schrei bis in unseren Bungalow.

»Was war das?«, fragte Sina und zog sich einen Bademantel über.

»Ja, keine Ahnung!«

Ich stieg aus dem Bett, öffnete unsere Zimmertür und blickte zunächst in ein schwarzes Nichts. Dann meinte ich etwas auf unsere Unterkunft zulaufen zu sehen, was aussah wie ein Streichholz.

Das Streichholz war Trixi. Sie hatte ein weißes Nachthemd an und schrie: »Ich hab den Otti im Bett! Der ist riesig groß und stinkt!« Sie war nun keine zehn Meter mehr von unserem Bungalow entfernt.

»Sinaaa! Matze! Ich hab den Otti im Bett!«

»Und ich hab einen Schweizer Adapter in der Hand!«

Ich knallte die Tür zu, kurz bevor Trixi sie erreichte.

»Sag mal, spinnst du?«, zischte Sina und wollte die Tür wieder öffnen, doch ich stellte mich ihr in den Weg. Verzweifelt pochte Trixi an die Tür.

»Hallo? Macht auf! Ihr müsst mir den Otti aus dem Bett ziehen, sonst bleibt der bis zum Frühstück!«

»Du musst den Farmer holen!«, rief ich durch die Tür.

»Macht auf, bitte!«

»Matze! Jetzt lass sie rein!«, befahl Sina, und nur mühsam konnte ich meine strampelnde Freundin von der Tür wegdrücken.

»Nein!«

»Wenn da was passiert!«

»Es ist ein altes Warzenschwein, Sina, kein Gepard.«

Trixi pochte noch ein paar Mal gegen die Tür, dann war Ruhe. Kurz darauf hörte ich ein ›Bing‹ und die tiefe Stimme von Farmer Nolte.

»Siehst du? Der Farmer kümmert sich um alles!«, beruhigte ich Sina, doch die hatte sich inzwischen schmollend ins Bett verkrochen und mir den Rücken zugedreht.

»Mimimi?«, fragte ich.

»Nix mimimi!«

Einige Augenblicke später drehte Sina sich wieder zu mir und blickte mich mit feuchten Augen an. »Mensch … was ist denn nur mit dir los, Schatz?«

Erschöpft sank nun auch ich aufs Bett. »Weiß nicht.«

»Ich glaub, du musst einfach mal loslassen. Vergiss doch mal diesen blöden Adapter und das blöde Büro. Wir haben ja noch meine alte Kleinbildkamera für die Fotos, wir haben uns, und selbst wenn alles schiefläuft, also wirklich alles, dann haben wir immer noch unsere neue Wohnung!«

»Stimmt«, seufzte ich und gab Sina einen Kuss. Dann löschte ich das Licht. »Die Wohnung haben wir in jedem Fall noch!«

14

Nach einer Nacht ohne Schlaf gibt es nichts Widerwärtigeres als die gute Laune anderer Leute, und natürlich war der nächtliche Schmuseversuch von Warzenschwein Otti das Top-Thema am Frühstückstisch. Sina schien dabei nicht so recht zu wissen, wie sie sich verhalten sollte. Mal lachte sie mit, dann wieder blickte sie mich an, als hätte sie mich an eine amerikanische Sekte verloren.

Aus Trixi hingegen sprudelte es nur so heraus: wie sie das Licht im Zimmer anmacht und Otti quer über dem Bett liegt, wie ich die Tür vor ihrer Nase zuhaue und wie Farmer Nolte und Kevin den schnaubenden Otti schließlich mit einem Apfel aus Trixis Bett locken. Seppelpeter-TV war natürlich die ganze Zeit vor Ort, und letztendlich war dann auch ein runzeliges Warzenschwein der Grund, warum ich immer noch keinen passenden Adapter hatte, denn nun waren Seppelpeters Kamera-Akkus wieder leer, und natürlich dachte er gar nicht daran, den Adapter herauszurücken. Dafür reichte er mir dann am Frühstückstisch versöhnlich seine Videokamera.

»Ge Matze, jetzt schau, der Oddi!«

»Nein, danke!«

Ich wollte die Aufnahmen nicht sehen. Ich wollte unsere Gruppe nicht sehen. Ich wollte überhaupt niemanden mehr sehen: Brenda und Breitling nicht, die sich um halb acht mit winzigen Augen bereits den ersten Sekt gönnten, Trixi nicht, die, verklatscht, wie sie war, gerade heißen Kaffee in eine Zuckerdose schüttete (›Also das ist ja wieder typisch, dass ich …‹), und auch Supersportler Schnabel nicht, der zwischen Sonnenaufgang und Frühstück noch eine Stunde laufen war und dessen grünes Stretch-Shirt sich wie ein Luftballon über die Brust spannte. Am allerwenigsten freilich konnte ich an diesem Morgen einen ausgeschlafenen Witzprofessor ertragen, der schon nach dem ersten Schluck Kaffee einen Kalauer nach dem anderen in den Frühstücksraum schleuderte.

»Ge Trixi, dös host net dacht, dass du im Urlaub amal so a Schwein hast, oder? Hahaha …«

Angespannt blickte ich auf die Uhr. Es war nun fast acht Uhr. Ein paar Minuten noch, bis Herr Pfingst von der Sparkasse am Arbeitsplatz säße, rechnete man die Stunde Zeitverschiebung hinzu.

»I hoff, dass es di net angeniest hat. Sonst muss i mi gegen di a no impfen lassen wegen der Schweinegrippen! Hahaha …«

Da gleich die Abfahrt geplant war, würde ich mir in jedem Fall irgendetwas einfallen lassen müssen, damit ich noch ungestört telefonieren konnte. Kraftlos piekste ich mit der Gabel in ein winziges Stück kaltes Rührei. Sinas Hand strich über meinen Oberschenkel, was beruhigend wirkte für den Moment, ich versuchte mich an einem Lächeln, und fast gelang es mir, bis auch noch Breitling in die Witzparade einstieg. Mit gespielter Betroffenheit sagte er: »Weißt du, Trixi, ich versteh dich ja. Das hätte uns allen passieren können: die Einsamkeit hier, der gute Wein, die Sehnsucht …«

Und wieder dröhnte das Gelächter durch den Raum. Bahee schüttelte grinsend den Kopf und sagte: »Nenenenene, die Otti wieder, der is mal ein Nummer hier!«

Trixi ließ den Spott mit großer Geduld über sich ergehen, ja, sie wehrte sich nicht einmal, als Speckhut tröstend seinen Arm um sie legte.

»Darfst aber net traurig sein, Trixi, wenn sich der Otti nimmer möldet, dees is a Urlaubsflirt für den, mehr net! Hahaha!«

Das Gelächter am Tisch erreichte einen Pegel, den selbst ein Dortmunder Kegelklub nicht hätte toppen können. Das war zu viel. Ich knallte die Gabel auf den Tisch und lachte mit. Laut. »Hahahahahaha!«, lachte ich, zu laut vielleicht, denn mit einem Mal lag eine schwere Stille über dem Tisch. Klick Klack machte die schwere alte Standuhr am Ende des Raumes, aus der Küche hörte ich das Klappern von Geschirr. Ich wurde begafft, als wäre ich verrückt geworden. Dann klatschte ein kleiner roter Tropfen von meiner Nase auf die weiße Tischdecke.

»Matze«, flüsterte Sina, »du blutest wieder!«

Hektisch drückte ich auf meinen Nasenflügel und rannte zum Klo, wo ich das Blut ins Waschbecken tropfen ließ. In Sekundenschnelle war das komplette Waschbecken mit roten Flecken besprenkelt. Sina kam herein, verschwand wieder und kehrte mit einem dicken Eisbeutel und Servietten zurück. Ich drückte den Beutel in meinen Nacken, stopfte mir ein Stück Serviette in die Nase und blickte auf Sina, wie sie so stumm vor mir stand und mich mit traurigen Augen anblickte.

Irgendjemand schien die Zeit angehalten zu haben. Irgendjemand schien das Herrenklo mit purem Nichts geflutet zu haben, und nun standen wir knietief in trüben Gedanken und starrten uns fremd an. Mit einem Räuspern stieg Sina aus dem Nichts.

»Vielleicht, wenn du mal zu einem Arzt gehst? Ich meine, das ist doch nicht normal, dass das plötzlich so blutet.«

»Absolut«, antwortete ich, »das ist nicht normal.«

»Hört es denn auf?«

»Irgendwie nicht.«

»Warte … vielleicht hab ich ja in meiner Tasche noch was für dich …«

Eine Viertelstunde später trat ich mit Tampon in der Nase aus der Farm. Es war erst kurz vor neun, und trotzdem saß Bahee bereits mit Sonnenbrille bei laufendem Motor am Steuer. Den Telefonanruf konnte ich also schon mal vergessen.

»Nimm an net mit, Bahee, des is a Terrorist, da kommt a Zünd-
schnur aus der Nasen!« Speckhut lachte aus dem Busfenster, und
wenigstens war Bahee so anständig zu fragen, wie es mir ging.

»Geht wieder«, sagte ich.

»Das habe viele die ersten Tage wegen der trockene Luft und die
Hohe, ne. Da konnen wir mal links ranfahren in Keetmanshoop,
der liegt auf dem Weg, da gibt's ein Apotheke für dich!«

»Gute Idee. Danke!«

Als ich mich jedoch in den Bus schieben wollte, da spürte ich
eine knochige Hand an meiner linken Schulter. Mit verkniffener
Miene reichte mir die Gruberin ihren Reiseadapter, nicht ohne mir
zuzuzischen: »Hätt's einfach mich frag'n können, statt beim Bahö
zu petzen!«

Bahee schob seine Sonnenbrille nach oben und zwinkerte mir zu.
Und auch von Trixi bekam ich mein Fett weg.

»Das war ganz schwach von dir gestern, Matze. Ich hatte so eine
Angst vor dem Otti!«

»Geh lass ihn, er hat sei Taage!«, kalauerte Speckhut, und hätte
ich nicht gerade einen Reiseadapter bekommen, ich hätte ihm den
ranzigen Lederhut bis unter seinen Professorenarsch gezogen. Stattdessen blieb der Hut auf seinem Kopf, und wir fuhren los.

Dass ich gar nicht neben Sina saß, sondern zwischen Schildkröte
und Speckhut, bemerkte ich erst, als wir aus der Farmausfahrt rumpelten. Sina saß in Reihe zwei direkt hinter Bahee und neben dem
1011. des Ironman Hawaii. Meinen fragenden Blick erwiderte Sina
schulterzuckend mit einem ›Ist-halt-jetzt-so‹-Gesicht.

Hungrig knabberte unser Toyota Quantum die ersten staubigen
Krümel der Strecke. Ich nahm einen Schluck Wasser und rutschte so
tief in den Sitz, wie es ging. Wir hatten erst den dritten Tag! Wie sollte
das alles nur weitergehen? Vorsichtig tippte mich Seppelpeter an.

»Was'n midder Nasn??«

»Fängt sofort an zu bluten, wenn ich keinen Adapter kriege«, antwortete ich gereizt. Seppelpeter nickte, dann blickte er kurz nach vorne, nur um mich Sekunden später wieder anzutippen und auf seine Videokamera zu deuten.

»Willsd jetzt an Oddi schaun?«

Konsterniert blickte ich Seppelpeter an. Dann sagte ich: »Danke, immer noch nicht.«

Seppelpeter war nicht mal beleidigt.

»I schigg eh a DVD rum!«

»Klasse.«

Während unserer halbstündigen Fahrt in die letzte Stadt vor der Wüste gab es die üblichen Buskonversationen. Breitling fragte Bahee, ob er die Klimaanlage anmachen könne, er würde schwitzen wie ein Schwein. Das stimmte auch, was mich freilich nicht wunderte, denn wenn ich mir am Abend zwei Flaschen Allesverloren reingeballert hätte, würde ich auch schwitzen wie ein Schwein. Bahee schaltete die Klima ein und die Gruberin wieder aus. Eine Erkältung sei nun wirklich das Letzte, was sie im Urlaub gebrauchen könne. Bahee schlichtete gekonnt mit: »Mir stellen die Klima jetzt mal a bikkie an, und die Düse hier bei dir, da kannste mal selber zumachen.« Dieser Bahee, dachte ich mir voller Respekt, der hat echt die Ruhe weg.

Der außerplanmäßige Stopp in der Apotheke schien keinen groß zu stören: Offenbar hatte jeder irgendein Wehwehchen, und es wurden allerhand Pflaster, Pillen und Sprays gekauft. Ich selbst besorgte mir eine Nasensalbe, frische Tampons und Vitamin-K-Tabletten bei einem hageren Apotheker mit schütterem Haar, der aussah wie ein Protagonist aus *Farmer sucht Frau*. Sein Deutsch klang ein bisschen so wie das eines norddeutschen Fischers nach einem Joint.

»Dann kriech ich von dir 215 Nam Dollar.«

Ich kramte in meinem Portemonnaie und fand schließlich drei Hunderter.

»Wohin seid ihr auf Pad?«

»Auf was?«, fragte ich zurück.

»Wohin ihr dallat?«

»Dallert?«

»Welche Lodge?«

»Ach so. Also, das weiß ich ehrlich gesagt gar nicht, ich bin mit einer Gruppe hier.«

Der Apotheker zog die Stirn kraus und blickte an mir vorbei nach draußen an den Bus.

»Jenne, mit diesen Oukies trävellst du?«

Ich nickte, blickte zu Boden vor Scham und bekam einen Hunderter zurück samt einer kleinen Papiertüte mit meinen Einkäufen.

»Zweihundert sind oreit!«

»Sind was?«

»Allright!«

»Ahh ...«

Erst jetzt bemerkte ich ein Telefon auf dem Verkaufstresen. Das Tastenfeld war aus durchsichtigem Kunststoff, der Apparat selbst in einem glänzenden Schwarz. Er war wunderschön. Da meine Reisegruppe noch immer recht beschäftigt schien, fragte ich den Apotheker, ob ich gegen Gebühr kurz die Sparkasse Euskirchen anrufen dürfte.

»Das jobt nich, das kann ich nich mooi abrechnen.«

»Es macht was nicht?«

»Jobt nich ... geht nich!«

Verschwörerisch beugte ich mich über den Tresen.

»Es ist echt wichtig für mich. Wenn ich nicht telefonieren kann, dann ist unsere Traumwohnung weg! Also ... falls sie nicht schon weg ist!«

»Sorry, aber deswegen kann ich's auch nich mooi abrechnen.«

»Zweihundert Dollar!«

»Jobt nich, sorry!«

»Dreihundert? Oder ich … ich telefonier einfach, und Sie tun so, als wenn Sie mich gar nicht sehen?«

»Oukie, check, ich hab miskien einen lustigen Akzent für dich, aber deswegen bin ich noch lange kein Dummkopp!«

»Natürlich nicht, Entschuldigung.«

Enttäuscht verließ ich die Apotheke, und als ich Sina mit einer Wasserflasche auf den Stufen sitzen sah, nahm ich neben ihr Platz.

»Na? Alles bekommen?«, fragte sie mich.

»Nein. Der Dummkopf hat mich nicht telefonieren lassen!«

»Mit wem wolltest du denn telefonieren?«

Mist. Mitten reingetappt in die Falle.

»Na, hier … mit dem Büro!«

»Ach jetzt hör aber auf, Matze! Was is wirklich los?«

»Ja … das! Ich … also, die machen halt Stress einfach!«

Sinas skeptischer Blick verriet mir, dass ich schon bessere Notlügen fabriziert hatte. Wenigstens hatte ich meine Einkäufe in der Apotheke vergessen, das würde mir Bedenkzeit verschaffen.

»Ahh … ich Idiot, meine Sachen!«, sagte ich, stand auf und sprang die Treppe hoch. Ich riss die Tür auf, und schon stand ich wieder am Tresen.

»Keine Angst, ich will nicht telefonieren, aber … haben Sie Internet?«

»Is bleddie langsam, aber wir nennen es trotzdem so.«

»Super. Könnte ich es kurz benutzen?«

»Sorry, aber ich darf keine customers nach hinten lassen!«

»Dann … könnten Sie vielleicht was nachschauen für mich?«

»Was denn?«

»Ne Wohnung bei Immobilienscout. Ich muss wissen, ob die noch im Netz ist.«

»Versteh ich nich, kann ich aber machen.«

»Danke!«

Ich schrieb die Adresse von Immoscout auf einen Zettel und die ID, die ich glücklicherweise auswendig wusste, weil ich sie zwei Dutzend Mal selbst eingegeben hatte. Skeptisch schlurfte der Apotheker damit in sein Hinterzimmer. Von draußen hörte ich Bahees Hupe, dann ging die Tür auf, und Sina schaute fragend herein.

»Matze? Die wollen weiter!«

»Ich komm gleich raus, ja?«, flüsterte ich.

»Das erklärst du den anderen dann aber bitte selber, warum sie warten, okay?«

»Klar! Aber ... Sina? Du ... wollen wir uns nicht wieder zusammensetzen für den Rest der Fahrt?«

Sina brauchte ein wenig mit der Antwort. »Ich unterhalte mich nur gerade mit Kevin, und wir sind mitten drin.«

»Mitten in was?«

»In einem Gespräch natürlich!«

»Ihr seid in einem Ge-spräch?«

»Genau. Gespräch! Das ist das, was wir beide nicht haben!«

Genervt ließ Sina die Ladentür zufallen, und durch die Schaufensterscheibe sah ich, wie sie in den Bus stieg, der mit laufendem Motor wartete. Der Apotheker kam beeindruckt zurück.

»Das ist ja eine schmaate Wohnung! Auch mit der halboffenen Küche und der Terrasse mit Rheinview und so.«

Ich bekam den Mund nicht zu.

»Sie haben sie gesehen? Ich meine, da stand nicht: ›Verkaufsstand reserviert‹ oder so?«

»Nee, das stand da nicht drin. Nett von wegen Kamin und so, echt bleddie nice! Also wenn ich zurückmüsste nach Gerryland, dann würde ich mir auch son plek kriegen.«

»Gerryland?«

»Deutschland!«

Ich entriss dem Apotheker den Zettel, und wie unter Schock griff ich nach meiner kleinen, weißen Tüte mit den Tampons und dem

Vitamin K. »Dieses verlogene Dreckstück«, zischte ich, »erzählt mir, dass sie die Wohnung zurückhält und nimmt sie nicht mal aus dem Netz.«

»Das wär nochals kak, wenn du die nicht kriechst! Good luck, Jong!«

»Danke!«, murmelte ich, und als ich im Bus saß, schob ich die Tür mit einem so lauten Wumms zu, dass es nur so schepperte.

15

Auf der Fahrt zum Canyon bekam ich mehrere stumme Wutanfälle, die von meinem sehr alten Sitznachbarn Seppelpeter argwöhnisch beäugt wurden. Der Gedanke, dass uns in genau dieser Sekunde irgendein geschniegeltes Designerpärchen die Wohnung wegschnappte und ich nichts dagegen tun konnte, machte mich schier wahnsinnig. Um mich abzulenken, griff ich nach dem Prospekt mit dem Reiseablauf.

›Nach dem Frühstück und einer kurzen Busfahrt wandern wir fernab jeder Zivilisation am Rand des Fishriver Canyon.‹

Pfeilschnell traf meine Faust den Rücksitz von Breitling, der sich genervt umdrehte.

»Hey! Ich hab'n Kater!«

»Okay! Entschuldigung!«

Breitling nickte, und damit war die Sache gegessen. Ich las weiter.

›Am späten Nachmittag erreichen wir die Canyon Village Lodge, wo wir bei einem gemütlichen Sundowner den spektakulären Blick auf den Gondwana Canyon Park genießen.‹

Was bitte hieß denn »am späten Nachmittag«? Vor 18 Uhr oder nach 18 Uhr deutscher Zeit? Ich blickte nach vorne, doch Bahee saß zu weit entfernt, um ihn das über alle Köpfe hinweg zu fragen. Sina plauderte noch immer mit dem 1011. des Ironman Triathlon. Was gab es denn da überhaupt die ganze Zeit zu quatschen? Dass ich viel mehr Sport machen müsste, immer dicker wurde und seit drei Tagen ungenießbar war? Dass ich fast nicht mehr zu Hause war, seit ich dieses bescheuerte IT-Projekt in Frankfurt angenommen hatte? Dass sie gar nicht mehr so recht wusste, ob …

Ich schluckte und blickte nach draußen. Irgendein Idiot hatte die vormals prächtigen Wolken am Himmel zerrupft und als kleine Wattefetzen wieder drangepappt. Darunter wie immer Sand, freudlose Felsen und ein paar fadgelbe Sträucher. Irgendwo ganz weit weg schien es ein Gebirge zu geben, doch was die Entfernung anging, war ich hoffnungslos überfordert. War es zweihundert Kilometer weit weg oder tausend?

›Bing!‹

Ich drehte mich zum anderen Fenster und sah schwarze Arbeiter, die uns von einem Bahndamm aus zuwinkten. Seppelpeter und ich winkten zurück, unwissend, ob die Arbeiter uns durch die Fenster überhaupt sehen konnten. Aus der Tatsache, dass die Arbeiter uns Touristen zuwinkten, schloss ich, dass sie recht zufrieden waren mit sich. Es konnte natürlich auch sein, dass sie sich totlachten über den klapprigen Minibus, der mit neun bleichen Touristen durch das Land der Freiheit rumpelte. Ganz sicher sogar lachten sie, denn sie waren ja frei. Wir nicht. Wir waren die in Blech gepackte Rache für die deutsche Kolonialzeit.

›Bing!‹

Irgendwann bog unser Bus von der geteerten Hauptstraße auf eine Schotterpiste und holperte einigen strohbedeckten Holzhütten an einer Schlucht entgegen. Die Lautsprecher knackten, und Bahees Stimme war zu hören. »So, hier sind wir jetzt angekommen an die Fishriver Canyon, da wollen wir mal ein oder zwei Stündchen rumlatschen und runtergucken.«

Wollten wir nicht, aber was sollte ich machen? Bahee parkte den Bus neben einer Brotzeithütte. Er hatte sein Headset schon wieder abgesetzt, da fragte die Gruberin, ob man sagen könne, dass der Fishriver Canyon der größte Canyon der Welt sei. Bahee setzte sein Headset wieder auf.

»Also der größte nicht, aber wenn er nich der zweitgrößte ist, ne, dann ist er bestimmt der dritt- oder viertgrößte, weil … da gibt's so a bikkie Konkurrenz zwischen die Canyons, ne, da muss man die Platz noch mal sicher machen.«

Kopfschüttelnd stieg die Gruberin aus. Durch mein geöffnetes Fenster konnte ich ein recht deutliches »Hummeldumm!« vernehmen. Bahee offenbar auch, denn der zischte ein saftiges »Kasurrunguta!«, und als er sah, dass ich es gehört hatte, grinste er.

Ich krabbelte als Letzter aus dem Bus und zog die Plastiktüte mit meinen brandneuen Wanderschuhen aus dem Kofferraum. Alle anderen hatten ihre Wandersachen natürlich längst angezogen und standen schon fix und fertig begoretext und mit Rucksack am Bus, bereit für die erste »richtige Wanderung«.

»Ich hab dich gesehen«, sagte Sina mit bedächtiger Stimme, »im Rückspiegel, und …« Sie hatte sich neben mich auf das Trittbrett gesetzt und wirkte irgendwie ziemlich traurig.

»Und?«

»… das war blöd von mir vorhin in der Apotheke. Kevin und ich … wir reden echt nur, und … ich will nicht, dass du dir irgendwelche Gedanken machst!«

»Sehe ich denn so aus?«

»Um ehrlich zu sein: ja!«

»Er mag kein Fleisch. Er trinkt Jever Fun! Und statt ›ja‹ sagt er ›no‹! Ich versteh halt einfach nicht, warum du überhaupt mit ihm sprichst.«

»Ganz einfach weil er alleine hier ist und niemanden zum Reden hat.«

»Ich hab auch niemanden, wenn du vorne hockst!«

»Wir setzen uns schon wieder zusammen. Und jetzt laufen wir zusammen!«

»Ja?«

»Ja!«

»Gut!«

Die Reise war stressig genug und die Geschichte mit der Wohnung sowieso, da konnte ich jetzt nicht auch noch eine Beziehungs-krise gebrauchen.

Ich küsste Sina auf die Wange und spürte, wie sich ein beträcht-licher Teil meiner Anspannung löste. Dann allerdings zog ich meine Wanderschuhe aus der Tasche und erstarrte. Was ich da in der Hand hielt, waren meine Karnevals-Wanderschuhe, vollgesaugt mit Kölsch und Jeckenpisse, die Dinger, die ich seit fünfzehn Jahren trug, wenn ich an Rosenmontag als Bayer ging. Zitternd zeigte ich sie Sina.

»Was ist DAS denn?«

Die Ahnungslosigkeit meiner Freundin wirkte nicht mal ge-spielt.

»Deine Wanderschuhe?«

»Nein. Das sind meine Karnevals-Wanderschuhe! Die für 19,95! Made in China. Damit lauf ich doch nicht durch die Namib-wüste!«

»Ja, das weiß ich doch nicht!«

»Wo hast du denn die neuen hin?«

»Welche neuen? Und vor allem: warum ICH?«

»Ganz einfach: weil DU gepackt hast!«

Hätte ich nicht sagen sollen. Wusste ich vorher auch. Hab's trotz-dem gesagt – mit dem Ergebnis, dass Sina stocksauer nach Luft rang.

»Ich fasse es nicht! Welche Wanderschuhe hätte der Herr denn gerne eingepackt gehabt von seiner Assistentin?«

Unsere Wandergruppe starrte uns an, als wären wir ein Fernseher, auf dem Johannes B. Kerner gerade in Flammen aufging.

»Na, jedenfalls nicht die aus dem Karnevals-Laden! Die in dem gelben DHL Paket! Die ich mir extra noch bestellt hab!«

»Ja, das weiß ich doch nicht, dass du dir noch Schuhe schicken lässt!«

»Mensch!«

»Das nächste Mal packst du alles selbst!«

»Das nächste Mal buch ich vor allem selbst!«, entgegnete ich, doch Sina hatte sich schon umgedreht und mich auf dem Trittbrett sitzen lassen. Missmutig griff ich zu meinen Billig-Wanderschuhen und schüttelte sie. Ein Kölsch-Coupon und zwei zerdrückte Kamelle fielen heraus. Bahee, der offenbar die ganze Zeit neben uns gestanden hatte, sah mich mit betretener Miene an und klapperte mit einem Schlüsselbund.

»Was willst du denn jetzt?«, fragte ich ihn gereizt.

»Dass du deine komische Schlappe jetzt mal anziehst und mitkommst. Ich hab nämlich auch so eine Art Zeitplan, ne. Oder willst du im Bus warten?«

Nachdenklich blickte ich zunächst auf Bahee, dann auf die Schuhe und dann auf Sina, die neben dem Triathleten stand und mich ignorierte.

»Ich komm mit.«

Widerwillig schlüpfte ich in meine Wanderschuhe und zermalmte einen Bonbon mit dem rechten Zeh. Die Zentralverriegelung machte Klack, und Bahee schulterte seinen Rucksack.

»Mit deine Schuhe, da mach dir mal keine Hals. Gut eingelaufen und billig ist besser als teuer und neu!«

Ich stand auf, und wir marschierten los. Links von uns lag stolz der riesige Canyon, vor uns erstreckte sich eine nur spärlich bewachsene plattgraue Schotterwüste bis zum Horizont. Die anderen waren uns schon ein Stück voraus und außer Hörweite, also fragte ich Bahee, ob man hier oben Handyempfang hatte.

»Das musste man echt mal gucken, ne, das weiß ich gar nicht.«

»Und? Willst du mal gucken?«

»Eh?« Mit fragendem Gesichtsausdruck blieb Bahee stehen.

»Hast du ein Handy mit?«

»Klar, Matze! Ich hab immer mit.«

Ungeduldig schaute ich Bahee an, dann endlich begriff er.

»Ahh! Hehe … Sekunde mal, ne, da kann ich ja gucken, ne.«

Ein wenig umständlich fischte Bahee sein Handy aus der Wanderhose und betrachtete das Display. »Nee. Also hier is nix, ne!«

Und dann stapfte er davon, der schwarze Häuptling der mehläugigen Goretex-Apachen. Ich ließ ihn laufen und blickte hinunter in die Schlucht.

Für einen Augenblick stellte ich mir vor, wie es wäre, wenn ich springen würde. Wenn ich einfach so runterspringen würde in den Canyon, dessen Größe man noch mal sicher machen musste, der aber garantiert groß genug war, dass ich beim Aufprall zerplatzen würde wie eine überreife Wassermelone. Ein erbärmlicher Anblick wäre das und ein Riesenschlamassel für alle Beteiligten. Es würde Tränen geben, endlosen Papierkram wegen Rückführung der Wassermelone, und dann hatte ich ja auch zu Hause gar nichts vorbereitet für meinen Tod, ich wusste ja nicht mal mehr, wo genau meine Lebensversicherung abgeheftet war und ob Sina überhaupt etwas davon hätte, wo wir doch gar nicht verheiratet waren. Wir mussten also ohnehin erst heiraten, bevor ich sprang, und so wie ich Sina kannte, würde sie das dann auch wieder nicht besonders fair finden, also heiraten und dann gleich sterben. Der Vorteil eines schnellen Sprungs wäre freilich, dass sich mit einem Schlag das Wohnungsthema erledigen würde. Der Nachteil wäre, dass ich tot sein würde, und das war mir dann natürlich auch nicht wirklich recht, mal abgesehen davon, dass weder ich noch Sina Blut sehen konnten.

»Matze!«, rief Bahee mir zu, »geh da mal nicht so nah ran!«

»Ja!«, schrie ich, trat einen Schritt vom Abgrund zurück und knirschte mich meiner ahnungslosen Reisegruppe entgegen.

16

Zwei Stunden später rumpelten wir wieder über die Pad, wie man die Schotterpiste hier nannte, und zogen auf dem Weg zur nächsten Lodge eine beachtliche Wolke aus Staub hinter uns her. Meine Freundin klebte natürlich wieder neben dem bräsigen Schnabel. Ich selbst war inzwischen fester Bestandteil der Loser-Reihe und saß alleine neben Seppelpeter, der schlafend vor sich hinröchelte.

Schnurgerade verlief der Weg und verschmolz weit in der Ferne mit dem kräftigen Blau eines nunmehr wolkenlosen Himmels. Langsam, so glaubte ich, bekam ich ein Gefühl für die Größe dieses Landes. Hin und wieder standen wilde Tiere zwischen den Büschen und beobachteten gelangweilt unsere Vorbeifahrt. Und noch etwas geschah: Mit jedem Kilometer, den wir durch diese imposante Landschaft fuhren, kam mir mein Streit mit Sina lächerlicher vor. Um was ging es denn? Es ging um Schuhe und dass Sina mit Schnabel redete. Es war lächerlich. Ich würde jetzt einfach die Sache mit der Überweisung in Ordnung bringen und mich entspannen, dann würden sich unsere Spannungen von alleine lösen.

Schon ein wenig beruhigter schaute ich auf die Telegraphenmasten, die parallel zur Piste verliefen. Wir würden früh ankommen auf der Lodge, und wenn sich das Schicksal nicht komplett gegen mich verschworen hatte, dann konnte ich endlich mit Herrn Pfingst selber telefonieren, den Triathleten zu einem guten Stück Fleisch überreden und mich bei einem südafrikanischen Rotwein mit Sina aussöhnen.

Als der Wegweiser der letzten Lodge vor der Wüste zu sehen war und ich die ersten Umrisse unseres Quartiers ausmachen konnte, bemerkte ich, dass die Telegraphenmasten am Straßenrand gar keine Kabel mehr führten. Mein Herzschlag beschleunigte sich. »Bahee?«, rief ich nach vorne, woraufhin dieser mich im Rückspiegel suchte.

»Eh?«

»Was ist denn mit den Kabeln da?«

»Was denn für Kabeln da?«, sprach Bahee für alle hörbar in sein Headset.

»Die an den Masten. Die fürs Telefon.«

Bahee ging vom Gas und blickte ebenfalls nach draußen auf die Telegraphenmasten. Dann verstand er, was ich meinte.

»Oh ja … Das kann sein, dass sich da jemand wieder ein bikkie Kupfer gemopst hat, ne. Das dauert dann immer wochenlang, bis die wieder ein ordentliches Telefon haben da. Die sind bekloppt, und wenn du mich mal fragst, ne, die machen ihr eigenes Land kaputt!«

Apathisch blickte ich auf die schnurlosen Telegraphenmasten. Wir fuhren in eine Lodge ohne Telefonverbindung! Wenigstens lag neben mir noch der Reiseadapter der Gruberin. Damit würde ich mein Handy laden, und vielleicht gab es ja ein Netz, wenn ich nur hoch genug auf einen der Berge stieg. Ich atmete ein, und ich atmete aus.

Die Canyon Village Lodge befand sich tatsächlich am Fuße eines Berges und bestand aus einem großen strohbedeckten Haupthaus, um das sich bogenförmig ein gutes Dutzend gemauerter Häuschen gruppierte. Alles in allem wirkte das Ensemble wie eine Western-filmkulisse, und es hätte mich nicht gewundert, wenn plötzlich ein Cowboy durchs Fenster gekracht wäre, gefolgt von einem wilden Schusswechsel. Bahee parkte den Bus, und als Erster sprang Breitling hinaus, um sich seine Zigarette anzuzünden.

»Ja, leck mich am Arsch, ist das kalt!«, rief er und schüttelte sich.

Ich ging zu meiner Freundin und umarmte sie sachte. Ebenso hätte ich allerdings einen der Telegraphenmasten umarmen können.

»Alles gut?«, fragte ich zaghaft.

»Geht so«, antwortete sie kühl.

»Nur ›geht so‹?«

»Ja. Nur ›geht so‹.«

Steif trat Sina einen Schritt zurück und löste sich aus der ohnehin schwachen Umarmung.

»Matze, echt, du kannst mir nicht an allem die Schuld geben!«

»Ich weiß. Tut mir leid mit den Schuhen. Du … die haben auch ganz gut gehalten!«

»Okay.«

»Nur ›okay‹?«

»Ja. Nur ›okay‹!«

Schweigend folgten wir den anderen ins Haupthaus, wo wir einen Kaffee und unsere Zimmerschlüssel bekamen. Eine hübsche Schwarze nahm die Bestellung für die Sundowner-Drinks entgegen, die wir in Kürze auf einem Aussichtspunkt oberhalb der Lodge einnehmen würden. Schließlich machten Sina und ich uns auf den Weg zu Westernhäuschen Nummer 8.

Es war so kalt wie an einem deutschen Märznachmittag, zudem wehte ein strammer Wind. Und das sollte Afrika sein? Unser Zimmer bestand aus der linken Hälfte des Westernhäuschens und war einfach eingerichtet, aber schön. Unter einer hohen Holzdecke standen passend zum Zustand unserer Beziehung zwei getrennte Einzelbetten, den dunklen Steinboden verzierte ein Kuhfell. Statt einer Heizung gab es nur eine Thermoskanne mit heißem Wasser und ein Kästchen mit Teebeuteln und Instantkaffee. Schweigend schütteten wir das Kaffeepulver und Zucker in zwei große Tassen und übergossen es mit heißem Wasser. Schließlich stellte Sina die Tasse zur Seite und umarmte mich traurig.

»Ach Matze!«

Ich stellte meine Tasse ebenfalls auf den Tisch und zog Sina fest an mich heran.

»Was?«

»Ich kann mich schon gar nicht mehr richtig auf die Wohnung freuen, wenn wir uns so streiten. Ausgerechnet im Urlaub!«

Hastig nahm ich Sinas Hände zur Seite und trat einen Schritt zurück.

»Schatz, merk dir, was du sagen willst, ich bin gleich wieder da!«

So schnell ich konnte, rannte ich zur Rezeption und erfragte, wo unser Guide untergebracht war.

»Number eighteen? Thank you!«

Weiter hastete ich zu Haus Nummer 18, stolperte die Holztreppe der Veranda nach oben und krachte fast gegen die Tür.

»Bahee? Ich bin's, Matze! Ich hab was im Bus vergessen, ich brauch den Schlüssel.«

Die Tür öffnete sich, dahinter stand Bahee in Boxershorts und telefonierte. ER TELEFONIERTE! Bereitwillig reichte er mir den Busschlüssel.

»Du hast Netz hier?«

Bahee nahm kurz das Telefon vom Ohr und deutete auf einen weit entfernten Strich in der Landschaft.

»Die MTC hat doch die neuen Mast ins Land gepiekt. Jetzt kannste hier mal die ganze Welt anrufen!«

»Bahee? Ich liebe dich! Und MTC auch!«

Ich riss den Schlüssel an mich, rannte zum Minibus und schob die Tür auf.

Der Adapter war verschwunden. Ich suchte unter den Sitzen, im Handschuhfach und riss sogar einen Teil der Innenverkleidung ab. Ich filzte den kompletten Bus wie ein DDR-Zöllner auf Koks. Nichts! Erschöpft ließ ich mich auf die Rückbank fallen und dachte nach. Klar. Wenn eine so dreist war, mir das Ding wieder wegzuschnappen, dann die Rosinenhexe!

Wütend richtete ich mich auf.

»Diese hinterfotzige Knitterhexe!«

Krachend ließ ich die Tür ins Schloss fallen. Ich stampfte zur Rezeption, wo ich mir die Zimmernummer der Gruberin geben ließ, und keine Minute später stand ich mit einem Puls von 230 auf der Wiener Veranda und donnerte meine Fäuste gegen die Holztür. Drinnen jaulte ein Fön.

»Woos?«, hörte ich Käthes Stimme, der Fön verstummte.

»Ich bin's. Matze. Der Reiseadapter ist nicht mehr im Bus!«

Die Tür ging auf, vor mir stand die Gruberin in Jogginghose und Fleecepulli und schaute mich unschuldig an. In der Hand hatte sie den Fön, auf dem Kopf noch immer die exakt einen Zentimeter lange, graue Kurzhaarfrisur.

»Der Adapter ist weg, Käthe!«

»I weiß, i hab an gnommen für die Haar!«

»Aber … du hast doch heute morgen noch gesagt, ich kann ihn haben!«

»Hast'n ja kaabt!« Erst jetzt sah ich Speckhut, der in einem weißen Feinrippunterhemd im Bett saß und ein wenig ertappt aus einem Buch aufblickte. Ich schloss die Augen und versuchte mich zu beruhigen. Was schwierig war, weil ich mir zeitgleich vorstellte, wie ich die alte Hexe mit ihrem eigenen Fönkabel erdrosselte.

»Jetzt leih'n ihm holt über die Nocht!«, versuchte Speckhut zu vermitteln.

»Jedem andern. Ihm net!«, spie sie zurück.

»Käthe, ich brauch das Ding wirklich dringend!«, flehte ich, »ich muss mein Handy aufladen, den iPod und die Kamera!«

»Lauter unnötiges Klumpert in der Wildnis.«

»Für mich nicht!«

»Morgen vielleicht!«

Sprach's und zog die Tür zu. Sie ging nicht wieder auf, obwohl ich noch einmal dagegentrat. So wütend war ich, dass ich zurück zum Bus ging und der Holzgiraffe auf dem Dach einen Schlag verpasste, den sie so schnell nicht vergessen würde.

»Are you okay, Sir?«

Ein Dienstmädchen hatte mich gesehen und stand mit einem Packen Handtücher misstrauisch am Eingang.

»Yes!«, rief ich, kletterte herunter und brachte den Busschlüssel zurück zu Bahee. Der telefonierte noch immer. Ein gutes Zeichen war das, denn wenn er telefonierte, dann würde auch ich telefonieren können, und da es erst kurz nach vier war, beschloss ich einfach zu warten.

Eine halbe Ewigkeit saß ich auf der Treppe, und Bahee wollte gar nicht mehr aufhören zu plaudern, zu lachen und zu glucksen. Auch wenn er auf Herero sprach, so glaubte ich doch zu erraten, dass eine ziemlich hübsche Frau seine Gesprächspartnerin war und kein Kumpel. Irgendwann schien ein Satz sich zu wiederholen, der sich so anhörte wie ›meggu seri‹ oder ›mekku zeri‹. Dann ging die Tür auf, Bahee hatte offensichtlich längst bemerkt, dass ich noch draußen wartete. »Lass mich raten«, schmunzelte ich, »»Meggu seri‹ heißt so was wie ›Ich vermiss dich‹, oder?«

»Nee, ›meku zeri‹ heißt ›Prepaid-Karte leer‹!«

Mein Gesicht schockgefror zu purem Alaskaeis, und auch die Atmung wurde eingestellt: Ich war im Blitzgemüsemodus.

»Du verarschst mich!«, presste ich heraus.

»Richtig. Ich verarsch dich, weil du hast bikkie gelauscht, ne. Ich hab reguläre Karte, kein Prepaid!«

Mit diesen Worten reichte mir Bahee sein Handy. Mein Gesicht taute auf, und ebenso stumm wie dankbar nahm ich das Gerät entgegen, als wäre es ein Barren aus reinstem Gold.

17

Als ich aufgeregt wie ein Dalmatinerwelpe zurück in den Bungalow strauchelte und meinen kompletten Rucksack nach meiner Jeans mit den Telefonnummern durchwühlte, stellte Sina sich neben mich und verschränkte die Arme.

»Was machst du da?«, fragte sie mit gefährlich ruhiger Stimme.

»Ich brauch da doch das Dings!«, keuchte ich ihr entgegen, rupfte die Hose mit den Zetteln aus dem Rucksack und taumelte mit einem »Bin gleich entspannt!« aus dem Zimmer.

Rasant übersprang ich die drei Stufen der Holzveranda, flitzte um unser Häuschen herum und spurtete auf den Berg zu, der sich wie ein Steinhaufen unmittelbar hinter unseren Häusern auf geschätzte zweihundert Meter erhob. Durch vertrocknete Sträucher und jede Menge Geröll kämpfte ich mich so weit nach oben, dass ich mich sicher wähnte, erst dann tippte ich die Nummer von Immovest in Bahees zerkratztes Nokia. Immerhin: es funktionierte, denn noch während ich nach Luft rang, vernahm ich das Zischen der Immobilienschlange so klar und deutlich, als hinge sie um meinen Hals.

»Immovest, Metzger?«

Trotz Atemnot zog ich es vor, gleich auf den Punkt zu kommen. »Warum ... ist denn die Wohnung noch im Netz, wenn Sie sagen ..., dass Sie sie zurückhalten?«

Es dauerte eine Weile, bis ich eine Antwort bekam. »Ich halte sie ja zurück, Herr Klein. Aber sicher verstehen Sie auch, dass ich Vorsorge treffen muss für den Fall, dass Sie dann doch noch abspringen.«

»Warum sollte ich denn abspringen? Wir haben doch fast schon alles eingerichtet, im Kopf Umzugskartons bestellt …«

»Das hatten andere Interessenten vor Ihnen auch schon, und dann hat sich alles verändert im Urlaub, da ist die Finanzierung geplatzt, oder der Job war weg. Wenn Sie die Wohnung unbedingt wollen, dann verstehe ich nicht ganz, warum Sie die Reservierungsgebühr nicht überweisen.«

Ich hob meinen Blick und hätte beinahe darüber gelacht, dass ich ein solch ärgerliches Gespräch vor einer solchen Kulisse führte. Für den Hauch einer Sekunde verwandelte sich die Reservierungsgebühr in ein ameisenhaftes Nichts, für einen winzigen Augenblick verpuffte meine Aufregung in der afrikanischen Unendlichkeit. Noch nie zuvor hatte ich so viel Land auf einmal gesehen. Die Berge, die Sträucher, ja selbst die Lodge-Häuschen – sie lagen vor mir wie gestreut mit einer riesigen Berg-Strauch-Lodge-Mühle.

»Sind Sie noch dran, Herr Klein?«

»Äh … ja! Frau Metzger! Wissen Sie, wie lange ich dafür gekämpft habe, dass ich überhaupt mit Ihnen sprechen kann?«

»Das weiß ich nicht, nein.«

Auf der freien Fläche zwischen den Lodgeunterkünften versammelte man sich inzwischen zum Sundowner. Fast zeitgleich kamen sie aus ihren Häusern gekrochen, so als hätte jemand eine Schulglocke geläutet, und alle waren eingepackt in dicke bunte Jacken. Ich hoffte sehr, dass sie die Nerven behalten und nicht nach mir suchen würden.

»Ich verstehe Sie ja, Herr Klein, aber bitte verstehen Sie auch mich. Ich kann diese wirklich schöne Wohnung nicht ohne irgendeine Sicherheit zurückhalten.«

»Können Sie nicht?«

»Nein. Also: Werden Sie reservieren oder nicht?«

»Was ist das denn für eine Frage? Natürlich werde ich reservieren!«

»Gut. Und wann glauben Sie, dass Sie die Summe überweisen können?«

»Sagen wir: morgen oder übermorgen?«

Die Gruppe war nicht mehr zu sehen. Dafür hörte ich sie jetzt. Sie sangen! Ich lauschte ungläubig.

»Das Wandern ist des Matzes Lust!«

»Also gut. Ich halte die Wohnung noch bis morgen zurück«, säuselte Frau Metzger von Immovest, und ich bedankte mich. »Nur wenn Sie dann immer noch nicht überwiesen haben, dann muss ich sie leider –«

»Sagen Sie's nicht! Ich will's nicht hören!«, unterbrach ich sie, und der Gesang kam näher und näher.

»Das muss ein schlechter Matze sein, dem niemals fiel das Wandern ein«, schallte es über Felsen und Geröll, stimmlich ganz klar angeführt von Professor Speckhut.

»Dann noch einen schönen Urlaub, Herr Klein, und gut, dass wir gesprochen haben! Ich drücke Ihnen und Ihrer Freundin die Daumen, dass es klappt. Sie würden wirklich gut ins Haus passen.«

Ganz fern klang nun die Stimme der Immobilienschlange, und der Goretex-Chor trötete: »Das Waaaa-aaannnndern!«

»Danke. Tschüss, Frau Metzger.« Langsam glitt Bahees Handy von meinem Ohr, da bog die komplette Super-Truppe um einen Felsen, und vorneweg marschierte ein dirigierender Pepi Gruber, der gar nicht daran dachte aufzuhören mit seinem peinlichen Geträllere, er sang nun alleine:

»Der hat nicht Ruh' bei Tag und Nacht,

Ist stets aufs Telefon bedacht,

Ist stets aufs Teeeeeelefoooon bedacht, der Maaa-aatze!«

Es gab Applaus, und alle lachten, bis auf Sina. In der Jackentasche krallte sich meine Hand fast wie von selbst um Bahees Handy.

»Haha … da hat der Pepi hier mal ein Volkslied für dich umgedichtet, super, oder?«

Ich nickte verbissen, und Trixi bekam sich gar nicht mehr ein.

»Also Pepi, wirklich gut, so was würde mir ja gar nicht einfallen, woher nimmst du das nur immer?«

»'s follt ma holt so ein«, antwortete Speckhut geschmeichelt. Ich blickte auf die Uhr. Es war eine Minute nach Feierabend der Sparkasse Euskirchen, und ich hatte ein funktionierendes Handy in der Hand. Vielleicht war der Herr Pfingst ja noch am Platz? Bahee schaute mich fragend an.

»Die Handy?«

»Was ist damit?«, fragte ich unschuldig.

»Die würde ich gern mal wiederhaben!«

Lachend streckte Bahee seine Hand aus.

»Ach so … klar«, sagte ich und deutete die Übergabe des Telefons an. Dann drehte ich mich blitzschnell um und rannte los, so schnell ich konnte. Ein Trampelpfad ist keine Tartanbahn: Nach nur wenigen Metern rutschte ich aus und legte mich auf die Fresse, dass es nur so rumpelte und staubte. Als ich aufschaute, standen Sina und Bahee neben mir.

»Sagst du mir Bescheid, wenn du wieder normal bist?«, fragte mich meine Freundin.

An Bahees Hand zog ich mich nach oben, dann übergab ich das Handy.

»Mach ich, Schatz. Mach ich.«

18

Am nächsten Morgen erwischte uns die namibische Sonne schon auf dem Weg in die Namibwüste. So unbarmherzig hell blitzte und flackerte sie durch die staubige Scheibe unseres Busses, dass ich die Augen nur einen Spaltbreit öffnen konnte.

Ich war in keinem guten Zustand, und Breitling vor mir schien es nicht viel besser zu gehen: Mit fleckigem Gesicht und erloschener Marlboro im Mundwinkel starrte er ebenso apathisch nach draußen wie ich. Sträucher und Bäume flogen vorbei. Sicher schwappte auch in Breitlings Kopf noch der komplette Blödsinn des Vorabends, und vermutlich war das auch der Grund, warum Brenda sich und ihre *Gala* von ihm weggedreht hatte wie von einem nassen Hund im Lift. Wenigstens saßen die beiden noch in der gleichen Reihe! Wehmütig sah ich nach vorne, wo meine Freundin so angeregt mit dem schalen Schnabel plauderte, als säße David Beckham persönlich neben ihr. Ich steckte mal wieder neben dem zuverlässig schnarchenden Seppelpeter, der mich eben noch mit einem »Hasd dich abber ordendlich zammgleuchd!« begrüßt hatte.

Der Mann schien Erfahrung mit Alkohol zu haben. Mit pochenden Schläfen versuchte ich zu rekonstruieren, was überhaupt passiert war: Dass ich nach der Handygeschichte ein Bier an der Bar trinken wollte, wusste ich natürlich noch. Dass daraus drei wurden und ein scheußlicher, südafrikanischer Brandy namens Klipdrift, war mir auch noch präsent. Die Amnesie musste dann in Form von Breitling eingetreten sein. Mit bereits glasigem Blick war er in die Bar gewankt, hatte sich freudig neben mich gesetzt und gefragt, ob ich Lust auf Blödsinn hätte. »Und das ist was?«, hatte ich noch lachend gefragt. Jetzt wusste ich es: Blödsinn waren sechs weitere Klipdrift, zwei Störtebeker Pampelmuse zum Probieren, ein Windhoek Lager zum Nachspülen und ein Tafel Lager als Schlummifix. Als ich mich dann immer noch nicht zu Sina ins Zimmer traute, folgten eine halbe Packung Marlboro, noch zwei doppelte Klipdrift, und danach weiß ich nicht mehr. Über was zum Teufel hatten wir geredet, außer dass Seppelpeter wirklich viel zu alt war für so eine Reise, Trixi komplett durch den Wind und die Gruberin eine gottverdammte Rosinenhexe? Und hatten wir nicht auch noch den Schwanz von ihrer Holzgiraffe abgebrochen? Ich wusste es nicht mehr.

Sina schien dafür umso mehr zu wissen. Sagen wir so: Es war offensichtlich, dass ich mich nicht mit ihr versöhnt hatte im Rausch. Weil man ja im Rausch meistens noch viel mehr streitet als nüchtern, es gab da ja auch nie Schlagzeilen wie ›Chris Brown – im Suff mit Rihanna versöhnt‹ oder ›Amy Winehouse stocknüchtern ausgetickt!‹.

Sina hatte sich komplett zurückgezogen, dichtgemacht, mit einem Tiefgaragengitter, zwei Brandschutztüren und einer Mauer aus feuerfestem Beton.

Nach einer guten Stunde Rumpeltransfer erreichten wir ein kleines Örtchen mit dem schönen Namen Helmeringhausen. Es war so klein, dass man schon am Ortseingang das Schild des Ortsausgangs sehen konnte, und bestand im Wesentlichen aus einer Tankstelle, einem Shop und einem Hotel mit dem naheliegenden Namen ›Hotel Helmeringhausen‹.

Wir hielten an der Tankstelle. Während Bahee Diesel nachfüllte und Sina sich in die Warteschlange vor dem Damenklo einreihte, schlurfte ich in einen Store neben der Tankstelle, wo ich eine Flasche Wasser auf ex trank und einen alten schwarzen Verkäufer im blauen Hosenanzug fragte, ob er zufällig Adapter hätte für deutsche Stecker. Hatte er nicht, das Hotel auf der anderen Straßenseite aber vielleicht, erklärte er mir auf Englisch. Da Bahee noch immer am

Bus werkelte und auch Sina in der Kloschlange nur eine Position aufgerückt war, schlurfte ich rüber ins Hotel. Durch einen hübsch angelegten Vorgarten gelangte ich zur Rezeption, hinter der ein dürrer junger Mann mit langem Hals und pilzhafter Beatles-Frisur gerade ein Papier aus einem Fax zog.

»You ... do you ... do you speak German?«, fragte ich kraftlos. Der junge Mann drehte sich ein wenig erschrocken um und lächelte. Er trug einen viel zu steifen, weißen Strickpullover, und den offenbar seit Jahren.

»Ja, klar. Was kann ich denn für Sie tun?«

»Phone! Have you got phone?«

Der Pilzkopf hinter dem Tresen sah mich verwundert an. »Wie gesagt: Wir können auch deutsch sprechen.«

»Good. Okay. Again then: Have you got a phone? Or is it broken, stolen ...«

Ich bemerkte, dass sich die Verwirrung des langhalsigen Rezeptionisten noch steigern ließ. »Nee, geht alles und steht im Foyer. Internet haben wir auch, Sie können gerne beides benutzen.«

»Really?«

»Ja!«

Verschmitzt wie ein tschechisches Knetmännchen deutete ich mit dem Finger auf ihn.

»Youuuuuuu!«

»Was – ich?«

»Youuuu are making fun of me!«

Machte er nicht. »Kommen Sie einfach mal mit, ich zeig Ihnen alles. Möchten Sie vielleicht was trinken?«

Neugierig folgte ich dem Pulloverpilzkopf in eine Art Wohnzimmer mit gelber Sitzecke und Kamin. Auf einem dunklen Holzschreibtisch standen nicht nur ein eingeschalteter Windows-PC, ein Tastentelefon und ein brandneuer Drucker – ungläubig deutete ich auf eine weiße Ladestation daneben.

»Is this to charge iPods and iPhones?«

»Richtig. Das Kabel hat mal ein Gast vergessen.«

Da war mir, als schüttete mir jemand einen Eimer warmen Glücks ins Gesicht.

»Youuuuu!«, grinste ich und piekste in den Pullover des Pilzkopfes.

»Was ist mit mir?«, fragte er ängstlich.

»Youuu make me feel so good!«

Der Rezeptionist trat einen Schritt zurück, offenbar fürchtete er sich vor einer Umarmung meinerseits. Zu Recht.

»Was zu trinken?«

»Yes! Coffee, please. With milk and sugar!«

Aufgeregt setzte ich mich vor den wunderbaren Bildschirm, auf dem bereits ein Browser geöffnet war. Das war kein Hotel, das war die Erfüllung all meiner Träume! Zitternd zog ich mein plattes iPhone aus der Jackentasche und verband es mit dem Ladekabel. Es vibrierte kurz, dann flackerte das Ladesymbol. Wie einfach das war. Wie schnell das ging. Wie schön das war!

Der Pilzkopf brachte meinen Kaffee, und beim ersten Schluck verschüttete ich fast die Hälfte, so hektisch trank ich. Dann tippte ich die Adresse der Sparkasse Euskirchen in den Browser und nahm mein Handy. Haha! Was brauchte ich die Lauer an ihrem vierten Tag? Was wollte ich mit Pfingst? Sollte der mal Waffeln backen! Ich hatte eine Internetverbindung und meine abfotografierte Tan-Liste! Eilig wischte ich durch die Fotos im Handy. Die Tan-Liste lag passenderweise zwischen einem Schnappschuss von Sina und einer Außenaufnahme der neuen Wohnung.

Von draußen hörte ich die Hupe unseres Busses, doch das war mir scheißegal in diesem Augenblick. Ich nahm einen weiteren Schluck Kaffee. Langsam, viel zu langsam baute sich das Anmeldefenster der Sparkasse auf, doch was war denn bitte das? Die Seite kam mir völlig unbekannt vor!

›Neuer Internetauftritt Ihrer Sparkasse Euskirchen!‹, stand da in fetten roten Buchstaben und darunter: ›Herzlich willkommen! Freuen Sie sich auf neue Funktionen und eine frische Optik.‹

»Frische Optik!«, stöhnte ich. Panisch klickte ich auf ein rotes Feld mit der Bezeichnung ›Online Banking‹, doch statt eines Anmeldefensters öffnete sich eine Seite mit einer Nutzerumfrage: ›Wie finden Sie unseren Internetauftritt?‹

»Beschissen!«, knurrte ich und klickte so heftig auf ›Zurück‹, dass fast die Maustaste durchbrach.

Ich durfte jetzt nicht die Nerven verlieren! Ich musste mir die Seite genau anschauen, statt hier wie irre rumzuklicken. Ich musste die Zeit nutzen, die knappe Zeit! Wieder hupte es von draußen. »Konzentriiiier dich!«, befahl ich mir selbst und sah, dass ich mich in der oberen linken Ecke direkt anmelden konnte. »Ahhhhh!« Hektisch tippte ich Kontonummer und Kennwort in die freien Felder, dann jagte ich meinen Zeigefinger auf die Return-Taste. Der durch seinen brettharten Pulli geschossene Beatles-Rezeptionist tauchte auf und sah mich entschuldigend an.

»Ich will nicht stören, aber ich glaube, draußen —«

»Not now!«, fauchte ich ihn an, und erschrocken zog er sich wieder zurück. Inzwischen war mein Girokonto auf dem Bildschirm erschienen.

»Jajajajajaja!«, murmelte ich, klickte hastig auf das Überweisungssymbol, und nach endlosen dreißig Sekunden tauchte die Eingabemaske auf.

»Endlich!«, rief ich und tippte ›Immovest‹ in das Feld neben ›Begünstigter‹. Doch schon bei ›Konto des Begünstigten‹ stutzte ich. Wo zum Teufel sollte ich denn jetzt die Kontonummer herbekommen? Gespeichert hatte ich sie jedenfalls nicht, warum auch?

»Handy!«, rief ich mir selbst zu und tippte mich durch bis zur Nummer von Immovest. »Metzger. Mobil. Anrufen!«, murmelte ich, während ich genau diese Display-Felder berührte. Für ein paar

Sekunden geschah nichts, dann tutete es einmal, zweimal, dreimal …

»Immovest, Metzger?«

»Frau Metzger«, keuchte ich in mein Handy, »ich brauch ganz schnell Ihre Kontonummer, bin gerade am Überweisen!«

»Das freut mich, dass …«

»Kein Blabla! Die Kontonummer! Und die Bankleitzahl!«

»Ist ja gut …«

Während Frau Metzger mir die Bankverbindung durchgab, hupte es wieder von draußen, dieses Mal lauter: Offenbar fuhr Bahee auf der Suche nach mir die Straße auf und ab. Schnell konnte ich Kontonummer und Bankleitzahl eingeben.

»Und wie ist es denn so in Namibia, Herr Klein?«

»Danke!«, bellte ich ins Telefon und legte auf. Dann ratterte ich die Reservierungsgebühr ins Betragsfeld, und bei Verwendungszweck schrieb ich ›Reservierung Klein‹. Ich klickte auf ›Weiter‹, TAN-Nummer 51 wurde angefordert. Mit wackeligen Fingern zog ich das Foto der Liste auf meinem Handy so groß, dass ich die TAN lesen konnte. Da war sie! Zitternd gab ich sie ein und drückte feierlich die Entertaste. Eine gespannte Stille füllte den Raum, das einzige Geräusch war mein Herzschlag. Dann die Erlösung: ›Auftrag ausgeführt‹ meldete die Sparkasse Euskirchen und ließ mich grinsen wie nach einem bananengroßen Joint. Zeitgleich kamen Bahee und Sina durch die Tür, und gerade noch rechtzeitig konnte ich ›amazon.de‹ in den Browser tippen.

»Sag mal, spinnst du?«, keuchte Sina ebenso atemlos wie wütend, »wir warten doch alle!« Auch Bahee hatte ich schon mit besserer Laune gesehen: »Mensch Matze, da musst du dich doch mal abmelden!«

Ich versuchte möglichst unschuldig zu gucken. »Ich hab gedacht, wir machen ne Pause!«

»Nee, ich hab gesagt, nur Tanken und Klo und weiter, ne!«

»Wie ... wie habt ihr mich überhaupt gefunden?«, fragte ich verwundert.

»Matze, es gibt genau drei Hauser hier, ne!«, antwortete Bahee, »warste nicht in erste Haus, sind wir in zweite. Warste da auch nicht, warste hier!«

»Stimmt«, sagte ich nickend, »das war dann ja ganz schön einfach!«

Ungläubig starrte Sina auf den Bildschirm, wo sich die Amazon-Seite bereits aufgebaut hatte. Dummerweise zeigte diese diverse Merchandisingprodukte von Fernsehserien, unter anderem auch eine *Desperate-Housewives*-Tasse.

»Sag mal ... hast du was mit dieser Pütz?«, fragte sie.

Ich schüttelte den Kopf, und als wir das Computerzimmer verließen, flüsterte ich verschwörerisch: »Sina? Bescheid!«

»Was denn ›Bescheid‹?«, grummelte sie.

»Ich ticke wieder normal. Und da sollte ich dir doch Bescheid geben.«

»Ja, nee, is klar.«

Während Bahee mich an der Hand aus dem Hotel zog, drückte Sina von hinten. Der Pilzkopf im Pullover folgte uns, und als er den Erdbeerigel an der Busscheibe sah, Speckhut und die fränkische Schildkröte mit ihrer Kamera, da erschrak er fast ein bisschen.

»Wor des a Fluchtversuch?«, rief Speckhut zur allgemeinen Belustigung. Als ich meine Geldbörse zog, um noch den Kaffee und die Online-Gebühren zu begleichen, reckte der Rezeptionist seinen langen Hals noch ein wenig weiter aus dem steifen Pullover und starrte in Richtung Bus.

»Mit DEN Leuten sind Sie unterwegs?«

Ich nickte, dann spürte ich einen herzlichen Schulterklopfer.

»Kaffee und Internet gehen aufs Haus!«

«Danke!«, sagte ich. »Aber – dass Sie Deutsch können, das hätten Sie ruhig mal sagen können.«

19

Als unser Bus Stunden später durch knöcheltiefen Sand zur Tok Tokkie Farm schlingerte, hatte ich noch immer ein leichtes Lächeln im Gesicht. Die Wohnung war reserviert, der Urlaub hatte begonnen! Zwar war ich weiterhin mit einer Horde Bekloppter und einer sprechverstopften Schildkröte in einen Bus gesperrt, doch hatte ich das größte Problem fast schon heldenhaft gelöst.

Befreit vom Ballast, nahm ich sogar wieder die vorbeiziehende Wüstenlandschaft wahr, erfreute mich an den kräftigen Farben und den meist unbekannten Tieren. Wie ein neugieriger Junge klebte ich am Fenster und saugte alles auf, was in mein Blickfeld kam.

»Da!«, rief ich aufgeregt, »Oryxe! Da drüben!«

»Impala«, verbesserte Bahee geduldig.

Sina reagierte erst gar nicht. Sie saß nun als Aufpasserin neben mir, vermutlich auf Anordnung von Bahee, und verhielt sich, als brächte sie einen Irren in die Klinik. Mir war das recht, solange sie neben mir saß, und dass ich wieder ganz der Alte war, also entspannt, charmant und humorvoll, würde sie eh bald bemerken. Begeistert presste ich meinen Zeigefinger an die Seitenscheibe.

»Da! Ein Köcherdornbaum!«

»Ahnenbaum!«, verbesserte Bahee, »Köcherdornbaum gibt gar nich, ne.«

»Super!«

Mühsam kämpften sich die schmalen Reifen unseres Busses durch den rostroten Sand. So weit das Auge reichte, ging dieser Sand, nur ab und an steckten ein paar blonde Grasbüschel darin. Aufgeregt zupfte ich an Sinas Jeans.

»Weißt du, wie sich die Fahrt hier anfühlt?«, strahlte ich Sina an.

»Sag's mir!«

»Als würden wir seit Stunden zum Strand fahren, ohne dass das Meer kommt.«

Sina schenkte mir einen fast schon gnädigen Blick. »Wüste halt.«

»Eben nicht«, widersprach ich und ergänzte ein geheimnisvolles: »Strand ohne Meer! Weil, bei einer richtigen Wüste, da würde ich ja nicht denken, dass gleich das Meer kommt. Da! Springbock!«

»Spießbock!«, korrigierte mich Bahee, und Sina widmete sich wieder dem Klatschmagazin, das sie sich von Brenda geliehen hatte. Also blickte ich eben alleine durchs Fenster, wo ganz weit in der Ferne eine dunkelbraune Gebirgskette am Horizont auftauchte. Ich schnipste gegen Sinas Zeitschrift, woraufhin sie sich genervt zu mir drehte.

»Was ist denn noch?«

»Weißt du, was ich ganz besonders mag an der Wüste hier?«

»Nein.«

»Dass man so weit schauen kann. Man sieht immer, was kommt. Das beruhigt!«

»Stimmt. Da kommt ein Zaun zum Beispiel!«

»Ach Sina!«, stöhnte ich, »was ist denn los mit dir?«

Wütend schlug sie ihre Zeitschrift zu. »Was mit MIR los ist? Das fragst DU?«

»Ja. Frag ich dich!«

»Gut. Dann sag ich's dir. Du machst mir Angst, das ist los!«

Die Lautsprecher knackten, und Bahee fragte, ob jemand von uns das Tiergatter zur Farm aufmachen wollte. Ich wollte. Und Trixi wollte. Da Trixi näher an der Tür saß, durfte sie. Allerdings schien Trixi das Prinzip der Tiergatter nicht ganz verstanden zu haben, denn noch bevor wir durchfahren konnten, stieg sie stolz wieder in den Bus.

»Seht ihr! Doch zu was nütze, eure Trixi!«

Keiner sagte etwas. Wenige Meter hinter dem Tor bremste Bahee den Bus und fragte vorsichtig, ob denn nun auch jemand Lust hätte, das Tor wieder zuzumachen, »damit die Rind und so nicht durchhupft«.

»Ich!«, rief Trixi erfreut und sprang ein zweites Mal aus dem Bus. Jetzt schaute sogar Sina von ihrer *Gala* auf.

»Damit das Rind und so nicht durchhupft!«, erklärte ich ihr. Sina nickte, wie man nickt, wenn man einem Irren recht gibt, damit man seine Ruhe hat, und widmete sich dann wieder ihrer exklusiven Bilderstory über Daniel Craig.

Im Farmhaus angekommen, wurden wir in akzentfreiem Deutsch von einer blonden jungen Frau begrüßt, die mit ihrem Südwester-Hut aussah wie ein richtiges Cowgirl. Sie brachte uns auf eine schattige Veranda, wo wir kalte Getränke gereicht bekamen und einige Infos zum Ablauf der nun anstehenden Wanderung durch die Namib. Heute Nachmittag noch würde man uns in der Wüste aussetzen, wo wir die nächsten drei Tage verbringen sollten, und das ohne Lodge und ohne Zelt. Stattdessen würden wir auf bequemen Feldbetten in dicken Schlafsäcken unter freiem Himmel schlafen, ein sicher einmaliges Erlebnis. Ängstlich wartete Sina auf meine Reaktion. Doch als ich ihr zuzwinkerte und den Daumen nach oben hielt, blieb ihr ratloser Blick.

»Ihr lauft zwei Stündchen bis zum ersten Camp, wo eure Feldbetten stehen und wo's auch das Abendessen gibt«, fuhr das Cowgirl fort. »Am nächsten Tag sind's dann acht Stunden Wanderung bis zum zweiten Camp, wo ihr noch mal unter freiem Himmel schlaft, und übermorgen geht's dann mit eurer regulären Tour weiter.«

Sinas Augen ruhten noch immer auf mir.

»Endlich mal ne richtige Wanderung«, freute sich Schnabel, und

ich bestätigte mit einem »Klasse!«. Auch die anderen Gruppenteil-
nehmer schienen dem Wüstentrip mit einer gewissen Freude entge-
genzusehen. Nur Brenda und Breitling war das blanke Entsetzen ins
Gesicht gefräst.

»Acht Stunden?«, wiederholte er geschockt, während Brenda mit
offenem Mund verharrte wie ein atlantischer Tiefausläufer.

»Mehr oder weniger, das sind ja nur Richtwerte«, antwortete das
Cowgirl, »es waren auch schon mal zehn Stunden.«

Brenda fand ihre Stimme wieder. »Aber wieso denn Feldbett?
Haben wir gar keine Lodge heute Nacht?«

»Da schauste mal in dein Programmheft«, lachte Bahee, der sich
eine Dose Cola aufgemacht hatte, »da steht Feldbett, nicht Lodge,
ne, und der steht da seit zwei Monaten, der war auch in die Info-
brief an euch von Kalahari Unlimited.«

»Habt IHR das gewusst?«, fragte Breitling kleinlaut in die Runde,
und alle nickten. Nur Brenda gab keine Ruhe.

»Aber … wir haben ein Zelt, oder?«

»Klar habt ihr Zelt! Sternezelt! Hehe!«

Ich musste lachen, doch als ich bemerkte, wie Sina mich dabei
anschaute, unterdrückte ich es, räusperte mich und schnürte meine
chinesischen Karnevalswanderstiefel zu.

Wie angekündigt, wurden wir auf zwei offene Geländewagen verteilt, die uns vom Farmhaus in das rotkalte Nichts fuhren. Links
und rechts der Wagen eskortierte uns ein gutes Dutzend aufgeregter
Springböcke wie Delphine. Sina wirkte noch immer seltsam ent-
rückt, was ich zum Teil ja nachvollziehen konnte, aber dennoch – so
konnte es ja nun auch nicht weitergehen. Wir hatten die Wohnung,
wir hatten uns, und wir waren in der Wüste! Also gab ich mir einen
Ruck, nahm ihre Hand und drückte sie fest. Sie zog sie nicht weg,
was mich freute.

Das gemütliche Farmhaus wurde immer kleiner und verschwand

schließlich hinter einer Düne. Auch stand die Sonne schon recht tief, und es wehte ein überraschend kalter Wind. Es mochten gerade mal noch ein paar Grad über null sein, so schätzte ich. Mit jedem Grad, das es kälter wurde, drückte ich Sinas Hand fester, und als ich ihr schließlich die Mütze über die Ohren zog, lächelte sie zum ersten Mal.

»Sind wir gleich da?«, rief ich Bahee zu, der vorne links neben dem Fahrer saß.

»Nee, Matze!«, rief er zurück, »wir sind noch beim Fahren bis zu der Punkt, wo wir aussteigen und loslatschen, ne.«

Gut. Auch Bahees Vertrauen würde ich mir also wieder erkämpfen müssen. Wenige Minuten später setzten uns die Jeeps im Nichts ab. Sie fuhren ab und nahmen die letzten Geräusche mit sich. Fast andächtig standen wir da, bis sie schließlich verschwanden. Eine unerhörte Stille legte sich um uns. Aber nicht lange, denn plötzlich bekam Trixi sich gar nicht mehr ein: »Habt ihr so was Stilles schon mal gehört? Also ich noch nie! Ich meine, in der Schweiz, da gibt's ja auch ganz stille Ecken in den Bergen, aber so eine Stille? Am liebsten würde ich die einpacken und mitnehmen!«

»DICH müssd mer einbagg!«, knarzte Seppelpeter übellaunig und stampfte alleine los.

»Was hat er denn?«, fragte Trixi entsetzt.

»Stirbt bald«, flüsterte Breitling, und Bahee gab das Kommando zum Aufbruch: »So! Auf geht's in die Wüste, immer die fränkische Lokomotive nach!«

Sprach's und ging die erste Düne an. Sina und ich hielten uns unmittelbar hinter Bahee, direkt danach folgte Breitling, der mit brennender Zigarette in brandneuen Wanderschuhen über Stock und Stein stolperte und abwechselnd »Schöne Scheiße« oder »Kackland!« knurrte. Brenda hingegen versteifte sich in erster Linie auf das Problem der nächtlichen Temperaturen. »Sind denn die Schlafsäcke wenigstens warm?«

»Nein«, antwortete Bahee trocken, »weil nach Herero-Tradition wir machen da traditionell Eis rein.«

»Ihr macht da echt Eis rein?«

Brenda blieb stehen, wurde aber sofort weitergeknurrt.

»Maus, bitte! Einfach weiterlaufen.«

Düne um Düne ging es voran, wobei Bahee und Seppelpeter immer schneller wurden. Offenbar befürchtete Bahee nun wirklich, die Nacht würde unser Lager schneller erreichen als wir.

»Wir müssen hier mal eine Gang dazutun, sonst wird uns noch schwarz vor Augen!«, rief er uns zu.

»Mir is immer schwarz vor die Augen, wenn du vorgehst!«, beömmelte sich Speckhut und schickte sicherheitshalber gleich seinen eigenen Wiener Lacher hinterher. Ich drückte Sinas Hand ein wenig fester und zog sie zur Seite, so dass die Gruppe passieren konnte, was als Ausweichmanöver schwachsinnig war, da es auch ohne einen Schritt zur Seite links und rechts gute eintausend Kilometer zum Ausweichen gab. Auch Schnabel schritt vorbei und bemerkte natürlich, dass wir Händchen hielten.

»Wollen wir uns nicht wieder vertragen?«, fragte ich Sina, als der Triathlet außer Hörweite war.

»Gerne!«, seufzte sie, doch so richtig umarmen ließ sie sich trotzdem nicht.

»Aber …?«, fragte ich.

»Nichts ›aber‹. Ich …« Sina stockte. »Ich komm nur bei deinen Launen nicht mehr mit. Drei Tage lang ist alles scheiße und jetzt wieder alles gut?!«

»Eben. Jetzt ist alles wieder gut!«

»Und morgen? Wieder alles scheiße?«

»Natürlich nicht!«

»Matze. Du musst mir echt sagen, was los ist! Hat es was mit dieser Pütz zu tun im Büro?«

Mit den Zähnen malmte ich meine Unterlippe, dann blickte ich zu Bahee und unserer Gruppe, die inzwischen auf uns wartete.

»Es war natürlich nicht die Tasse und auch nicht die Kölnarena«, sagte ich und gab mir redlich Mühe, so ehrlich wie möglich zu klingen: »Ich hab mein Team kontaktieren müssen, weil … weil ich …«

»Ja?«

»… das Sprint Backlog im falschen Ordner abgelegt habe. So!«

»Ach Matze, ich versteh doch deinen Job nicht!«

»Keiner versteht meinen Job! Na, jedenfalls haben die was gesucht, ohne das sie nicht weiterprogrammieren konnten. Ich wollte dich nicht auch noch stressen damit, na ja … hat nicht geklappt! Aber jetzt wissen sie, wo's ist, und es ist alles gut.«

Sina schien zufrieden mit meinen Ausführungen. Ich atmete durch.

»Trotzdem musst du denen echt mal klarmachen, dass wir im Urlaub sind.«

»Hab ich ja schon!«

»Und: haben sie's begriffen?«

»Ich glaube ja.«

»Gut!«

Erleichtert fassten wir einander an den Händen und schauten über die Dünen. Lange Schatten zerschnitten das Land, die Sonne stand tief. Direkt vor uns ließ sie mit letzter Kraft einen schmalen Streifen vertrocknetes Gras wie einen goldenen Pfad erglühen. Ein Pfad, der von unseren Fußspitzen bis ganz ins Tal führte, weit weg von unserer Gruppe. Ich nahm den goldenen Pfad als Naturschauspiel zur Kenntnis, nicht als magischen Wegweiser zur Umkehr.

»Ja, leck mich am Arsch!«, knatterte es begeistert durch die Wüste, und neugierig schauten wir hinauf zur Düne, auf der Breitling offenbar bereits das Camp einsehen konnte. »Kinders! Das müsst ihr euch anschauen, das glaubt ihr jetzt aber nicht!«

Hand in Hand rannten Sina und ich die Düne hoch, um zu sehen, was es dahinter zu bestaunen gab.

20

Das Camp nahm gut die Fläche zweier Fußballfelder ein und war nichts anderes als ein in die Wüste geworfenes Hotel ohne Wände. Die Feldbetten waren in einem gewissen Abstand pärchenweise im roten Sand verteilt und hatten neben einem warmen Schlafsack sogar ein Nachttischchen, eine Ablage für die Rucksäcke und eine eigene Öllampe. Sina und ich hatten unser Wüstenzimmer bereits bezogen und beobachteten amüsiert, wie sich die anderen fürs Abendessen zurechtmachten. Da der Sichtschutz zwischen den ›Zimmern‹ lediglich aus der Entfernung selbst und der nun rasch einsetzenden Dämmerung bestand, wurde uns eine bunte Show mit durchweg talentierten Artisten geboten. Einer der Top-Acts war Karl-Heinz Seppelpeter, der mit seiner Nummer ›Schildkrötenarsch vertilgt Nachkriegsunterhose‹ begeistern konnte. Ebenfalls sehenswert: wie Rosinenhexe Gruber ihr Feldbett gute fünf Meter von dem ihres Mannes wegzog und ihn, als er mit seinem folgte, zusammenstauchte wie einen dummen Schuljungen. Ihren Höhepunkt freilich erreichte die Namib-Revue erst durch Trixis meisterhaft inszenierte Balancenummer: Barfuß in geöffneten Schuhen stehend, versuchte sie eine Thermohose anzuziehen, ohne dass die Füße den schmutzigen Sand berührten. Trixi berührte den Sand nicht nur mit den Füßen: Wie vom Publikum bereits sehnsüchtig erwartet, krachte sie, mit rudernden Armen und der Thermohose auf Kniehöhe, über ihren Nachttisch und das Feldbett in den Sand und nahm bei der Gelegenheit gleich noch die brennende Öllampe mit. Sina und ich implodierten fast vor Lachen.

»Alles gut! Nix passiert!«, lachte Trixi ein wenig verzweifelt und rappelte sich wieder auf. Wie hieß es so schön in der Reisebroschüre: ›Der weitläufige Blick über die feurig schimmernde Dünenlandschaft im Abendlicht lässt uns innehalten und den Tag sanft ausklingen.‹

»Sag mal, Schatz, was findest du eigentlich an diesem Schnabel?«, fragte ich Sina, als ich sah, wie der Jever-Fun-Triathlet Liegestützen neben seinem Bett machte.

»Nichts, was dir Sorgen machen müsste«, antwortete Sina und strich mir über den Rücken, »der Kevin brauchte einfach nur mal jemanden zum Reden. Is halt verlassen worden, und das mit dem Personal Training läuft auch nicht so. Wir kriegen aber ne Gratisstunde, wenn wir wollen.«

»Gratisstunde!«, wiederholte ich abschätzig, dann rief Bahee schon zur offiziellen Camp-Führung, und vielleicht war das auch ganz gut so.

Kurz darauf standen wir mit Bahee vor dem Wüstenklo: eine richtige Toilette mit Porzellanschüssel, Holzklobrille und Klopapierhalter! Sie stand einfach so mitten im roten Sand, und mit Sicherheit war es das Klo mit dem besten Blick der Welt: Während man von drei Seiten durch Holzwände vor Blicken geschützt war, konnte man bestimmt eintausend Kilometer ins Land schauen. Für die Frauen war so ein Wüstenklo natürlich eine absolute Horrorvorstellung. Was da alles nach einem schnappen konnte im Dunkeln! Speckhuts Kommentar, er sei nicht giftig beim Schnappen, sorgte für den ersten Fremdschäm-Moment des Abends, und wir gingen weiter zur Dusche. Diese bestand ebenfalls aus einem U-förmigen Sichtschutz, einem Bodenrost und einem aufgehängten Wassereimer mit einem an der Unterseite angeschweißten Drehduschkopf. »Da musst ihr mal Bescheid sagen, wenn ihr duschen wollte, da macht der Friedrich die Wasser heiß auf die Feuer und fullt die Eimer«, erklärte uns Bahee und ergänzte amüsiert: »Allerdings braucht ihr a bikkie Timing, weil wenn die Eimer leer ist, dann ist die leer, und dann stehst du dumm da mit deine Shampoo-kopf in die Wüste, ne.«

»Und woher weiß ich, dass der Eimer leer ist?«, wollte Brenda wissen – offenbar sah sie sich schon mit Shampoo und Conditioner nackt im Wind stehen. Speckhut dachte anscheinend das Gleiche, denn eilig brachte er sein Zotengeschütz in Stellung und feuerte einen kleinkalibrigen Altherrenwitz über unsere Köpfe: »Also in deim Foll glaub i, dass dir jeder Mann hier gern an zweiten Eimer bringt, oda?«

Wieder lachte Speckhut selbst am lautesten über sich, doch wenigstens war es nun fast dunkel, und so bekam er nicht mit, dass wir alle Löcher in den Sand guckten. Im schwachen Licht der Dämmerung stapften wir zurück und erreichten eine große Essenstafel, die ein wenig surreal ebenfalls auf nacktem Namibsand stand und liebevoll gedeckt war. Vergnügt deutete Sina auf die Kochstelle, an der die schwarze Camp-Crew im Schein der Öllampen gerade unser Abendessen vorbereitete.

»Kuck mal! Halboffene Küche, wie bei uns bald!«

»Stimmt.« Ich lächelte, froh, dass mir eine solche Bemerkung keinen Schauer mehr über den Rücken jagte. »Wie bei uns!«, wiederholte ich und gab ihr einen Kuss auf den Hals.

Bahee verschwand kurz in der Wüstenküche und kam mit einem Tablett wieder, auf dem zehn Sektgläser standen. Schnabel, der meine Versöhnung mit Sina missmutig zu beobachten schien, verzichtete und stieß mit seiner Sporttrinkflasche an, an der er ohnehin schon den ganzen Tag genuckelt hatte.

»Nicht mal heute ein Bierchen vor der schönen Kulisse?«, neckte ich ihn.

»Frisst du Affenhirn, nur weil das Restaurant schön ist?«, kam es völlig unerwartet zurück, und sogar Sina schien verwundert über die aggressive Antwort.

»Äh … nein!«, antwortete ich.

»Da siehste mal. Und ich mag halt keinen Alkohol!«

»So«, unterbrach Bahee geschickt und hob sein Glas, »auch wenn wir jetzt eigentlich schon zu spät mal dran sind für die Sundowner, sag ich gerne hier zum Wohl auf unsere schöne Abend hier zwischen Sand und Seidenkissen in die Namibwüste und dass wir mal die Stadt hier vergessen mit die ganze Gehupe und Gewusel und natürlich auch, dass wir eine gute Essen mal zu uns nehmen und eine romantische Nacht auch haben unter die afrikanische Sternezelt, ne! Schön, dass ihr hier seid und … Prost!«

»Des host schö g'sagt!«, lobte Speckhut. Wir stießen an, und zum ersten Mal blickte ich in einigermaßen gelöste Gesichter. »Gibt's denn hier gefährliche Tiere im Camp?«, wollte Trixi nach dem ersten Schluck wissen. »Maanst, der Otti is dir nachg'fahrn?«, kalauerte Speckhut, aber Trixi wehrte sich: »Jetzt hör doch mal auf mit dem Otti! Der hat sooo gestunken!«

Alle lachten. Bahee nahm einen Schluck Sekt. »Na ja … also jetzt mal hier im Ernst, ne: Wenn ihr nachts auf Klo geht, dann muss ihr schon a bikkie kucken auf Skorpion und Schlange und so ein Zeug, ne, denn wenn man die treten aus Versehen, dann kann sein, dass die sich auch mal wehren wollen.«

Nicht nur Trixis Gesichtsfarbe tendierte nun in Richtung Kalkweiß, auch Brenda, die sich mit einem bunten Stoffponcho vor der Kälte schützte, hakte ängstlich nach: »Und was heißt das dann, dass die sich wehren?«

»Na, der beißt halt a bikkie oder so. Aber die Schlange, die kann man schon überleben ein paar Stunden, und wenn der sich echt mal wehrt, dann rufen wir mal die Motorhummel.«

Skeptisch blies Breitling seinen Zigarettenrauch in den afrikanischen Himmel. »Du meinst einen Helikopter?«

»Genau, ne. Da mach ich keine Scherz, Max, es gibt wirklich einen. Der kommt dann aus Windhoek hier mal runter.«

»Also, isses jetzt g'fährlich oder net?«, giftete die Gruberin.

»Wirklich, Bahee!«, sagte Breitling und schnippte seine Marlboro in den Sand, »die Ladys wollen schon wissen, was da ist, falls was passiert!«

Bahee gab sich unbeeindruckt von der Kritik. »Ich sag mal so: Habt mal keine Angst hier, ne, sondern freut euch an die Natur. Magst du die Natur, Max?«

»Klar mag ich die Natur!«

»Dann bring ich dir gleich mal eine Aschenbecher!«

»Okay. Danke. Sorry!«

»So … dann wollen wir mal zu Abend …«

Verdutzt stellte Bahee fest, dass die Gruberin als Einzige bereits mit einem Teller Salat am Kopf der Tafel saß und schmatzte: »Gute Appetit dann mal, ne, Käthe!«

»Danke!«

»Auf jedem anderen Platz wird dir schlecht, oder?«, scherzte Breitling. Der finsterste Blick in der deutsch-österreichischen Geschichte – er prallte noch vor Bahee an unserem Gelächter ab.

In dicke Decken eingehüllt, saßen wir im Schein einiger Öllampen und Windkerzen um unsere Tafel wie eine Gruppe Panflötenspieler in der Fußgängerzone. Wir bekamen Springbock-Carpaccio als Vorspeise und einen leckeren Rotwein, nur Seppelpeter nahm ein Bier. Noch immer wehte ein strammer Wind, und nicht nur Sina und ich hatten so ziemlich alles angezogen, was man übereinanderziehen konnte. Einer sah schlimmer aus als der andere: Brenda linste aus ihrem bunten Stoffponcho wie ein verschreckter Kobold, ab und an schnellte ihre Hand in die Kälte, um sich einen Haps Brot oder Weißwein zu picken. Der alte Seppelpeter hingegen sah in seiner weißen Mütze mit der Aufschrift ›Seppelpeter's – ganz was Spezielle's‹, dem blauen Fleecepulli und der blinkenden LED-Stirnlampe aus wie ein Minenschlumpf. Dass sie blinkte, schien er gar nicht mitzubekommen.

»Ge, Karl-Heinz, hast a Disko aufm Kopf?«, wienerte Gruber und bekam ein »Ich will hald seh'n, was ich ess!« zurückgepfeffert.

143

Wir ließen den Minenschlumpf blinken. Leider riss die Diskussion darüber, welche Tiere wann wie gefährlich sein könnten und wann genau man dann wie stirbt, nicht ab. Schließlich hatte Bahee die Nase voll von unserem europäischen Gejammer. Zwischen zwei Schlucken Rotwein unterbrach er Brendas Frage nach der genauen Helikopteranflugzeit ins Camp und sagte mit bisher ungehörter Vehemenz: »So, jetzt hort aber mal auf hier, ne! Es ist doch genauso so wie in Deutschland! Wenn du da nach der Kneipe über eine Straße da latschen und eine Auto mit hohe Geschwindigkeit kommen und dich überfahren, da fragst du doch die Wirt auch nicht schon bei die erste Bier, hey Wirt du da, was ist denn, wenn ich gleich gegen eine Auto mal laufe, wie schnell kommt da die Sanitäter?«

Ertappt lugte der Wettertroll aus seinem Poncho und schwieg, die anderen stimmten Bahee zu. »Scheiße, hast recht!«, lachte Breitling und hob sein Glas. »Und jetzt lasst uns endlich mal entspannen hier! Ihr … Stadtschisser!«

»Hohoho!«, prustete Trixi, und auch die anderen hoben ihr Glas eher verschnupft als stadtschisserig.

»Genau, Max, ne!« Bahee freute sich über den unerwarteten Support. »Jetzt geht hier mal die Urlaub richtig los. Prost!«

Wir stießen an. Bahee beugte sich freundlicherweise bis zum Ende des Tisches, und freudig hob sich die Stirnlampe des Minenschlumpfs.

»Prost, Karl-Heinz, alte Dampflok, ne. Schmeckt dein Bier denn?«

»Der Durschd treibds nei!«, muffelte er.

»Der is aber nach deutsche Reinheitsgebot gebraut!«, bemerkte Bahee ein wenig beleidigt.

»Drotzdem a Brüh!«

Zwei große Schüsseln kross überbackener Kudu-Lasagne wurden gereicht. Sie war sehr lecker, und alle schaufelten sie rein wie Braunkohlebagger. Also fast alle. Schnabel aß Salat.

»Was machst du denn überhaupt hier mal so, Max, wenn ich mal fragen darf?«, schmatzte Bahee.

Breitling nahm einen Schluck Rotwein und scherzte: »Na ja, ihr werdet nicht in Jubel ausbrechen, wenn ihr wisst, was ich mache.«

»Bisd vielleichd ä Waffenschieber?«, fränkelte der Minenschlumpf und blinkte Breitling ins Gesicht. Dieser schüttelte den Kopf.

»A Drogenbaron?«, riet Speckhut.

Breitling winkte amüsiert ab. »Immobilienmakler!«

»Ja super«, sagte Bahee mit vollem Mund, »der is ein klasse Beruf! Da haste immer gute Häuser am Start, ne, und die beste nimmste selber, oder, ne?«

»Ganz toll, finde ich auch!«, lobte Trixi und lächelte erwartungsvoll, danach sagte niemand mehr irgendetwas für eine gefühlte Minute. Schließlich durchbrach Sina das Schweigen.

»Matze und ich kaufen gerade eine Eigentumswohnung in Köln!«

Breitling wirkte geradezu erleichtert über die zuvorkommende Wiederaufnahme in die Reisegesellschaft.

»Gute Lage?«

»Denke mal schon!«, sagte ich.

»Preis?«

»2900. Also, der Quadratmeter.«

»Billig. Eigentümerversammlungsprotokolle gelesen?«

»Ja!«

»Dach, Heizung, Fassade?«

»Alles renoviert!«

»Balkon?«

»Ja.«

»Hat der Sonne?«

»Geht nach Süd-West!«

»Gut. Was für ne Heizung?«

»Gaszentral.«

»Okay. Haste ne S-Bahn-Haltestelle in der Nähe oder so?«

»Zwei Minuten. Und am Rhein bin ich in drei Minuten.«

»Supermärkte?«

»Eine Minute.«

»Eigenkapitalanteil?«

»Kommen wir auf dreißig Prozent!«, antwortete ich stolz.

Sina nickte beeindruckt: »Mensch Matze, da haste dich ja echt reingekniet vorm Urlaub, Respekt!«

Beide blickten wir nun auf Breitling. Die Stirn in Falten gelegt, griff er zum Weinglas und nahm einen Schluck. Auch die Blicke der anderen am Tisch waren auf ihn gerichtet.

»Und?«, fragte Sina gespannt.

»Machen!«, röhrte Breitling, und erleichtert rutschten Sina und ich in unsere Campingstühle.

»Aber lasst euch nicht verscheißern, es laufen ne Menge Arschlöcher rum da draußen.«

»Zum Beispiel?«, fragte Bahee interessiert.

»Ich!«, antwortete Breitling trocken, und alle lachten. Dann fiepte überraschend mein Handy. Dass es noch in meiner Hose steckte, hatte ich völlig vergessen.

»Ach Matze!«, seufzte Sina.

»Ich mach's ja aus. Is eh gleich platt!«, beruhigte ich sie. »Und dass wir ein Netz haben hier, hätt ich auch nicht gedacht.«

»Der kommt auf die Wind an, die ist nicht immer hier die Empfang!«, erklärte Bahee.

»Ja, und was macht ihr so?«, wollte Breitling jetzt wissen.

»Also ich bin bei Douglas!«, antwortete Sina, worauf der Kopf des Wettertrolls geradezu blitzartig aus dem Poncho schoss: »Nä! Du bist bei Douglas? Is ja geil!«

»Also … im Marketing, nicht in einer Filiale. Und Matze … sag doch gerade mal selbst, Schatz, ich kann das echt schlecht erklären.«

Das konnte ich auch nicht – und ich wollte es auch nicht, weil es immer auf das Gleiche hinauslief. Aus reiner Höflichkeit sagte ich: »Also ich bin Teilprojektleiter fürs Testmanagement in einem agilen Softwareprojekt!« Und weil ich ohnehin eine Pause vermutete, nutzte ich die Zeit und entriegelte das Display meines Handys. ›Nachricht Immovest‹ stand darauf.

»Und … was ist das für ein Projekt?«, fragte Breitling vorsichtig.

»Ein Teilprojekt«, murmelte ich und öffnete die SMS.

Stille am Tisch. In der halboffenen Camp-Küche klapperte Geschirr.

»Und du bist echt bei Douglas?«, wiederholte Brenda, »da kriegst du Prozente, oder?«

Breitling stöhnte. »Ach Maus, nicht jetzt!«

Und Sina: »Ach Matze, nicht hier!«

Normalerweise hätte ich Sina etwas geantwortet, doch wer die Luft anhält, der kann nicht auch noch sprechen. Folgende Mitteilung erstrahlte auf meinem Display.

Hallo Herr Klein. Ihre Überweisung in Höhe von 5 Euro können wir nicht ganz nachvollziehen. Bitte melden Sie sich. Gruß, H. Metzger.

21

Mit meinem Handy saß ich im Mondlicht auf meinem Feldbett und starrte in die Nacht. Es war still, nur ab und an wehte der Wind einen von Speckhuts Reimen über die Düne herüber.

›... sag, wie kackt der Kakadu, und schaut vielleicht a Gnu noch zu?‹

Ich massierte kurz meine Schläfen. Konnte es wirklich sein, dass ich nur fünf anstatt fünftausend Euro überwiesen hatte, und wenn ja, wie zum Teufel hatte das passieren können? Ein falsches Komma? Punkt statt Komma, oder war vielleicht die namibische Tastatur irgendwie ... anders? Was auch immer der Grund sein mochte, da war es wieder, mein Wohnungsproblem, und natürlich erwischte es mich nicht irgendwo, neiiiin, es erwischte mich in der Namibwüste, bei einem Ladestand von 4 % im Handy, aber das reichte ja noch nicht, neiiiin, sicherheitshalber war es auch schon kurz vor zehn, nicht dass ich eventuell noch jemanden hätte erreichen können. Am liebsten hätte ich das komplette Camp zu Kleinholz gekloppt.

›... das Gnu, das sieht ihn nicht – hat doch gar ka Licht!‹

Zitternd versuchte ich, auf die SMS von Frau Metzger zu antworten. Wie gesagt: Ich versuchte, denn wer jemals probiert hat, zitternd eine SMS auf einem Touchscreen zu schreiben, der weiß, wie schwierig das ist. Irgendwie gelang es mir trotzdem, und mit einem leisen ›Fhhhhhh‹ schoss mein iPhone folgende Nachricht in den Himmel:

Sorrx, wad ejn Versegen, kzmmer micg! Gruc, M. Kltib

148

Ratlos schob ich die Kontakte meines Adressbuchs über den Bildschirm. Wenn es hier kurz vor zehn war, dann war es in Deutschland kurz vor elf. Das hieß, dass zumindest die allgemeine Sparkassen-Hotline noch besetzt war. Nicht mehr lange, aber jetzt eben schon noch. Fast ängstlich blickte ich aufs Display. Der Empfang schwankte zwischen einem und zwei Balken, der Ladezustand klebte wacker bei 4 %, aber das hieß nicht viel, das konnten zwei Minuten sein oder auch zehn. Ich gab mir einen Ruck und wählte die Nummer der Hotline. Speckhut versuchte ich, so gut es ging, zu ignorieren. Leider stand der Wind ungünstig.

›… was ist denn, wenn der Reiher reihert? Hot er vielleicht zu viel gefeiert?‹

Es klickte und klackte, dann hörte ich eine Weile nichts, und dann fragte mich ein Herr Dachwitz, was er für mich tun könne.

»Überweisung! Hier spricht Matze Klein aus der Wüste!«

Es entstand eine kurze Pause am Telefon, bei der ich nicht wusste, ob es eine dieser typischen Ferngesprächsverzögerungen war oder eine tatsächliche Pause.

»Aus der …?«

»Namib-Wüste. Ich sitze auf'm Feldbett, die anderen essen noch.«

»Entschuldigen Sie, aber … welche anderen?«

»Der Minenschlumpf, der Wetterfloh, Speckhut, die Schildkröte und …– aber hören Sie, das ist doch jetzt wirklich egal, ich muss was überweisen!«

Jetzt war ich mir sicher, dass es sich um eine der typischen Ferngesprächsverzögerungen handelte.

»Hallo«, fragte ich, »sind Sie noch dran?«

»Ja. Dann bräuchte ich bitte Ihr Telefon-Banking-Kennwort.«

»C fünf-fünf-eins-eins.«

»C fünf-fünf-eins-eins? Das hört sich eher nach einem Online-PIN an, und der geht mich eigentlich gar nichts an.«

»Und warum fragen Sie mich dann danach?«

»Ich hab Sie nach dem Telefon-Banking-Kennwort gefragt!«

»Gegenfrage: Was ist denn, wenn der Reiher reihert?«

»Wie bitte?«

»Sehen Sie. Ich hab nämlich auch keine Zeit für dämliche Fragen. Also. Meine Kontonummer ist die 3 502 110 378.«

Ich blickte auf die Anzeige für die verbleibende Sprechzeit. Das namibische Netz saugte ganz ordentlich an meinem ohnehin schon schwachen Akku: 2 % Batterie blieben mir noch, wie viele Minuten auch immer das sein mochten.

»Sind Sie denn freigeschaltet zum Telefon-Banking?«

»Hat das Gnu ein Licht?«

»Herr Klein!«

»So. Jetzt passen Sie mal auf. Seit der Kommunion bin ich Kunde der Sparkasse Euskirchen. Mein Berater ist der Herr Pfingst, der backt gerne Waffeln, und heute hab ich mich vertippt bei einer Überweisung, und deswegen muss ich noch mal was überweisen, und zwar genau 4995 Euro an Immovest in Köln, weil sonst nämlich nicht nur unsere Wohnung weg ist, sondern auch meine Freundin, und deswegen ist es mir auch scheißegal, ob ich zum Telefon-Banking freigeschaltet bin oder nicht. Ich möchte nur, dass Sie einen Auftrag für mich ausführen.«

Da war sie wieder, die rheinisch-namibische Stille.

»Wenn Sie wollen, schicke ich Ihnen gleich morgen Unterlagen zu, dann können Sie sich zum Online-Banking anmelden.«

»Ich will keine Unterlagen, ich möchte eine Überweisung tätigen, und jetzt kommt der Knaller: ich möchte sie SOFORT tätigen!«

»Das mag ja sein, aber Sie sind halt einfach nicht freigeschaltet, um telefonisch zu überweisen.«

»Das ist mir egal!«, schnaubte ich.

»Herr Klein, das dient doch auch Ihrer Sicherheit. Woher soll ich denn wissen, dass Sie wirklich Herr Klein sind und ein Kunde von uns und nicht irgendjemand anders?«

»Zum Beispiel, weil ich jede einzelne Frage zu meiner Person und zur Sparkasse Euskirchen beantworten kann!«

»Mein Gott, sind Sie hartnäckig. Also gut. Geburtsdatum?«

»17.06.72!«

»Ihr Bankberater heißt?«

»Herr Pfingst! Bernhard Pfingst.«

»Sie haben Glück, den kenne ich vom Sparkassenfest, weil er da auftritt als …«

»Wolfgang Petry!«

»Okay. Ich sehe schon. Trotzdem. An wen gingen letzte Woche € 169,98 von Ihrem Gi… —«

»Das … waren meine Wanderschuhe! Die gingen an … Sekunde … Globetrotter!«

»Wie viele Daueraufträge haben Sie eingerichtet?«

»Zwei!«

»Und … wie lange hat unsere Tiefgarage geöffnet?«

»Es gibt gar keine Tiefgarage!«

»Sehr gut. Über die Tiefgarage stolpern die meisten. Also … wie hoch war die Summe, die Sie überweisen wollten und an wen soll —«

Knack. Das war's. Von einer Sekunde auf die andere war mein Handybildschirm schwärzer als Bahee Mutima aus Otjosongombe. Akku leer, Affe tot, Wohnung weg, Freundin auch.

Von drüben hörte ich unsere Gruppe lachen, und fast schien es, als lachten sie über mich. Vorsichtig steckte ich mein Handy zurück in den Rucksack, dann stand ich auf und rannte aus dem Camp.

Ich wollte nur noch weg. Weg von Speckhuts Tagesgedichten, weg von krosser Kudu-Lasagne, weg von oberflächlichem Motorhummel-Gequatsche. Ich hüpfte durchs hüfthohe Gras wie ein Springbock, erklomm Düne um Düne und stolperte über Geröll. Von Busch zu Busch hastete ich, und als ich die Stimmen fast nicht mehr hören konnte, ließ ich mich in den kalten Sand fallen und starrte hinauf in den Sternenhimmel. Was war das für ein Gott, der sich so was ausdachte? Gab es überhaupt einen, oder war ich einfach nur nicht freigeschaltet für Gott?

»WAAAAAAAAAAAARRRRRRRRUUUUUMMMM?????«, schrie ich und: »VERDAAAMMMMTE SCHEISSE!«

Ich schrie vermutlich etwas zu laut, denn nur wenig später blendete mich der grelle Schein von Bahees Taschenlampe.

»Was mach du denn hier draußen, Mensch? Du kannst doch nicht einfach so hier mal eine Kilometer in die Wüste rauslatschen nachts! Und hast du hier mal ne Ahnung, wie sauer deine Freundin ist?«

Ich schüttelte den Kopf und richtete mich auf. Natürlich hatte ich keine Ahnung, wie sauer meine Freundin war. Dafür hatte sie ja auch keine Ahnung, dass wir keine Wohnung mehr hatten.

22

Wie sauer genau Sina war, erfuhr ich, als ich von Bahee zu unseren Feldbetten gebracht wurde. Sie hatte sich bereits tief in ihren Schlafsack eingegraben und beobachtete unsere Rückkehr stumm durch ein straußeneigroßes Guckloch. Im schwachen Licht der Öllampe suchte ich Sinas Augen. Ich fand sie nicht. Es war noch kälter geworden, der Wind fegte noch eisiger über uns hinweg als zuvor.

»Was bitte war das denn jetzt wieder?«, fragte Sina schwach. Ich schwieg. Was hätte ich sagen sollen? Für die Wahrheit war es zu spät, für Ausreden war ich zu schwach. Also zog ich stumm meine Schuhe aus und schlüpfte mit all meinen Klamotten in den Schlafsack, der auf meinem Feldbett lag.

»Hallo?«, fragte Sina. »Kannst du sprechen?«

»Ja«, murmelte ich, zog den Reißverschluss bis hoch zu meiner Nase und drehte mich von Sina weg. Gerne hätte ich einfach nur geschlafen und mich ein bisschen erholt, aber in Anbetracht meiner zweiten Flucht an nur einem Tag schien das dann doch unrealistisch.

»Mensch Matze, ich hab mir Sorgen gemacht, verstehst du das? Alle haben sich Sorgen gemacht!«

Ich drehte mich zu Sina und vergrößerte mein Guckloch. »Versteh ich ja auch. Aber jetzt bin ich ja wieder da, und morgen ist ein neuer Tag!«, flüsterte ich.

»Und was kommt dann für ne Überraschung?«

»Weiß nicht. Können wir jetzt schlafen?«

»Nein. Das geht so nicht, Matze! Ständig läufst du weg, und kei-

153

ner weiß wohin. Ich hab gedacht, dass was passiert ist, verdammt nochmal! Was ist denn los mit dir?«

»Ich hab einfach das Gequatsche beim Abendessen nicht mehr ertragen. Und den ganzen anderen Scheiß hier ertrage ich auch nicht mehr!«

»Unsinn. Du hattest Spaß, bis du wieder auf dein blödes Handy geguckt hast.«

»Stimmt. Es war wieder das falsche Sprint Backlog.«

»Ich weiß nicht, was ein Sprint Backlog ist!«

»Ein Sprint Backlog ist eine Teilmenge der Anforderungen aus dem Produkt Backlog, wobei –«

»Und ich will's auch gar nicht wissen!«

Verärgert richtete ich mich auf. »Okay. Dann kack du mich nicht an, wenn ich versuche, mein Projekt zu retten. Rein zufällig zahlt uns das nämlich die neue Wohnung! Aber statt mir zu helfen, buchst du uns einen zweiwöchigen Horrortrip mit acht Bekloppten! Ich hab echt zu hart gearbeitet, um mir so einen Scheiß anzutun.«

Nun war Sina auch sauer. Aufrecht saß sie auf dem Feldbett und hatte ihre Arme aus dem Schlafsack genommen, vermutlich um dramatischer gestikulieren zu können.

»Und ICH hab nicht gearbeitet, oder was?«

»Offenbar nicht so viel wie ich, sonst hättest du ja keine Zeit gehabt, diesen Mist hier zu buchen.«

»Das hast du jetzt nicht gesagt, oder?« Ich musste nicht hinsehen, um zu wissen, dass in Sinas Augen die Funken nur so flogen. »Du bist so ein Arsch, ich weiß echt nicht, was ich da noch sagen soll.«

»Dann sag doch einfach mal nix! Oder lass dich trösten vom 1011. des Ironman Hawaii, der mit zweiundvierzig immer noch so gut aussieht.«

»Das war ja klar, dass du dir das gemerkt hast.«

»Aber sei nicht enttäuscht, wenn er sich nicht gleich ein Jever

Fun mit dir teilt, denn das macht er nur, wenn er wirklich gut trainiert hat!«

»Matze?«

»Ja?«

»Ich hab meine Ohrstöpsel reingesteckt, du kannst jetzt also gerne sagen, was du willst.«

Wütend warf ich mich auf dem Feldbett herum und zog den Reißverschluss meines Schlafsacks wieder zu.

In was für eine grandiose Monsterscheiße waren wir da nur geraten? Warum um alles in der Welt waren wir nicht einfach in unserer schönen kleinen Mietwohnung geblieben? Oder nach Mallorca geflogen? Und was zum Teufel raschelte, knackste und schleifte da? Ich hielt den Atem an. War das ein Tier in der Nähe des Feldbettes? Und wenn ja, was war das für ein Tier, das derart raschelte, knackste und schleifte? Ein Raschelknacker? Eine Schleifmamba? Ein Raschelknackschleifer? Vorsichtig lugte ich durch die Öffnung des Schlafsacks und sah: Das Tier war meine Freundin! Mit geschulterter Reisetasche zog sie ihr Feldbett samt Schlafsack durch den Sand in die Dunkelheit. Ruckartig richtete ich mich auf und steckte den ganzen Kopf aus dem Schlafsack.

»Sina?«, rief ich ihr hinterher, »was soll denn der Scheiß jetzt wieder?«

Sina ging ungerührt weiter, ja, sie drehte sich nicht einmal mehr um.

»Siiina! Jetzt hör auf mit dem Kappeskram und komm zurück! Das ist gefährlich da draußen!«

Wie angewurzelt saß ich da und blickte Sina nach, wie sie ihr Feldbett quer durchs Camp zog und schließlich hinter einer Düne von der Nacht geschluckt wurde.

»Schatz!«, rief ich ein weiteres Mal und ließ ein »Schatz, verdammte Scheiße!« folgen, doch es rührte sich nichts mehr.

Unsere Mitreisenden bekamen entweder nichts mit oder stellten sich schlafend, und so saß ich nun alleine in meinem Namib-Doppelzimmer, und wo soeben noch meine Freundin gelegen hatte, war nun die Schleifspur ihres Feldbettes. Ich musste an unseren zweiten Morgen denken und Bahees Erklärungen der Wüsten-Zeitung: ›Und da hat sich dann mal eine weiße Pärchen hier gestritten, und da sieht man ganz genau, dass die Weibchen ist weggehupft und hat sich eine andere Männchen mal gesucht, ne!‹

Ich stöhnte ein erschöpftes »Scheiße!«, drehte mich auf den Rücken, blickte nach oben in die glitzernden Sterne und nahm eine gute Lunge voll der kalten Wüstenluft. Wahrscheinlich würde es das Beste sein, am nächsten Morgen mit Sina über alles zu reden. Wahrscheinlich kam sie ohnehin gleich zurückgedackelt mit ihrem Blechbettchen.

Was wollte sie denn da draußen? Sie, die schon beim kleinsten Geräusch Todesangst bekam und schreiend aus Kölner Baggerseen stürzte, weil ein Fischchen sie am Bein gestippt hatte. Es war nur eine Frage der Zeit, bis sie zurückkäme, und dann würden wir uns wieder vertragen, und morgen würde ich mit Bahees Handy alles regeln, und dann würde der Urlaub halt zum zweiten Mal beginnen.

Mit diesen Gedanken beruhigte ich mich, und Minute um Minute wurde ich ein bisschen müder und war schließlich fast eingeschlafen, als ich ein seltsames Zischen hörte. War das Sina? Vorsichtig öffnete ich ein Auge und hielt den Atem an: Keine zwei Meter neben meinem Bett lag eine poolnudelgroße Schlange im roten Sand! Blitzartig zog ich meine Beine an mich heran und beschloss, mich nicht mehr zu bewegen, bis die Gefahr vorüber war. Leider hatte die Schlange die gleiche Strategie, und so verharrten wir beide mehrere Minuten regungslos nebeneinander. Ich überlegte, ob ich die anderen warnen sollte. Als die Schlange sich nach weiteren fünf Minuten immer noch nicht gerührt hatte, formte ich meine Hände zu einem Trichter und schrie: »Wir haben eine Schlange hier! Schlangenalarm!«

Die Antwort schallte ebenso laut und mit österreichischem Akzent.

»Tu uns an G'falln und halt endlich di Pappn!«

Speckhut! Hatte der denn gar keine Angst vor Riesenschlangen?

»Eine Riesenschlange ist das! Riesenschlangen-Alarm!«

»A Riesenruh wär a net schlecht!«, tönte Speckhut zurück, und aus einigen Schlafsäcken drang Gekicher. Ich fragte mich, ob sie noch immer kichern würden, wenn ihnen eine fünf Meter lange Black Mamba am Arsch hing. In jedem Fall konnte ich hier nicht bleiben. Die Schlange im Auge behaltend, setzte ich mich im Zeitlupentempo samt Schlafsack aufs Bett und stand vorsichtig auf. Meine Hände klappte ich im Inneren so nach hinten, dass ich das Feldbett hinter mir herziehen konnte, ohne den Schlafsack zu verlassen: Wenn das Biest also zubiss, dann waren zumindest noch zehn Zentimeter Schlafsack zwischen meinem Bein und den Giftzähnen.

Sinas Spur im Sand folgend, hupfte ich mit dem Bett in den Händen los, erst langsam, dann immer schneller. Ein halber Mond schien auf unser Camp, ich konnte also recht gut sehen. Das Ziehen des Feldbettes im Schlafsack war anstrengender, als ich dachte, doch ich musste schon ziemlich nah an Sinas neuem Schlafplatz sein. Behutsam zog ich das Feldbett über eine letzte Düne und versteinerte. Dort, im Schutz mehrerer Sträucher, standen beim Schein einer Öllampe zwei Feldbetten nebeneinander. Das eine war leer, auf dem anderen saßen sich Sina und der 1011. des Ironman Hawaii gegenüber und redeten. Sie bemerkten mich nicht. Und das sollte auch so bleiben. So leise, wie ich gekommen war, zog ich mein Feldbett wieder hinter die Düne, legte mich hin und blickte nach oben.

Der Wind war schwächer geworden, der prächtige Sternenhimmel funkelte und blinkte über mir wie die Leuchtschlange eines Döner-Imbisses in Köln-Ehrenfeld. Mein Herz pumpte wie bekloppt. Hatte Sina also doch was mit diesem Gilette-Ossi! Küssten sich die beiden vielleicht schon? Nach sieben Jahren Beziehung und nach so einem bescheuerten Streit konnte das durchaus sein!

Zornig warf ich mich samt Schlafsack auf den Bauch. Ich wollte die Sterne nicht mehr sehen, wie sie ihre verschissene Romantik auf die Falschen warfen. Leider landete ich mit meinem Kinn auf dem Metallrahmen, was sehr wehtat. Dann hörte ich Sina lachen; es war ein befreites Lachen, das ich so lange nicht mehr gehört hatte. Ich schloss die Augen. Warum lachte sie denn jetzt? Der Typ war doch ein Langweiler! Lachten sie vielleicht über mich? Vorsichtig drehte ich meinen Kopf, blickte noch einmal hinaus ins fahl erleuchtete, endlose Land, und plötzlich beruhigte mich die Weite gar nicht mehr. Im Gegenteil: Ich fühlte mich nun noch einsamer, kleiner, unbedeutender. Von wegen – man sieht immer, was kommt. Man denkt nur, dass man alles sieht! In Wahrheit lauert der Feind hinter jeder Düne!

Eine ganze Weile lag ich einfach nur so da. Dann packte mich die Neugier, und ich schlich ein weiteres Mal zum Dünenrand. Sina und Schnabel saßen sich noch immer auf dem Feldbett gegenüber und plauderten. Hatte sich der Abstand verringert? War da vielleicht irgendeine Hand, wo sie nicht sein sollte? Angestrengt kniff ich meine Augen zusammen, aber sehen konnte ich nichts. Schließlich war die Angst, als eifersüchtiger Spanner aufzufliegen, größer als meine Neugierde, und ich stieg von der Düne herab.

Ich fühlte mich wie abgewatscht, als ich das Bett zurück in Richtung meiner ursprünglichen Schlafstätte zog. Ein »Tsss!« ließ mich zusammenzucken. »Weiße Kauz mit die Blechbett da!«

Ich drehte mich nach rechts und sah Bahee mit einer dicken Jacke auf seinem Bett sitzen, wo er etwas ins Handy tippte. Grinsend winkte er mich zu sich. »Bist du wieder auf die Flucht?«

»Nee, keine Angst«, flüsterte ich, zog mein Feldbett zu seinem und setzte mich. Aus einer orangen Plastikthermoskanne schüttete

Bahee dampfenden Tee in den Deckel und reichte ihn mir. Ich nahm ihn dankbar an.

»Sag mal hier, was ist denn da mal los bei euch beiden?«

»Da war ne riesige Schlange, da ist Sina abgehauen.«

»Echt, ne? Welche Farbe?«

»Schwarz. Und sie hat sich kein Stück bewegt!«

»Dann war Ast.«

»Niemals!«

»Tut mir leid, Matze, aber schwarze Schlange, die sich nicht bewegt, ist Ast. Warum bist du denn durch die Camp gehupft?«

Ich nahm einen Schluck heißen Tee. Er schmeckte bitter, aber die Wärme tat gut.

»Also ... um ehrlich zu sein, wir haben uns gestritten, Sina und ich.«

»Ja, der passiert oft in der Wuste und oft an diese Punkt hier«, tröstete mich Bahee und schenkte sich selbst Tee nach. »Das sind die deutsche Paare nicht gewohnt, so viel Zeit mal hier zusammenzukleben, ne!«

»Und ... was machen die dann normalerweise, die deutschen Paare?«

»Na ja ... die meiste raufe sich mal zusammen, aber Scheidung hatte ich auch schon, ne. Und ein Mal ... hehe ... da war ich auch a bikkie schuld dran.«

Ich biss mir auf die Unterlippe und drehte mich in die Richtung, wo meine Freundin gerade auf dem Bett eines fremden Mannes saß.

»Und du?«, fragte ich, um das Thema ein wenig in eine andere Richtung zu lenken. »Wem schreibste denn noch auf deinem Handy um die Zeit?«

Bahee blinzelte mich kurz an, offenbar überlegte er, ob er wieder einen seiner Scherze machen sollte oder einfach mal was Normales sagen.

»Also … ich bin a bikkie verliebt hier, ne.«

»Und … in wen?«

Augenblicklich begannen Bahees Augen zu leuchten.

»Die heißt Novy! Ich denk nur an die. Die ganze Zeit.«

»Und … wann habt ihr euch kennengelernt?«

»Erst eine Tag vor unsere Tour hier. Da war ich meine letzte Bierchen nehmen vor die Abfahrt in die El Cubano, und da hab die gesehen, ne, da war aber sofort komplett vorbei mit mir … huuuu, mein Lieber!«

Warnend hob ich die Hand, denn ich hatte etwas gehört, was gar nicht weit weg war.

»Kommt wieder giftige Ast, ne?« Bahee lachte.

Es war kein Ast. Es war Breitling, der plötzlich wie aus dem Nichts auftauchte; mit Feldbett, Schlafsack und Kippe im Mund stand er kleinlaut vor uns.

»Was dagegen, wenn ich bei euch penne?«

23

Der Geruch von frisch gebrühtem Kaffee ließ mich hoffen, dass das Ende der Nacht gekommen war. Vorsichtig öffnete ich zunächst nur ein Auge und sah, dass bereits Licht in das Innere meines Schlafsackes drang. Behutsam öffnete ich das zweite Auge und steckte meinen Kopf aus dem Schlafsack. Ich stutzte, so beeindruckend war die Landschaft, die sich im warmen Licht der Morgensonne vor meinem Bett aufgebaut hatte. Wie eine dünne Karamellkruste hatte sich der Tau über das Tal gelegt, den zu durchstoßen sich nur ein paar wenige Felsgipfel erlaubten. Die Sonne ließ das Straußengras messerscharfe Schatten in den rostroten Sand werfen, und mein vormals grüner Schlafsack überraschte mit einer weißen Pulverschicht. Es hatte doch nicht geschneit! Erst als ich vorsichtig mit der Hand am Schlafsack schabte, fühlte ich, dass er mit gefrorenem Tau überzogen war. Es war so still um mich herum, dass ich fürchtete, mit meiner Taukratzerei das gesamte Camp aufzuwecken. Mein sanftes Erwachen inmitten der Wüste – es war trotz zu Klump gefrorener Glieder ein ganz besonderer Augenblick.

Den zu zerstören sich Speckhut persönlich zur Aufgabe gemacht hatte. Ebenfalls noch im Schlafsack und mit roter Zipfelmütze saß er gute fünfzig Meter unterhalb von mir und nahm laut scherzend einen Pott Kaffee von Bahees Tablett. »Nur an Kaffee? Hast kaan Verlängerten oder wenigstens a Melange?«, war das Erste, was ich an diesem Morgen hörte. »Ne, nur Kaffee, ne, hehe!«, war das Zweite.

Ich dachte kurz daran, Speckhut mit irgendetwas zu bewerfen, doch leider war kein brauchbares Wurfgeschoss in der Nähe. Die Gruberin, die ihr Feldbett in sicherer Entfernung zu ihrem Gatten positioniert hatte, tat hingegen das einzig Richtige: Sie schlief weiter. Ich würde sie unbedingt mal fragen müssen, wie sie die mentale Glanzleistung fertigbrachte, ihren Mann komplett auszublenden.

Erst als Bahee mit den drei verbleibenden Kaffeepots auf dem Tablett zu mir stampfte, tröpfelten die durchaus beklemmenden Bilder der letzten Nacht in mein Bewusstsein zurück, und langsam bewegte ich meinen Kopf zu dem vereisten Feldbett neben mir. Allerdings blickte ich nicht in die Augen meiner geliebten Freundin, sondern in die eines verlebten Düsseldorfer Immobilienmaklers mit fettigen, grauen Haaren und Zigarette im Mund.

»Schöne Scheiße, oder?«

»Absolut!«

Bahee hatte sich inzwischen mit dem Kaffeetablett durch den knöcheltiefen Sand zu unserem Schlafplatz gekämpft. »So, Jungs! Jetzt gibt's hier mal einen ordentlichen Kaffee, ne, den hat der Friedrich gerade noch frisch aufgebrüht. Habt ihr denn gut geschlafen ohne eure Mädels?«

Breitling und ich antworteten zeitgleich.

»Nein!«

Noch mit der Kaffeetasse schlich ich zur Düne, hinter der ich Sina und Schnabel vermutete. Die beiden Betten waren jedoch schon verlassen, die Schlafsäcke zusammengerollt. Zeit für mich, die ›Namib Newspaper‹ zu lesen. Waren die Betten vielleicht durch gewisse Bewegungen tiefer eingesunken? Die Kaffeetasse in der Hand kniete ich vor dem Feldbett wie ein US-Cop am Tatort. Beruhigt erhob ich mich wieder: Weder Schnabels noch Sinas Bett, das an der Schleifspur leicht zu erkennen war, war ungewöhnlich tief eingedrückt. Ich überlegte kurz und nahm einen Schluck Kaffee. Dann rollte ich beide Schlafsäcke auf und hielt die Hand hinein. War einer vielleicht wärmer als der andere? Sah einer unbenutzt aus? Ich konnte keinen Temperaturunterschied feststellen und rollte sie wieder zusammen. Dann ließ ich meinen Blick über den Sand um die beiden Betten wandern. Doch dort waren einfach zu viele Fußspuren, als dass ich hätte schlussfolgern können, ob das Thüringer Männchen vielleicht um mein Weibchen herumgehupft war oder andersherum.

»Matze? Winkama!«

Erschrocken riss ich meinen Kopf herum und blickte fragend nach oben, wo die komplette Reisegruppe stand und mir bei der Spurensicherung zuschaute. Seppelpeter filmte mich, Bahee winkte mir.

»Frühstück!«

Bing!

Verlegen tapste ich zurück zu meinem rosa Rucksack und machte mich fertig für den sechsten Tag zwischen Feldbett und Funkloch.

Wie bereits das Abendessen fand das richtige Frühstück unter freiem Himmel am Gemeinschaftstisch statt. Ich saß Breitling gegenüber am rechten Ende des Tisches, Sina hatte nach einem unterkühlten »Guten Morgen!« mit Brenda am anderen Ende Platz genommen. Es gab Cornflakes, Brot mit Wurst und Käse oder Marmelade, ja sogar Eier, was eine tolle Idee war, aber nutzlos, weil ich keinen Hunger hatte. Kurz darauf schlug auch Schnabel in schnittiger Hightech-Sportswear auf.

»Bist du schon mal rumgerannt, ne?«, wollte Bahee wissen.

»No!«, entgegnete Schnabel, griff sich einen Apfel, den er an seiner engen Trainingsjacke sauberrieb, und verschwand damit. Ich schaute rüber zu Sina, doch sie erwiderte meinen Blick nicht. Ich war ernsthaft irritiert: In den sieben Jahren unserer Beziehung hatte es wohl den ein oder anderen Streit gegeben, eine solch unterirdische Soapopera aber nicht. Gut, Beweise hatte ich keine, aber war es vielleicht doch nicht nur beim Quatschen geblieben in der Nacht? Ein Streit mit dem übellaunigen Freund, ein durchtrainierter und geschickter Lover, der schöne Komplimente macht, eine romantische Nacht in der Wüste ...

Mir wurde noch schlechter, als mir eh schon war, und als hätte man mir die Luft aus dem Arm gelassen, glitt mein Käsebrötchen zurück auf den Teller. Meine wirren Gedanken vermengten sich mit den sinnfreien Anekdoten der vorangegangenen Wüstenübernachtung: Speckhut hatte angeblich einen gefährlichen Kapfuchs gesehen, der bis an sein Bett gekommen war. Brenda fragte Bahee, ob sie schon jetzt die heiße Dusche für den Abend bestellen müsse, und Trixi wollte wissen, was denn nun mit dieser Riesenschlange war; kein Auge habe sie mehr zugetan nach meinem Schlangenalarm. Ich war Bahee sehr dankbar, dass er mir nicht in den Rücken fiel: »Den Riesenschlange, den hat der Matze persönlich noch vertrieben mit eine Ast!«

Neugierig schielte ich zu Sina, um zu sehen, wie sie auf diese Heldentat reagierte. Sie reagierte gar nicht und plauderte stattdessen mit Brenda. Klar, dass die sich nun an Sina ranschmiss bei 10 % Rabatt auf alle Douglas-Artikel. Mit zusammengekniffenen Lippen ließ ich meine Augen über das Camp wandern und blieb schließlich beim 1011. des Ironman Triathlon hängen, der nur einen Steinwurf entfernt splitterfasernackt in die Wüstenduschkabine stieg.

»Waaas für ein Arschloch!«, knurrte Breitling.

»Absolut!«, knirschte ich verbissen.

Ich war froh, als es endlich losging mit der Wanderung. Losgelöst vom Frühstücksgruppenzwang würde ich Breitling und Bahee unauffällig nach einem Handy fragen können. Schon nach den ersten Schritten zerfiel unsere Gruppe wie erhofft in drei Teile. Ich selbst ging mit Bahee und Breitling voran, es folgten Sina, Schnabel und Brenda, am Ende marschierten die Grubers mit Trixi und Seppelpeter. Breitling versicherte mir noch einmal, dass jetzt eine richtig gute Zeit wäre, um eine Wohnung zu kaufen. Ich sagte, dass ich das auch fände, und fragte, ob er ein Handy dabeihabe.

»Ha! Da wär ich aber schön blöd!«, amüsierte er sich.

»Wieso?«, fragte ich, »willst du nicht erreichbar sein, oder was?«

»Anders, Matze: Ich weiß, wer mich erreichen will!«

Und ich wusste, wen ich erreichen musste. Also stellte ich Bahee die gleiche Frage.

»Das kannst du gerne mal haben mein Handy, aber der wird nicht mehr gehen hier.«

»Wieso?«

»Weil ich die Strecke hier schon genau 31-mal gelaufen bin, und hier geht nicht.«

»Und später?«

»Auf die Sossusvlei Lodge geht wieder!«

»Und das ist wann?«

»Morgen.«

Nach einer guten Stunde schon hatten wir den ersten Rastplatz erreicht. Er lag auf einer Anhöhe und bestand aus einer Vielzahl von runden Felsen, auf die man sich bequem setzen konnte, um hinab ins Land zu schauen.

Ich hatte meinen Rucksack schon gruppenkonform zu Breitling und Bahee gestellt, da fiel mein Blick auf Sina, die überraschenderweise alleine auf einem Felsen saß und eines der Brötchen aus dem Lunchpaket verspeiste. Hastig suchte ich die nähere Umgebung nach Triathleten ab und fand schließlich einen, der in sicherer Entfernung gegen einen Strauch pinkelte. Es war eine perfekte Gelegenheit, um zu fragen, was da los war in der Nacht. Eine seltsame Nervosität stieg in mir hoch, fast so, als würde ich eine völlig unbekannte Frau ansprechen, ob sie mit mir einen Kaffee trinkt. Ich gab mir dennoch einen Ruck und setzte mich auf den Felsen neben meine Freundin.

»Na?«, sagte ich. »Gut geschlafen?«

Sina nickte mir kurz zu, sagte aber nichts und aß ihr Brötchen weiter. Gemeinsam schauten wir in die Landschaft und schwiegen. Natürlich wusste ich, dass es von Vorteil gewesen wäre, wenn ich weitergeredet hätte oder noch eine Frage gestellt, doch mir fiel partout keine ein. Ich hätte ihr eine Szene machen können, weil sie die Nacht bei diesem Idioten verbracht hatte, aber was sollte das bringen? Oder mich entschuldigen – aber für was? Dafür, dass ich hinter ihrem Rücken für unsere Wohnung kämpfte?

»Was kann ich denn für dich tun?« Sina fragte in einem Tonfall, der mich heute noch frösteln lässt.

Erschrocken blickte ich sie an. Noch einmal überschlug ich in meinem Kopf alle mir zur Verfügung stehenden Möglichkeiten der Fraurückgewinnung. Dann versuchte ich zu lächeln und sagte: »Meine Sonnenbrille ist in deinem Rucksack, glaube ich.«

Sina legte ihr Brötchen beiseite, zog mein Etui mit der Sonnenbrille heraus und reichte es mir.

»Das war's?«

»Ja …«

»Fein!«

Dann setzte ich die Sonnenbrille auf und ging. Vielleicht wäre es ja doch besser gewesen, ihr eine Szene zu machen.

24

Der Rest der Wanderung war eine einzige Qual. Über Stock und Stein ging es bei beständig kletternden Temperaturen zunächst unserem Mittagslager entgegen, wo ich mich im Schatten eines Affenbrotbaums hätte ausruhen können, so wie die anderen dies taten. Stattdessen wippte ich mit Sonnenbrille in der prallen Sonne autistengleich auf einem Regiestuhl und fixierte Sina, die mit Brenda bei ihrem Gilette-Ossi im schattigen Sand am Baum saß und ein Sandwich verspeiste. Ich hätte mich freilich dazusetzen können, aber dazu war ich nicht in der Stimmung.

Es war die Ungewissheit, die mich fertigmachte: Wohnung: jein! Sina: jein!

Kurz vor Ende der Rast schließlich humpelte Breitling mit einer Kippe zu mir, drehte seine Handknöchel in meine Schulter und grinste: »Mach dir keinen Kopf. Die wollen uns nur ein bisschen leiden sehen.«

Stumm schaute ich ihn an.

»Na ja … klappt ja auch. Blase am Fuß?«

»Blutbad trifft es eher, glaube ich. Ich will's gar nicht sehen! Wie lange hast du deine denn eingelaufen?«

»Fünfzehn Jahre!«

Bald marschierten wir schon wieder weiter. Dass das Wandern gut für Körper und Geist ist, kann ich leider nicht bestätigen. So trat ich vor Wut insgesamt zweimal gegen einen Baum, und als der Triathlon-Thüringer unvorsichtigerweise vor uns marschierte, kickte ich einen Stein nur wenige Zentimeter an seinem Hintern vorbei.

Die Sonne brannte so heiß auf uns herab, dass es unter meiner Schirmmütze brodelte, Breitling immer hummerfarbener wurde und sogar Speckhut sich zotenfrei nahm, vermutlich aus Angst vor einem Scherzinfarkt. Schnabel klebte auch weiter an unseren Freundinnen wie ein Bodyguard. Unsere Annäherungsversuche vereitelten sie, indem sie einfach auch langsamer gingen, wenn wir uns zurückfallen ließen, und blieben wir stehen, dann taten sie das auch. Mit »Alberne Scheiße!« gab Breitling schließlich den Befehl zum sofortigen Ausblenden geschlechtsspezifischer Wirrungen und bedingungslosen Vorhumpeln auf das zweite Camp.

Wir erhöhten unsere Geschwindigkeit und liefen weiter über die Dünen, sehr viele Dünen, und auch wenn diese nur gut fünfzig Meter hoch waren und nicht sehr steil, so zehrte das stetige Auf- und Abgerutsche doch gehörig an der Kondition. Und dann hörten diese Dünen einfach nicht auf! Hatte man eine überquert, lag die nächste schon dahinter.

»Ist das ein Terrorcamp?«, stöhnte ich, als Bahee in Hörweite war.

»Wart doch einfach mal, ne«, meinte Bahee lässig. »Wenn sie dich rausfischen bei die Einreise in Deutschland, dann war eins, hehe!«

Fortan machte Bahee sich einen Spaß daraus anzukündigen, dass uns hinter der jeweils nächsten Düne nun wirklich das zweite Camp erwartete mit kühlen Bierchen und dem Abendessen. »Jetzt hier mal ohne Flachs, Leude, ne, der ist die allerallerletzte. Ups … ich hab echt gedacht, ne, sorry, eine noch!«

Mit jeder Düne schwanden meine Kräfte, und bald war das Einzige, was mich noch vorantrieb, der Gedanke an ein Feldbett und ein kühles Bier. Erst nach einer Pause und klarem Kopf würde ich die Wiederaufnahme der diplomatischen Beziehungen zu Sina angehen können, ebenso wie die Wiedererlangung bereits sichergeglaubten Wohnraums.

Irgendwann, es muss kurz vor Ende meines Lebens gewesen sein, erreichten wir dann unser zweites Camp. Ich war derart am Ende, dass mich meine Beine fast nicht mehr tragen wollten. Mit kochendem Hirn, Schweiß in den Augen und einem Gesicht wie nach einem Schlaganfall vernahm ich Bahees Stimme nur noch kanalschachtig: »So, hier sind wir dann mal nach acht Stunden Latschen in unsere zweite Nachtlager. Ich geh jetzt mal hier die Schlüssel für die Zimmer zu verteilen, ne, hehe.«

Noch während ich überlegte, dass es ja gar keine Schlüssel geben konnte, weil wir wieder mitten in der Wüste schlafen würden, hatten Sina und Brenda ihre zwei Feldbetten schon zu Schnabel gezogen. Okay, dachte ich mir, die wollen das jetzt also knallhart auch die Nacht noch durchziehen.

»Und was wird das jetzt da drüben?«, ächzte ich.

»Ach!«, winkte Breitling ab und zog stöhnend seine Schuhe aus, »die kommen schon wieder, reine Zickerei!«

»Mhh.«

»Ach du Scheiße!«

Erschrocken starrte ich auf Breitlings Füße. Sie sahen aus, als wären sie nach einer Maschinengewehrsalve zusätzlich noch frittiert worden. »Maus?«, rief er klagend, »bring doch mal die Pflaster!«

Das Plastikschälchen Hansaplast traf Breitling genau auf den Kopf. Säuerlich öffnete er die Verpackung und begann mit der Versorgung seiner Füße. Ich räusperte mich.

»Warum … habt ihr euch eigentlich gestritten?«

Breitling knurrte irgendwas Unverständliches in sich hinein, dann sagte er: »Ach … kannste vergessen. Sie meint, ich würde nur saufen und fluchen. Kannste dir das vorstellen?«

Das ›Ja!‹ lag mir auf der Zunge, aber irgendwie schüttelte ich trotzdem den Kopf.

»Und bei euch?«

»Ach …«, sagte ich, »kannste vergessen.«

Eine Stunde und drei Bier später saßen Breitling und ich immer noch alleine auf unseren Feldbetten und beobachteten mit stummem Hass, wie der 1011. des Ironman Hawaii in einer enganliegenden Fahrradhose unsere Freundinnen stretchte. Wie ein Marienkäfer lag Sina mit angezogenen Beinen auf dem Rücken. Schnabel hatte ihre Füße umfasst und drückte sie zu ihrem Kopf. Kopfschüttelnd warf Breitling seine leere Bierflasche in den Sand.

»Wir müssten da echt hingehen und ihm die Fresse polieren!«

»Absolut!«, grummelte ich.

Breitling zündete sich eine Zigarette an und nahm einen kräftigen Zug. »Dem gehört so der Arsch versohlt, dass er drei Jahre auf kein Rad mehr steigt.«

»Völlig richtig!«, nickte ich und staunte, wie weit Schnabel das Bein meiner Freundin zu ihrer Brust drücken konnte, ohne dass es ihr wehtat. Dann war Brenda wieder an der Reihe.

Breitling hörte nun gar nicht mehr auf, seinen roten Kopf zu schütteln, und erinnerte mich an einen Wackeldackel. »Wir müssten diesen Wichser am Kragen packen und ihm klarmachen, dass er seine schmierigen Griffel von unseren Mäusen lassen soll, weil …«

»Weil …?«

»… wir ihm sonst die Sacknaht bis zum Hals aufreißen!«

Irritiert sah ich zu Breitling herüber. Betrachtete man seine Gesichtshaut, so war es wahrscheinlicher, dass diese gleich aufriss.

»Wir sollten ihm was aufreißen?«, wiederholte ich.

»Die Sacknaht!«, bestätigte Breitling, und dann schauten wir zu, wie Schnabel Sinas Schenkel zur Seite drückte und frech hochgrinste zu uns.

Ich stellte mein Bier in den Sand und schaute Breitling an. »Und … warum machen wir das dann nicht, das mit der Sacknaht?«

»Na, ist doch klar!« Knurrend wischte sich Breitling eine graue Haarsträhne von der glühenden Stirn. »Weil er genau das will, der Pisser.«

»Du meinst, er legt es darauf an, dass wir ihm die Sacknaht aufreißen?«

Mit einer gehörigen Portion Ratlosigkeit blickten wir uns an.

»Das ist ne arme Wurst, Matze. Der will provozieren, gucken, wie weit er gehen kann. Und deswegen sag ich: Wenn wir einfach nur souverän hier sitzen und nichts machen, dann ärgert er sich am meisten. Zigarette?«

Ich nickte, und obwohl ich Breitling noch immer nicht wirklich sympathisch fand, so musste ich ihm doch in diesem speziellen Punkt recht geben. Schon der erste Zug der Zigarette knallte mir derart viel Nikotin in die Adern, dass es mich schummerte. Ich konterte mit einem frischen Bier und verfolgte dabei, wie Schnabel sich von hinten an Sina drückte, um ihren Arm zu stretchen. Breitling hatte recht: Wir waren schon ziemlich coole Jungs, wie wir so souverän rumsaßen mit Bier und Kippe und uns einfach kein bisschen provozieren ließen.

25

»Reisetagebuch Namibia, Tog fünf.«

Speckhut hatte sich Bahees Headset aufgesetzt und blickte mit einem großen Zettel in der Hand erwartungsvoll in die Sitzreihen hinter sich.

»Wollt ihr's a wirklich hörn?«

»Ja!«, murmelten alle, doch so wirklich begeistert klang es nicht. Speckhut hätte natürlich auch dann losgelegt, wenn man ihm eine Schrotflinte unter die Hutkrempe gehalten hätte.

»Der fünfte Tog ...«, begann er feierlich, wurde dann aber vom alten Seppelpeter unterbrochen, der an seiner Videokamera herumdrückte.

»Waddama!«

›Bing.‹

»Jetzerd!«

Ich schloss die Augen, legte den Kopf in den Nacken und fragte mich, warum man die Augen eigentlich zumachen konnte und die Ohren nicht.

»Der fünfte Tog von unserer Reise
war reizvoll, ganz auf seine Weise.
Obgleich, was Diskussionen hat entfacht,
war nicht der Tog, s'war eher die Nacht!«

Nun schaute ich doch nach vorne. Verschwörerisch zog Speckhut eine Augenbraue nach oben. Er sprach langsamer, ja er suhlte sich geradezu in seinen dümmlichen Reimen.

»Deswegen frog i lapidar:
Macht a Kapfuchs ›ahhh ... ah ... ahhhh‹?

172

Jauchzt a Zebra ›uhhhh … uh … uhhhh‹?
Oder war's vielleicht … a Gnu?«

Ich öffnete die Augen wieder und sah Breitling an, der allerdings zog nur ratlos die Schultern hoch: »Ja, ich hab nix gehört!«

»Sonst ja aber offenbar jeder!«

»Grunzt a Stachelschwein ›Uhh … Ahh …‹
oder stöhnen Schlangen gar?«

Moment mal … auf was wollte der Alpenkasper denn nun damit hinaus? Genügte ihm nicht die Demütigung, dass unsere beiden Freundinnen die Nacht mit dem Gilette-Ossi verbracht hatten, statt mit uns? Musste er uns jetzt auch noch mit seinem dämlichen Gedicht Hörner aufsetzen?

»Haucht a Oryx ›Nein, nein, nein‹
oder könnt's a Springbock sein?«

Frettchengleich und mit schmierigem Grinsen thronte Speckhut auf dem Beifahrersitz und pumpte seine Häme durch die Deckenlautsprecher. Vorwurfsvoll starrte ich auf Sina, doch die zeigte mir einfach nur einen Vogel. Hätte ich auch gemacht an ihrer Stelle.

»Erst letzte Nocht, da wusste ich,
net nur die Viechal mögen sich!
Unfassbar, was sich da so regt.
Wie heißt's so schön: die Wüste lebt!«

Speckhut klatschte sich sicherheitshalber selbst Applaus, was gar nicht nötig war, da bereits der komplette Bus Tränen lachte. »Reimen tuat ka Maier und ka Huber, reimen tuat nuuuur …?«

»… Pepi Gruber!«, riefen alle. Na ja … fast. Sina und ich riefen nichts. Und wir lachten auch nicht wirklich.

»So, da haben wir mal eine schöne Gedicht wieder hier gehört von die Pepi«, quäkte Bahee übers Headset, »aber jetzt musst ihr hier mal zur Seite schauen, ne, weil da steht die Düne, wo wir morgen ganz früh die Foddo machen, und das ist auch ohne Flachs die größte Düne von Welt, also vielleicht auch die zweitgrößte, da muss ich die Platz noch mal sicher machen!«

Ich war kopftechnisch irgendwie immer noch bei den Tieren der Wüste. Welche Viechal hatten sich denn da gemocht? Und warum hatte ich nach nur sieben Bier nichts mehr mitbekommen? Ohne dass ich etwas dagegen hätte machen können, lieferte mir mein Hirn eine Pornoszene nach der anderen: Schnabel oben, Sina unten, Sina vorne, Schnabel hinten, Sina, wie sie Schnabel schnäbelt, Schnabel, wie er Sina schnäbelt, Schnabelsteck, Sinaschleck, Matze weg! Dieser langweilige Lackaffe und meine Sina! Sina, der Humor, Ehrlichkeit und Lebensfreude immer so wichtig gewesen waren. Vielleicht stimmte das ja auch immer noch, und ich hatte nur ›von einem geilen Typen mal so richtig durchgevögelt werden‹ vergessen.

Breitling, dem meine Gesichtsverkrampfung aufgefallen sein musste, schubste mich von der Seite: »Matze! Das war 'n blödes Gedicht, sonst nix!«

»Und wenn nicht?«, fiepte ich.

Breitling lachte: »Reißen wir ihm die Sacknaht bis zum Hals auf!«

Ich blitzgrinste höflicherweise und blickte wehmütig nach draußen. Die vermutlich zweitgrößte Düne der Welt wurde wieder kleiner, und schließlich bog unser Bus von der Piste ab und hielt auf etwas zu, was von weitem wie eine Zeltstadt aussah. Der Lautsprecher knackste.

»So, Leute, wir rollen jetzt hier mal rein in die Sossusvlei Lodge, der ist wirklich eine Top-Notch-Lodge mit tolle Zimmer und super Essen, da gibt acht verschiedene Wildsorte abends am Grill und … Matze, wo bist du?«

Ich hob meinen Blick und antwortete schwach.

»Ganz hinten, wie immer.«

»Matze, die haben da so viel Telefon und Fax und Internet, da kannst du mal das Pressezentrum von die WM draus bauen, ne, hehe!«

Breitling drehte seine Faust freundschaftlich in meine Schulter.

»Da siehste mal. Und unsere Mäuse bringen wir auch wieder an 'n Start!«

»Schauen wir mal.«

Auf dem Parkplatz der Sossusvlei Lodge wartete ein riesiger Vogel Strauß auf uns. Wir stiegen aus, Trixi schoss ein Foto mit ihrer roten Kamera, da kam Sina direkt auf mich zu. Aufgewühlt griff sie meinen Arm.

»Matze, also wenn du mir so was zutraust, dann brauchen wir gar nicht mehr reden! Ich meine, das ist doch jetzt echt lächerlich. Überleg doch mal!«

»Der Strauß da, der ist eine Weibchen, weil er grau ist«, erklärte Bahee und lenkte uns beide für einen Augenblick ab. »Männchen ist schwarz!«

Entschlossen drehte ich meinen Arm aus Sinas Griff und sagte: »Haucht a Oryx ›Jajaja‹ oder war's der Schnabel gar?«

»Heißt was?«, zischte Sina.

»Da müsst ihr mal auf eure Schmuck auch aufpassen, weil die Strauße alles mögen, was glitzert und funkelt, und wenn die mal eine Ohrring gerne haben möchten, dann picken die sich, ne!«

»Matze, bitte«, flehte Sina und nahm meine Hände, »jetzt lass uns doch mal reden!«

Ich zog sie wieder zurück.

»Was gibt's denn da noch zu reden?«

»Dann halt nicht!«, fauchte sie und drehte sich weg. Im Augenwinkel sah ich Schnabel grinsen. Das war zu viel. Verbittert und ohne Gepäck oder Schlüssel stampfte ich auf ein festungsähnliches, rotverputztes Eingangstor der Lodge zu, taumelte schäumend durch die Lobby, wo ich fast eine Kellnerin umriss, und nahm Kurs auf den kleinen Pool, wo ich mich auf eine der Liegen fallen ließ.

»Dieser Affe!«, knirschte es durch meine Zähne, dann flog ein

Plastiktisch in den Pool. Breitling hatte recht: Wir hätten ihm echt die Sacknaht bis zum Hals aufreißen sollen!

Minuten später kam eine grazile Schwarze in adretter Uniform zu mir an den Pool, in der Hand hielt sie einen Schlüssel.

»Are you Mr Klein?«

»Yes!«

»This is your key. And your guide said you wanted an adapter?«

»Yes?«

»Here you go! Enjoy your stay!«

Verdutzt nahm ich Schlüssel und Adapter entgegen und erhob mich von der Poolliege. Dann fischte ich das Plastiktischchen aus dem Wasser und machte mich auf die Suche nach meiner Unterkunft. Unsere Quartiere für diese Nacht standen zu beiden Seiten eines geschwungenen Fußweges und waren halb Zelt, halb Haus: Das Fundament und eine hüfthohe Umrandung waren noch aus rotverputztem Stein, alles darüber aus schwerem, beigem Zeltstoff, und irgendwie erinnerte mich das Ganze an eine Beduinensiedlung.

Ich hatte das vorletzte Zelthaus vor der Wüste. Als ich ins Zimmer trat, war mein Gepäck bereits sorgsam auf einer hölzernen Ablage verstaut. Von Sinas Reisetasche allerdings war ebenso wenig zu sehen wie von ihr selbst. Lustlos steckte ich den Leihadapter der Lodge in die Steckdose und stöpselte mein Handy ein. Zum ersten Mal seit ich den schwarzen Kontinent betreten hatte, konnte es in Ruhe laden. Ich konnte telefonieren. Faxen. Mailen. Aber wozu?

Mehr aus Ratlosigkeit als aus Interesse schlich ich durch das Zimmer. Klimaanlage gab es keine, aber das war vermutlich auch schwachsinnig, wenn der Raum zur Hälfte aus Zeltstoff bestand. Mit der Hand strich ich über die steinernen Nachttischchen, berührte die afrikanische Stickerei über dem Kopfteil des Bettes und inspizierte schließlich auch das komplett gemauerte Bad, wo ich neugierig meinen Kopf durch das kleine Fenster steckte.

176

»Tageslichtbad«, murmelte ich noch, weil Sina das so wichtig gewesen war bei der neuen Wohnung, da sah ich sie aus dem Bungalow gegenüber treten. Das alleine wäre ja noch nicht so schlimm gewesen, denn es hätte ja Trixis Quartier sein können, was wusste ich denn, wo sie untergekommen war. Als ein gutgelaunter Schnabel im Türrahmen auftauchte, wusste ich es.

»Okay«, sagte ich zu mir selbst und ließ alle Luft aus meinen Lungen. Dann legte ich mich quer aufs Bett und schloss die Augen. Die Gedanken wirbelten hin und her wie in einem Küchenmixer. Ein Gedanke blieb besonders oft am Plexiglas kleben: ›Das war's!‹

Meinen Notizzettel mit den Telefonnummern hatte ich schnell gefunden. Dass sich nur der Anrufbeantworter meldete, machte mir nichts, denn was ich zu sagen hatte, war so kompliziert dann ja auch wieder nicht: »Hallo, Frau Metzger, Klein hier, aus dem Urlaub«, sprach ich mit ruhiger Stimme, »es tut mir leid, aber … es hat sich leider so einiges geändert in der Zwischenzeit und … Sie hatten leider recht: Ich muss die Wohnung jetzt doch noch absagen. Danke für Ihre Geduld noch mal, und die fünf Euro können Sie natürlich behalten. Wiederhören und … tut mir leid.«

Vorsichtig legte ich auf und blieb für eine ganze Weile einfach so sitzen. Schließlich raffte ich mich doch auf und trat auf die rotgestrichene Veranda, von der ich direkt in die Wüste blickte. Keine zehn Meter entfernt stand der Strauß vom Parkplatz und glotzte mich an, ein wenig versetzt naschten zwei Giraffen die letzten grünen Blätter von einem Baum, die Abendsonne hing kitschig über dem Berg. Wäre ich ein Farmer in einem ZDF-Sonntagabendfilm gewesen, ich hätte mir eine Flinte aus dem Schrank geholt und mir eine Ladung Schrot ins Hirn gepumpt. Ein Fernsehteam oder eine Flinte waren freilich nirgendwo zu sehen. Stattdessen fanden sich die Grubers auf der gut einsehbaren Restaurantterrasse ein.

Ein schlanker Kellner im Anzug verteilte Getränke an Breitling und Brenda, und schließlich betrat auch Sina in einem hübschen

Kleid die Terrasse, gefolgt von Schnabel in Jeans und weißem Hemd. Ich kannte Sinas Kleid; wir hatten es zusammen für genau diesen Abend ausgesucht. ›Wenn wir mal fein essen in einer schönen Lodge, da können wir doch nicht in Wandersachen …‹, hatte sie gesagt und ganz aufgeregt vor der Umkleide gestanden und sich vor mir gedreht: ›Was meinst du?‹

›Echt schön!‹, hatte ich gesagt – und nun trug sie es ausgerechnet zum Abendessen und bekam womöglich sogar noch Komplimente vom tumben Schnabel. Es wurde Sekt gereicht, man kicherte und scherzte über Breitling, der seine Uhr an das Straußenweibchen verloren zu haben schien. Der Wind war ein Zyniker und pustete mir Bahees Worte direkt in mein leeres Herz: »Dann wollen wir hier mal alle zusammen anstoßen auf die Mitte von unsere schöne Reise und auf eine tolle Abend und diese super Stimmung hier. Ach … wo ist Matze denn?«

»Der wird schon noch kommen«, antwortete Sina seltsam entspannt.

Vielleicht ja auch nicht.

Leise schloss ich die Zelttür.

Ich schulterte meinen rosa Rucksack und schnappte mir die Flasche Hauswein auf dem Beistelltischchen samt Öffner. Ich hatte die Rezeption schon passiert, als ich das erste Mal auf das Etikett schaute: Es war ein 2007er Shiraz Allesverloren.

26

Die namibische Nacht kam und brachte ihre besten Freunde mit: die Stille und die Kälte. Hämisch hing der Mond über dem Land, irgendwo bellte ein Hund. Seit einer halben Flasche Wein saß ich nun an der Straße und wartete. Ein einziges Auto hatte bisher angehalten: Drin saßen zwei Lodge-Angestellte, die mich auslachten, als ich sie fragte, ob sie mich zum Flughafen nach Windhoek fahren würden. Ihr sicher nett gemeintes Angebot, mich und meinen rosa Rucksack die fünfhundert Meter zur Lodge zurückzubringen, lehnte ich dankend ab.

Apathisch blickte ich in den Mond und ließ die Gedanken kreisen. Vor fast sieben Jahren hatte ich die schöne Frau mit den glatten schwarzen Haaren das erste Mal gesehen. Vor dem Weihnachtsmarkt am Kölner Rudolfplatz hatte sie, ebenso frierend wie ich, auf ihre Freundin Eva gewartet. Und ich auf Friedemann. Wir guckten hier und guckten da und schickten Simse, und irgendwann guckten wir dann auch einmal auf uns, wie wir so verlassen dastanden, und irgendwann fragte Sina mich grinsend, ob ich auch so unzuverlässige Freunde hätte wie sie. »Sieht fast so aus«, sagte ich. Als Eva und Friedemann nach einer Viertelstunde immer noch nicht gekommen waren, beschlossen wir, einen zusammen zu trinken, statt blöd neben dem Weihnachtsmarkt zu frieren. Wir tranken gleich zwei Glühweine, und aßen Mandeln dazu. Die Hälfte unseres Gesprächs bestand aus Sätzen wie ›Also wenn du deine Freundin noch mal anrufen willst‹ und ›Wir können ja noch mal zum Eingang schauen, vielleicht ist doch schon einer da‹. Aber irgendwie wollte keiner von uns gehen, und als Sinas Freundin schließlich doch auftauchte, versteckten wir uns kichernd hinter dem Glühweinstand.

Wir tauschten Telefonnummern aus, für den Fall, dass unsere Freunde uns mal wieder versetzten, denn dann könnten wir uns gleich anrufen und was trinken gehen. ›Dann‹ war noch am selben Abend. Beim nächstbesten Italiener aßen wir Spaghetti Bolognese. Eine Woche später waren wir ein Paar, und natürlich feiern wir bis heute unseren Jahrestag an genau diesem Glühweinstand, und natürlich ist es Sina, die jedes Mal sagen muss: ›Na, sind deine Freunde auch so unzuverlässig?‹, und ich: ›Sieht fast so aus!‹

Sieben Jahre sind vergangen, Jahre, in denen eigentlich alles gut war: Wir liebten uns und machten Pläne: eine eigene Wohnung vielleicht, per Auto durch Afrika, Kinder vielleicht …

Seufzend nahm ich einen Schluck Wein, starrte in den Wüstensand und ließ die Erinnerungen hingehen, wo sie wollten. Sie wollten alle zu Sina. Ich sah noch einmal, wie ich Sina stolz meinen Freunden vorstellte und so aufgeregt war dabei, dass mir gleich zwei Namen nicht mehr einfallen wollten. Ich sah Sina, wie sie fröhlich ihre Umzugskartons auspackte bei mir und wie sie jeden Tag ein weiteres Detail meiner Singlewohnung rosa einfärbte oder umdekorierte. Ich erinnerte mich an unseren ersten gemeinsamen Urlaub auf Mallorca, wo wir eine winzige Finca gemietet hatten, und musste schmunzeln, als ich daran dachte, wie wir ohne Spaghetti und Hackfleisch die Spaghetti Bolognese vom Weihnachtsmarktabend nachkochen wollten. »Du wolltest dich um das Essen kümmern, ich mich um den Wein«, flüsterte ich leise zu mir selbst, und der Mond lachte spöttisch.

Und all dies wollte ich nun einfach so aufgeben wegen einem Langweiler, der Kevin Schnabel hieß? Was war denn, wenn Sina mich nur neckte, so wie Breitling sagte? Was, wenn sie mich gar nicht betrogen hatte, sondern einfach nur mit ihm flirtete, um mich zu ärgern? Ich würde ganz schön bescheuert dastehen, wenn ich mich hier einfach so aus dem roten Staub machte wegen nichts. Doch dann fiel meine Blitzeuphorie in sich zusammen wie ein Dosenturm auf der Kirmes. Was, wenn doch was lief zwischen den beiden? Dann wäre ich ein ganz schöner Idiot, wenn ich bliebe. Seufzend zog ich den Reißverschluss meiner Thermojacke nach oben. Kalt war es geworden, und ein Auto war immer noch nicht zu sehen.

Die Weinflasche war auch fast leer. Mit einem Mal wusste ich, dass ich gar kein Auto zum Flughafen brauchte. Was ich brauchte, war Gewissheit! Entschlossen trank ich den letzten Schluck Allesverloren, stand auf und rollte leicht shirazbekopft meinen Rucksack zurück zur Lodge. Wo Schnabels Zelthaus war, wusste ich ja schon.

27

Der Fitnessraum eines Hotels war vermutlich schwächer ausgestattet als Schnabels Veranda: Neben einer schwarzen Gymnastikmatte fand ich einen langen dehnbaren Gummistreifen, Handschuhe ohne Finger sowie drei verschieden schwere Kurzhanteln in den Farben Gelb, Grün und Rot.

Kopfschüttelnd zog ich den Reißverschluss zum Zimmer auf und trat ein. Auch im fahlen Mondlicht sah ich: Schnabels Zelt war identisch geschnitten wie meines, und auch der Kleiderschrank war an der gleichen Stelle: direkt neben dem Bett. Drinnen roch es nach warmer, ungewaschener Sportwäsche, Pressholz und Insektenvernichtungsmittel. Mir war's egal, solange ich endlich erfahren würde, woran ich war: Jetzt waren Gewissheiten angesagt und keine vagen Vermutungen, selbst wenn ich dazu den Kleiderschrankklassiker bemühen musste.

Sollte Sina tatsächlich vor meinen Augen herumschnäbeln, dann konnte ich mir wenigstens gleich einen würdevollen Abgang verschaffen. Ihr ›Matze, also wenn du mir so was zutraust, dann brauchen wir gar nicht mehr reden!‹ vom Nachmittag schoss mir noch einmal durch den Kopf. Ich würde es in jedem Fall gegen sie verwenden, sollte sich mein Verdacht bestätigen. Dann würden wir aber reden! Ich legte mir Sätze für einen effektvollen Auftritt parat. Sätze wie: ›Ich nehme an, damit hat sich die neue Wohnung erledigt?‹ und ›Soll ich deine Sachen einlagern, oder holt sie der 1011. des Ironman Hawaii ab?‹

Ich musste nicht lange schmoren in meinem Schrank: Nach wenigen Minuten ging das Licht an, und Schnabel betrat das Zimmer. Vorsichtig zog ich die Schranktür so weit zu, dass ich nur noch einen kleinen Spalt der Sitzecke überblicken konnte. Schnabel seufzte ein melancholisches »Ach ja …« und schaltete den Fernseher auf Pro7, wo gerade *Schlag den Raab* lief und ein Sprecher ankündigte, dass Raab als Nächstes Fußball spielen würde in der dritten Runde. Nun verschwand Schnabel im Bad, und kurz darauf summte eine elektrische Zahnbürste. Sina war also nicht gleich mitgekommen, aber damit hatte ich auch nicht gerechnet, denn sooo offensichtlich würden sie es dann ja auch nicht angehen. Sina würde später kommen, um einen vergessenen Pullover oder Fotoapparat vorbeizubringen und dann ausnahmsweise doch ganz kurz ins Zimmer zu huschen auf einen Schluck, und während Schnabel ihr an die Wäsche ging, würde sie so was sagen wie: ›Du, ich fühl mich so schlecht, Kevin, normalerweise mache ich so was gar nicht!‹

Und dann, Tataaa, würde ich meinen Auftritt haben!

Aus dem Fernseher drang eine Sirene, und der Moderator verkündete, dass Raab das Fußballspiel mit 4 : 3 gewonnen hätte. Im Bad wurde ein Wasserhahn betätigt, und dann kam ein Mann ins Wohnzimmer, wie ich ihn bisher nur von den Calvin-Klein-Unterwäsche-Verpackungen kannte: ein Mann, neben dem sich jeder halbwegs normale Geschlechtsgenosse ausnimmt wie eine behaarte Qualle. ›Solche Männer gibt's doch gar nicht‹, hatte ich immer gescherzt, als ich mit Sina vor ebendiesen Unterwäscheregalen stand und die kleinen Kartons mit den Shorts nach Größe 7 durchsuchte. Erst im afrikanischen Schrank ahnte ich nun, warum Sina nie wirklich mitgelacht hatte: Insgeheim wusste sie schon damals, dass es solche Männer gab, ja, sie wartete nur auf eine Gelegenheit, sich einen zu schnappen. Und so einer Frau hatte ich vertraut!

Ich ärgerte mich über meine Naivität und über Schnabel, und dennoch konnte ich nicht anders, als auf seinen perfekten Körper zu starren wie ein notgeiler schwuler Spanner. Der Kerl war durchtrainiert bis in die letzte Muskelfaser, und so bemüht ich auch durch den Türspalt spechtete – ich konnte keinen einzigen Makel an ihm entdecken. Der Bauch: astreiner Sixpack. Muskeln: nicht zu viel und nicht zu wenig. Körperhaare hatte er auch keine, ich tippte auf brasilianisches Bikini-Waxing, worüber ich vor kurzem einen Bericht gesehen hatte. Kurz: Ironman Schnabel aus Thüringen war das Referenzmodell des perfekten Mannes, und wenn Sina in dieser Sekunde aufgetaucht wäre, hätte ich ihr vermutlich gratuliert, statt ihr eine Szene zu machen.

Schnabel stand direkt vor dem Fernseher, wobei er unschlüssig schien, ob er seine Aufmerksamkeit mehr der Show oder seinem Körper widmen sollte: Schnabel zupfte, begutachtete und drückte, als sähe er seinen eigenen Körper zum allerersten Mal. Seltsamerweise schien er nicht besonders zufrieden damit. Dann tat er mir den Gefallen, sich ein T-Shirt überzustreifen und eine lange Trainingshose, die er – daran hatte ich überhaupt nicht gedacht – zum Glück nicht aus dem Kleiderschrank holte, sondern aus seiner Sporttasche.

Irritiert betastete nun auch ich meine rechte Körperseite, und sofort griff ich in eine gurkendicke Speckrolle. Ich war doch nicht etwa fett? Irritiert strich ich nun auch über meinen Bauch – er fühlte sich an wie ein Luftballon unter einer Tischdecke. Ich war fassungslos: Wie hatte Sina mich denn bitte schön herumlaufen lassen? Warum hatte sie mir nie was gesagt oder zumindest auf meine Ernährung geachtet? War sie denn blind, so was sieht man doch, das musste sie doch stören? Das hätte sie doch mit Leichtigkeit bemerken können, dass da was getan werden musste bei mir. Dann hätte ich mal ein Bier weggelassen oder die große Runde beim Joggen genommen statt der winzigen um den Spielplatz! Egal, denn jetzt war es zu spät, jetzt musste ich den Tatsachen auf ihren Sixpack sehen: Mit Hinterlist war ich gemästet worden von meiner eigenen Freundin mit einem einzigen Ziel: mich im richtigen Augenblick abzuschießen für ein Calvin-Klein-Model aus Weimar. Und dieser Augenblick war nun gekommen. In ein paar Minuten würde Sina hier bei ihrem neuen Alpha-Männchen aufschlagen, und das war's dann. Ich würde meinen Auftritt haben und eine Flasche Schnaps an der Bar, und am nächsten Tag würde ich nach Deutschland zurückfliegen, fett und allein.

Da ich den halbnackten Triathleten aus den Augen verloren hatte, korrigierte ich meine Position im Schrank und fand ihn kniend vor der Minibar wieder. Meine Hoffnung, er würde wenigstens heimlich trinken, löste sich in roten Kalahari-Staub auf, als Schnabel sich mit einer kleinen Flasche Orangensaft zurück auf die Couch setzte. Ich hätte viel gegeben für einen winzigen Schluck, denn die Hitze im Schrank war inzwischen kaum mehr zu ertragen. In jedem Fall war es höchste Zeit, dass Sina kam und mein Leid beendete. Doch sie ließ auf sich warten, und Schnabel vertrieb sich die Zeit, indem er fünf weitere Spielrunden bei *Schlag den Raab* verfolgte, ohne seinen Gesichtsausdruck zu verändern, was eine Kunst war, denn der Kandidat, ein gewisser Hans-Martin, gewann sehr zum Unwillen des Publikums nun auch noch das Schraubspiel und ging in Führung.

Die nächste Stunde war eine einzige Tortur. Während durch Schnabels Zimmer eine angenehme Brise zu wehen schien, wurde es in meinem Schrank heißer und heißer. Um einen Krampf zu vermeiden, hob ich den Kopf ein wenig, wobei die Platte über meinem Kopf nachgab, vermutlich war sie nur aufgelegt und nicht verschraubt. Allmählich wurde mir auch langweilig, denn leider verdeckte der Sessel den Fernseher. In der Werbepause zappte sich Schnabel durch das gesamte TV-Angebot, um schließlich dann wieder bei Pro 7 hängenzubleiben, wo Hans-Martin unter dem Gejohle der Zuschauer eine halbe Million Euro absahnte. Der Schweiß lief mir inzwischen literweise über die Gurkenrollen, auch schien sich der letzte Sauerstoff aus dem Schrank verflüchtigt zu haben. Mein

Rücken schmerzte vom langen Stehen, meine Zunge hatte sich längst in einen Pelz verwandelt, und das Brett auf meinem Kopf tat auch weh. Da schaltete Schnabel den Fernseher aus.

Ich hielt die Luft an und lauschte. Hatte es geklopft? War das nicht Sinas Stimme? Offenbar nicht. Denn statt das Licht zu löschen, machte er noch eines an und setzte sich mit einem roten Buch, das *Nicht mein Tag* hieß, aufs Bett. War das womöglich das vereinbarte Zeichen für das Rendezvous? Licht am Bett nach *Schlag den Raab*? Geschickt war das!

Nach einer weiteren halben Stunde Wartezeit saß Schnabel noch immer lesend auf seinem Bett. So, wie mein Schweiß auf den Schrankboden, tröpfelte nun auch die Erkenntnis, dass es die Möglichkeit zu bedenken gab, dass heute Nacht nicht wirklich mehr was laufen würde. Und mit jeder Minute, die dahinschmolz, wurde die Möglichkeit zur Wahrscheinlichkeit und schließlich zur Gewissheit: Sina hatte die Wahrheit gesagt, nur hatte ich mir leider keinerlei Gedanken gemacht, wie hoch der Preis sein würde, wenn ich dies in Schnabels Kleiderschrank herausfand. Was war ich nur für ein Idiot! Verzweifelt drückte ich den Licht-Knopf meiner Digitaluhr: Sie zeigte 2 Uhr 18. Im Dunkeln hätte ich vielleicht noch entwischen können, doch Schnabel dachte ja gar nicht daran, das Licht auszumachen. Ich war durchgeschwitzt bis zur letzten Haarspitze, die Beine waren taub und der letzte Kubikzentimeter Schrankluft das zehnte Mal geatmet.

Als Schnabel um kurz vor drei endlich sein Buch weglegte und sich einer Ausgabe der Zeitschrift *Triathlon* widmete, gab ich auf. Ich öffnete die Schranktür und trat einfach heraus. Schnabel tat das, was er immer tat: Er starrte mich wortlos an. Meine Exit-Strategie für einen halbwegs erträglichen Abgang hatte ich mir in der letzten Stunde bereits zusammengebastelt.

»Du, Kevin, was ich fragen wollte: Wann ist denn noch mal Frühstück morgen?«

»Um sechs.«

»Weiß ich Bescheid, gute Nacht.«

»No!«

Ironman Schnabel ließ mich davonschwirren wie ein dummes Insekt. Zurück in meinem Zelt-Bungalow leerte ich zwei komplette Flaschen Wasser und ließ mich ins Bett fallen. Die Erleichterung war da, doch leider hatte sie einen peinlichen Pulli an. Ich hatte mich geirrt.

Ich überlegte, ob ich Immovest auf die Mailbox sprechen sollte, dass ich die Wohnung nun doch wieder wollte, und natürlich überlegte ich, ob ich jetzt noch zu Sina sollte, um mich zu entschuldigen. Ein Blick auf die Uhr genügte mir als Antwort: Es war fast halb vier; ein paar Stunden Schlaf würden mir guttun, und morgen war auch noch ein Tag.

Also entledigte ich mich meiner durchgeschwitzten Klamotten und schlich ins Bad. Eine schlechte Idee, waren doch die kleinen Unterschiede zwischen Schnabel und mir recht eindeutig im Spiegel zu erkennen: Hühnerbrust, Bauchansatz und Haare, wohin man schaute. Spontan beschloss ich, wenigstens das dritte Problem gleich anzugehen. Mit meinem Nassrasierer stieg ich in die Duschkabine, drehte das heiße Wasser an und rasierte, was das Zeug hielt. Kraftvoll zog ich die Klinge durch, kein einziges Haar wollte ich mehr sehen! ›Raaaatsch!‹ machte es, wie es bei den echten Männern im Gillette-Spot macht, ›Flaaatsch!‹ klatschte ich den Schaum auf den Boden. Nur – war der nicht normalerweise weiß?

Erschrocken stellte ich das Wasser ab. Ungeübt im Rasieren von Körperteilen, die nicht der untere Teil meines Gesichts waren, bemerkte ich, dass der Boden meiner Duschkabine rot geworden war. Eilig drehte ich das Wasser ab und legte den Rasierer weg. Dann stieg ich stumm aus der Duschkabine und trat erneut vor den Spiegel. Mir stockte der Atem: Ich sah aus wie eine Wasserleiche, die in einen Maschendrahtzaun gefallen war; und hätte Calvin Klein für das Foto auf den Unterwäschekartons die Wahl gehabt zwischen einem Haufen Scheiße und mir, sie hätten den Haufen Scheiße genommen.

Entkräftet tupfte ich meine blutenden Beine und Achseln mit allen zur Verfügung stehenden Handtüchern ab, für den Genitalbereich nahm ich aus hygienischen Gründen Klopapier. Behutsam untersuchte ich die Schnittstellen. Es war unfassbar: Ich hatte mir doch tatsächlich die Sacknaht aufgerissen.

28

Ich war Bahee unendlich dankbar für den Becher mit heißem Tee und den Zwieback. Außerdem durfte ich wegen meiner Magen-Darm-Geschichte die kurze Fahrt zu der eventuell größten Düne der Welt neben ihm auf dem Beifahrersitz verbringen. Warum ich mir als Einziger den Magen verdorben haben sollte, wo ich doch gar nicht beim Abendessen gewesen war, verstand er trotzdem nicht. Wenigstens sah wegen meiner langen Hose keiner meine Schnitte, und im Gesicht hatte ich mich ja nicht rasiert.

Sina war noch saurer als am Tag zuvor. Wusste sie vielleicht schon von meiner Schrank-Aktion? Hatte Schnabel ausgepackt? Aufgeregt blickte ich zu Schnabel: Der saß stoisch da wie immer und veränderte selbst dann seinen Gesichtsausdruck nicht, als er sah, dass ich ihn anschaute. Erleichtert schaute ich wieder nach vorne auf die Piste. Offenbar konnte man sich auch in Krisensituationen darauf verlassen, dass kein unnötiges Wort Schnabels fleischloses Athletenhirn verließ.

Bahee trat den Bus mit ordentlich Schmackes über die Piste, und schon bald tauchten links von uns die ersten roten Sanddünen auf, deren Kanten dank der tiefstehenden Morgensonne messerscharfe Kontraste zeichneten.

»Das gibt super Foddos, da werdet ihr mal staunen, wenn ihr die guckt zu Hause in Deutschland«, versprach uns Bahee über Lautsprecher.

»Und in Österreich!«, ergänzte Speckhut aus Reihe zwei.

»Ja genau«, entgegnete Bahee gewohnt gutgelaunt, »die Österreicher kriegen natürlich auch mal super Fotos!«

Kurz darauf stoppte der Bus auf einem großen Parkplatz vor einer im Morgenlicht glimmenden Düne. Ich sprang als Erster aus dem Bus, riss die Schiebetür auf, und als Sina ausgestiegen war, stellte ich mich zu ihr, meine Hände auf ihren Schultern.

»Sina, bitte! Es tut mir leid!«, begann ich, aber weiter kam ich gar nicht, da hatte ich auch schon wieder Luft unter den Händen statt Schultern.

»Nein, Matze, jetzt wartest DU mal!«, fuhr sie mich an und drehte sich weg.

Die Gesichter meiner Mitreisenden verrieten mir, dass es sich nicht nur für mich so anhörte, als würde ein Gespräch in diesem Augenblick keinen Sinn machen. Trixi schüttelte mit krausgezogener Stirn ihren weißen Kopf, Breitling mahnte mit flacher Hand zur Ruhe, und Bahee legte gar den Arm um mich.

»Auf was soll ich denn warten?«, fragte ich ihn.

»Matze, schau mal: Das, was da so schön am Glühen is und rechts noch ganz schwarz, das ist der Big Mama!«

»Ja und?«, fragte ich irritiert.

»Ja, da latschen wir jetzt ma hoch, das entspannt! Okay?«

»No!«, sagte ich und weiß bis heute nicht, warum, dann begannen wir den Aufstieg.

»Und wir müssen die Lokomotive da mal einholen, den Pepi und die Kevin!«, feuerte Bahee mich an. Doch mich interessierte eher der hintere Teil der Gruppe, in dem auch Sina war. Ich musste einfach mit ihr sprechen! Verunsichert blickte ich zurück, dann rief ich:

»Siiiina?«

Ein wenig verängstigt hob Sina den Blick.

»Hast du nicht noch meine Sonnencreme?«

Sie reagierte nicht, obwohl ich deutlich zu hören gewesen sein musste, denn nun zog Bahee wieder an meinem Sweatshirt. »Der bringt jetzt nix, Matze!«

Ich gab dennoch nicht auf.

»Du weißt schon, die Lancaster Sun Sport mit Multi Protection!«, rief ich, und nur Sekunden später bekam ich meine orange Tube Lancaster Sun Sport mit Multi Protection. Und zwar von Schnabel.

»DU hast meine Sonnencreme?«, stotterte ich.

»No!«

Sprach's und lief allen davon. Entgeistert präsentierte ich Bahee die Creme.

»Komm, Junge«, sagte er beschwichtigend, »hier mal weiterlaufen, ne!«

Ich steckte all meine Wut in die Besteigung von Big Mama. Als Erstes zog ich an Seppelpeter vorbei, der in seinem grünkarierten Wanderhemd verwundert Platz machte. Dann passierte ich Professor Speckhut, der es sich trotz meines angespannten Gesichtsausdrucks nicht nehmen ließ, mir einen Kalauer zwischen die Beine zu kloppen.

»Wos is des, Matze, wenn i a türkisches Fladenbrot hier in den Sand leg?«

»Düne Kebab!«, kloppte ich trocken zurück, vernahm ein respektvolles »Richtig!« und ließ auch ihn hinter mir. Mein Atem ging schwer inzwischen, das Laufen im Sand war alles andere als einfach, rutschte man doch mit jedem Schritt wieder ein Stück in die Richtung, aus der man gekommen war.

»Nicht auf die Grat latschen!«, hörte ich Bahee von hinten rufen, was eine recht nutzlose Warnung war, da ich gar nicht wusste, was ein Grat sein sollte. Ich wollte einfach nur laufen.

Ich blickte nicht nach unten, ich blickte nur nach vorne, und dort gab es jetzt nur noch Schnabel, und nach Schnabel gab es nur noch das Dünenmeer und dahinter: das Ende der Welt.

Schnell hatte ich zu Schnabel aufgeschlossen, der in seiner engen Gore-Tex-Wanderhose mit nahezu provozierender Leichtigkeit einen Schritt vor den anderen setzte. Was für ein jämmerlicher Klischeeclown dieser Kerl doch war mit seiner Hightech-Jacke und der riesigen Ray Ban auf der gebräunten Glatze. Sollte er doch verrecken an einer Überdosis Anabolika oder erschlagen werden von seinen mitgebrachten Gewichten. Noch ein paar Meter nur, dann hatte ich den Proteinprimaten erreicht, und dann würde ich trotz schmerzender Sacknaht an ihm vorbeiziehen, und dann würden wir ja sehen, wer als Erster durchs Ziel geht und wer als 1011.! Ha! Noch zwei, drei Schritte vielleicht, dann würde ich ihn aus meinem Leben drücken, und nichts mehr würde den Weg zum Gipfel versperren, und dann würde auch Sina sehen, jaaaa, selbst Sina würde sehen, dass sie einen echten Mann zum Freund hat.

Wir hatten uns bereits eine ordentliche Höhe erkämpft, gute zweihundert Meter musste es nach unten gehen. Zu meiner Linken lag der Parkplatz mit den nunmehr winzigen Bussen, rechts unten erstreckte sich eine ausgetrocknete weiße Senke mit verdörrten Bäumen. Ich lief jetzt direkt neben Schnabel, was wegen der steil abfallenden Düne nicht leicht war, aber irgendwie musste ich ja vorbeikommen. Schnabel verlangsamte sein Tempo und blickte mich verwundert an.

»Hast du Alkohol getrunken gestern?«

»No!«, sagte ich, und was dann folgte, war eher ein Reflex als eine bewusste Handlung. Mit einer solchen Wut drückte ich Schnabel zur Seite, dass er kopfüber den steilen Dünenhang herunterrauschte, sich mehrfach überschlug und erst kurz vor einem glänzend weißen Flussbett an einem Leg-dich-mal-ordentlich-auf-die-Fresse-du-Arsch-Strauch zum Halten kam. Ich blendete die Freude darüber ebenso aus wie das Stimmengewirr hinter mir, denn ich musste ja weiterlaufen, immer weiter und immer höher den Kamm der Düne entlang, oder war es ein Grat? Na jedenfalls musste ich doch bis zu dem Punkt, wo die Dünenspitze mit dem Horizont da mal verschmilzt, und Meldung machen, dass ich Erster war!

Schritt und Atmung bildeten nun ein gutes Team, auch machte mir die Hitze nichts mehr aus, und schon bald würde ich am Ende der Welt ankommen, wo die Luft klar war und kühl, die Mädchen frisch und lieb und Triathlon verboten. Dort oben, am Ende der Welt würde DJ Seppelpeter neben dem Waffelstand von Herrn Pfingst mit einem riesigen Kopfhörer fette Electrobeats auflegen, nur für mich und Sina. Auf einer Lancaster Sun Sport Tube würde sie lächelnd herbeischweben und mir einen feuchten Kuss auf die Lippen drücken, und dann würden wir gemeinsam Mandeln essen und Glühwein trinken so wie damals auf dem Weihnachtsmarkt und dann mal in ein chilliges Klangbett hupfen und schnäbeln, was das Zeug hält, und mit unserem Bett versinken in einem heimeligen Brei aus Liebe, Harmonie und Düne Kebab. Kein Stress mehr, kein Streit mehr und keine bösen Worte mehr, Worte wie:

»Sag mal, bist du jetzt komplett bescheuert?!?«

Das war zwar eine Frauenstimme, doch klang sie nach allem anderen als nach zu heimeligem Brei geschmolzener Liebe. Ich bemerkte, dass mein Mund recht feucht, ja geradezu nass war.

»MAAATZZZEE!!!! Maaatze!!! Du musst hier mal trinken, ne!«, befahl mir eine Männerstimme. »Hörst du? TRINKEN!«

Jaaaa ... ich trank ja schon – vielleicht nicht viel, aber ich trank doch brav, warum schrie mich denn dann ein Mohr an? Ich trank und trank, und mit jedem Schluck merkte ich umso mehr, dass ich gar nicht mehr am Laufen war! Ich war vielmehr am Herumliegen, und zwar im rostroten Sand einer ziemlich hohen Düne, und am Starren war ich, und zwar auf einen Farbigen, einen Sportler im blauen Poloshirt und eine hübsche Schwarzhaarige mit weißer Mütze, die ich von irgendwoher zu kennen glaubte. Die schwarzhaarige Frau legte mir ein kühles, feuchtes Tuch auf die Stirn und sah sehr besorgt aus. Sie hatte wirklich schöne braune Augen und ein schmales, mädchenhaftes Gesicht mit ganz süßen Grübchen an den

Mundwinkeln. Ob ich sie wohl küssen durfte irgendwann? Doch als ich mich nach oben drückte, da wurde es wieder eiskalt auf meiner Stirn. Es muss eine gute Minute gedauert haben, bis ich die Frage in meinem Kopf in hörbare Worte umgewandelt hatte.

»Wie kriegt ihr denn das Tuch so kühl?«

»Kühlakku!«, antwortete der Sportler mit der Stubenfliegenbrille wie aus der Pistole geschossen.

»Kühlakku, echt?«

»No!«

Langsam drehte ich meinen Kopf zum Schwarzen.

»Hallo!«, lächelte ich und wurde sofort wieder mit Wasser begossen. Was sollte das denn? Bräsig schwappte mein Blick über alle Gesichter, am schwarzen blieb er erneut hängen.

»Wir sind gar nicht am Ende von der Welt, oder?«

»Du bist vor allem hier mal komplett dehydriert wie eine Zombie immer weitergelaufen, ne!«, antwortete er, und mir fiel auf, dass er eine verblüffende Ähnlichkeit mit Bahee hatte, meinem Guide von der Namibia-Rundreise.

»Wie ein Roboter!«, ergänzte die süße Schwarzhaarige, die nun plötzlich aussah wie meine letzte Freundin, »der Einzige, der die Kondition hatte, dich einzuholen, war Kevin! Der hat dir das Leben gerettet!«

Da schnappte mein Oberkörper nach oben, als hätte jemand einen Defibrillator auf der Brust gezündet. »KEVIN!«

Doch schwarze Mann staaark, mich fesde nach unde druck.

»TRINK!«

Verwirrt nahm ich einen Schluck aus einer zweiten Flasche Wasser, die der unsympathische Typ im blauen Polo für mich geöffnet hatte. Und dann war leider die komplette Erinnerung wieder da.

»Geht wieder, danke«, murmelte ich, das Sprechen fiel mir noch schwer. Ich blickte in erleichterte Gesichter.

»Aber wisst ihr, was echt … was echt bitter ist für mich?«

»Was?«, fragte Sina und strich mir vorsichtig über die Haare.

»Dass mir ein Arschloch das Leben gerettet hat!«

29

Man behandelte mich nun mit respektvoller Vorsicht, so wie man eine Bombe aus dem Zweiten Weltkrieg behandelt, zu deren Entschärfung noch die notwendigen Spezialisten fehlen. Immerhin – und das allein schien ein Fortschritt – nahm ich nun einfach nur zur Kenntnis, dass alles immer verwirrender wurde, und platzierte mich für die Fahrt nach Swakopmund zum ersten Mal freiwillig auf Seppelpeters Rückbank. Im Gegensatz zu Trixi, die mir noch vor der Abfahrt mehrere Male gesteckt hatte, wie charakterlich schwach es war, den armen Kevin zu schubsen, begnügte der alte Franke sich mit dem Ratschlag, ich solle mich was schämen. Am meisten erstaunte mich allerdings Schnabel: Der schien sich über gar nichts zu wundern, und entweder hatten ihn schon in der FDJ die anderen kleinen Triathleten dermaßen aufgezogen, dass er das hier alles normal fand, oder er hatte tatsächlich ein schlechtes Gewissen wegen Sina.

Die sprach zwar nicht mit mir, sorgte sich aber trotzdem. Sie hatte nichts mit Schnabel, aber er hatte meine Sonnencreme. Die Reise? Sie würde zwangsläufig irgendwann enden. Die neue Wohnung? Was für ein Witz! Nicht mit Sina sprechen konnte ich auch in der alten Wohnung.

Bemerkenswert fand ich allerdings, dass mein Körper auf der Düne das erste Mal von ganz alleine die Flucht angetreten hatte; offenbar war nun sogar er sauer auf mich. Und dennoch: Trotz meiner zerklumpten Stimmung kämpfte sich ein zarter Trieb der Freude durch die harte Kruste aus trüben Gedanken. Ja, ich freute mich ein bisschen auf Swakopmund und die Freiheit, die sie bringen würde, denn dort in der Stadt würde es Geschäfte geben, Bars, Internetcafés und einen großen Strand mit frischer Seeluft. In einer Stadt konnte ich machen, was ich wollte.

»Swakopmund«, so knatterte Bahee durch die Deckenlautsprecher, »da sagen die Leute, das ist die deutscheste aller namibischen Städte, ne!«

»Na, herzlichen Glückwunsch«, kommentierte Speckhut zynisch.

»Du bist neidisch, weil ihr nie ne Kolonie hattet, oder?«, grinste Breitling.

»Mir hatten scho eine!«, konterte Speckhut.

Breitling grinste. »Stimmt! Den Wiener Wald in Düsseldorf! Ha!«

»Mosambik!«, knautschte Speckhut verschnupft zurück. »Unsere Kolonie war in Mosambik!«

»Ach komm, hör auf!«

Trixi hatte ihr Notizbuch geöffnet und eine weitere Frage.

»Und ... wie viel Deutsche wohnen jetzt noch hier?«

»Na, also Deutsche direkt so sagt man nicht, ne, aber so jeder Fünfte ist da deutschstämmig, also von die Wurzeln mal her. Die haben auch Karneval und Bratwürste und Schwarzwälder Kirschtorte und so.«

»Und ... essen wir eigentlich auch mal afrikanisch?«, fragte Trixi neugierig.

»Was ist denn afrikanisch für dich?«, hakte Bahee nach.

»Och, ich weiß das gar nicht ... aber Bratwürste halt nicht!«

»Da siehst du mal, Trixi, das ist deine Fehler dann mal hier im Kopf. In Namibia, Bratwürste sind ziemlich afrikanisch!«

Trixis Blick ruhte noch mehrere Sekunden auf Bahee, doch es kam nichts mehr. Unschlüssig, ob sie etwas in ihr Notizbuch schreiben sollte oder besser nicht, klappte sie es schließlich zu.

Entlang einer gigantischen Pipeline ging die Fahrt hinab zur Küste. Immer grauer und unwirtlicher wurde die Umgebung und immer fahler der Sand; und erst als ich schließlich glaubte, irgendwo in Russland zu sein, da tat sich in der Frontscheibe unseres Toyota Quantum der tiefblaue Atlantik auf mit einem überraschend hübschen, bunten Städtchen davor. Ich staunte nicht schlecht, als wir hineinfuhren, denn man meinte nicht, dass die Zeit der deutschen Kolonialisten schon vor einem guten Jahrhundert abgelaufen war. Wir passierten ein Café namens »Treffpunkt«, eine Einkaufspassage namens »Ankerplatz« und das »Bismarck Medical Center«.

»Wenn du mal eine Arzt hier sehen willst, Matze!«, krächzte Bahee aus den Lautsprechern und deutete auf den Haupteingang. Ich wollte nicht.

Wir checkten im Hansa-Hotel ein, einem unspektakulären, grauen Flachbau, der so aussah, als hätten ihn DDR-Architekten im Rotkäppchenrausch errichtet. Wie ich bereits vermutet hatte, wurde mir ein Einzelzimmer zugeteilt. Ich glaube auch, dass Sina mich hoffnungsvoll angeschaut hat, als ich stumm nach meinem Zimmerschlüssel griff, allerdings vermied ich es, sie anzusehen, sie konnte sich ja melden, wenn sie wieder Lust hatte, mit mir zu sprechen. Als ich mich schließlich aufmachte, die Treppe zu meinem Zimmer hochzusteigen, da hoffte ich kurz, Sina würde mir folgen, doch trat ein jeder meiner einsamen Schritte diese Hoffnung platter, bis sie sich auflöste.

Mein Einzelzimmer wirkte trotz der hässlichen Vorhänge und altmodischen Lampen recht gemütlich, es gab sogar eine Minibar, doch trinken wollte ich in diesem Zimmer nichts. Mit einem Whisky in der Hand auf die gelbe Tapete des düsteren Zimmers starrend, hätte ich mich nur gefühlt wie ein alleinstehender, suizidaler Handelsvertreter nach einer Woche ohne Abschluss. Ich musste raus aus dem Hotel und rein in die Stadt, und zwar so schnell wie möglich. Vorsichtig schlüpfte ich in eine frische Hose und knöpfte ein sauberes Hemd zu. Ich schloss die Zimmertür hinter mir, trat schließlich vor das Hotel, und dann ... ging ich einfach los.

Es war ziemlich frisch und windig, viel frischer als bisher in Namibia. Die Straßen, durch die ich lief, wirkten auf eine seltsame Art und Weise unwirklich. Hatte ich auf den ersten Metern wegen der kulissenhaften Holzhäuser noch den Eindruck, durch eine amerikanische Kleinstadt zu schlendern, so wähnte ich mich bereits eine Ecke weiter in einem norddeutschen Seebad. Es gab eine Fußgängerzone, allerdings ohne Panflötenspieler, es gab ein Brauhaus mit dem Slogan ›Hopfen und Malz, Gott erhalt's!‹ ebenso wie die Swakopmunder Fleischerei samt Imbiss mit Leberkäse. Da ich seit Ewigkeiten nichts gegessen hatte, ging ich hinein und orderte einen original afrikanischen Leberkäse mit Bratkartoffeln, den ich an einem Stehtisch geradezu in mich hineinschlang.

In einer Shopping-Mall stand ich dann plötzlich vor einem Internetcafé. ›12 Namibische Dollar für 30 Minuten‹, hieß es an der Tür. Vorgestern noch hätte ich 1200 Dollar für drei Minuten bezahlt. Ich drückte meine Nase ans Fenster, und schließlich ging ich doch hinein und kaufte eine halbe Stunde. Als ich jedoch vor dem Bildschirm saß, fiel mir nichts ein, was ich im Internet hätte machen können, und die Wohnung hatte ich ja schon abgesagt. War das nun gut oder schlecht? Ich wusste es nicht mehr. Also trank ich einfach nur meinen Kaffee und starrte auf die bunten Desktop-Symbole. Schließlich fiel mir doch noch was ein, also öffnete ich den Browser und googelte »Österreichische Kolonien«. Es gab tatsächlich eine: 1877 erwarb Österreich von einem afrikanischen Häuptling einen Hafen in Mosambik, besetzte ihn mit zehn Mann und erklärte ihn zur Kolonie. Keine vier Jahre später ging die Bucht samt Hafen an Portugal verloren. Das war's. Respekt!

In der Adler-Apotheke kaufte ich eine große Tube Wund- und Heilsalbe, wobei ich auf Deutsch bedient wurde. Ich fragte mich, ob es sich gehörte, im tiefsten Afrika eine Wundsalbe auf Deutsch zu kaufen oder ob das schon sprachlicher Neokolonialismus war. Wie sahen die Namibier das denn eigentlich, und waren die Leute in der Apotheke überhaupt noch Deutsche oder schon Namibier, und wenn ja, warum sprach der weiße Apotheker in Keetmanshoop so komisch und der schwarze hier ohne jeglichen Akzent? Meine Verwirrung war komplett, als im EuroSpar eine weiße, deutsch aussehende Supermarktangestellte kein einziges Wort meiner Frage »Entschuldigung, wo stehen denn hier die Getränke?« verstand. Erst als ich die Frage auf Englisch wiederholte, führte sie mich zu den riesigen Kühltheken, wo es fast jede erdenkliche Biersorte gab, von Erdinger Weizen über Beck's bis hin zum Tafel Lager. Ich kaufte eine Dose Red Bull.

Kurz darauf erreichte ich den Strand, wo ein rotweißer Leuchtturm das trügerische Bild eines norddeutschen Seebades komplettierte. Seltsam waren lediglich die Palmen. Oder war doch der Leuchtturm seltsam? Passten die Palmen nun nicht zum Leuchtturm oder der Leuchtturm nicht zu den Palmen? Ich wünschte mir Bahee herbei, der vermutlich grinsend gesagt hätte: ›DU passt mal nicht hierher, ne, weil du dir mehr Kopf machst als alle Leute hier mal zusammen!‹

Ich musste schmunzeln bei dem Gedanken und zog meine Schuhe aus, um den Strandspaziergang barfuß fortzusetzen. Ich zog sie schnell wieder an, denn der Sand war viel zu kalt. Trotz des blauen Himmels und der 17 Grad, die ich auf einer Anzeigetafel in der Stadt gesehen hatte, schien dies nicht wirklich ein Badestrand zu sein, und dementsprechend unbevölkert war er auch: Lediglich ein einziger, abgehärteter Rentner hatte sich ein gutes Stück weiter in den Sand gesetzt und starrte ebenfalls hinaus in den tosenden Atlantik. Der Strand selbst war riesig, ein bisschen gräulich vielleicht, aber sonst gepflegt. Eine Promenade gab es nicht, die Grundstücke der bunten Ferienhäuser grenzten unmittelbar an den Strand, die Fensterläden waren verschlossen. Vielleicht saßen deren Eigentümer ja gerade in ihren Windhoeker Büros und kamen nur am Wochenende her? Ich lief ein paar Meter, dann setzte ich mich, vorsichtig wegen meiner noch schmerzenden Schnitte, auf die Mauer eines knallgelben Ferienhauses und öffnete mein Red Bull. Ich nahm einen Schluck, und noch während die pappsüße Brause in mir versickerte wie flüssige Gummibärchen, schaute ich hinaus auf den brausenden Ozean und fragte mich, was Sina jetzt wohl machte und was um alles in der Welt schiefgelaufen war, dass ich nun alleine hier saß statt mit ihr. Eine Möwe ließ sich wenige Meter vor meiner Mauer nieder, sah mich und flog lachend wieder davon. Trotzig leerte ich meine Dose und betrachtete den Supermarkt-Kassenzettel, den ich unsinnigerweise mit zum Strand genommen hatte. Unter der Gesamtsumme und dem Namen der Kassiererin (Johanna) stand: ›LIFE IS GREAT! SPAR, GOOD FOR YOU.‹

Ich formte eine Kugel aus dem Zettel und steckte ihn zusammen mit dem angeblich so großartigen Leben in die leere Dose. Die wiedergewonnene Einsamkeit, sie erfreute mich nicht. Statt mir Ruhe zu geben, trübte sie meine Gedanken nur weiter ein. Seufzend stellte ich die leere Dose auf mein Mäuerchen, blickte hinaus auf den Atlantik und füllte meine Lunge mit der salzigen Meerluft.

Ich fühlte mich seltsam fremd. Nicht nur ortsfremd, auch seelenfremd. Ich fühlte mich, als wäre ich zu Besuch in meinem eigenen Leben. Leider war es die Sorte von Besuch, bei der man am liebsten gleich wieder gehen würde, es aber aus Höflichkeit nicht wagt. Muss man denn höflich sein zu sich selbst? Oder doch besser ehrlich? Man konnte meinen Zustand natürlich auch mit einem ganz simplen Bild beschreiben: Ich war irgendwie … am Arsch!

Erst spät bemerkte ich, dass der Rentner aus dem Sand aufgestanden war und langsam auf mich zutrottete. Es war Speckhut, den ich ohne seine hässliche Kopfbedeckung gar nicht erkannt hatte. Auch er wirkte ein wenig kraftlos, sein sonst stets präsentes clowneskes Grinsen war jedenfalls verschwunden.

»Na, Matze, was moachst?«

»Ich sitz nur so und guck.«

Speckhut nickte und verharrte ein wenig unsicher vor mir.

»Ich hob mi grad g'fragt ... vielleicht magst a Bierchen trinken mit mir in der Stadt!«

Verdutzt blickte ich Speckhut an. Dann griff ich die leere Red-Bull-Dose, sprang in den Sand, und gemeinsam stapften wir den Strand entlang.

30

Die ersten beiden Biere waren schnell getrunken. Speckhut und ich saßen an einem großen Holztisch im Swakopmund-Brauhaus, einem volkstümlich eingerichteten Restaurant mit grünen Tischdecken, einer langen Holztheke und Nationalflaggen aller Herren Länder an der Decke. Schnell war klar: Speckhut war noch frustrierter als ich. Schon nach dem dritten Bier gestand er mir, dass er seine eigene Frau für einen Drachen hielt.

»Als i noch unterrichtet hab, da war ois in Ordnung, aber jetzt wo i dahoam bin – weißt, Matze, manchmal hob i grad des G'fühl, dass i stör. Wos immer i mach im Haus: 's is folsch! Sie hot ja noch ihr'n Laden, aber kaum isse dahoam, geht das Gezeter los. Ois mach i folsch, nix richtig!«

»Dann mach doch einfach nix.«

»Scho probiert – is a falsch. Dabei hot i mi richtiggehend g'freut auf meine Pensionierung. Aber dass des jetzt so hart wird, des hätt i net denkt.«

Ich wusste nicht so recht, was ich sagen sollte, denn ein Beziehungsexperte war ich ja nun auch nicht gerade. Vorsichtig fragte ich Speckhut, ob er nicht vielleicht ein Hobby habe, das er unabhängig von seiner Frau betreiben könne.

»Hobby? Hob i längst.«

»Was denn?«

»Na, des weißt doch!«

»Hilf mir, ich komm nich drauf.«

»Reimen tuat ka Bahee und ka Matze Klein, reimen tu nur ich allein! I schreib Gedichte!«

Ich nahm einen Schluck Bier in der Hoffnung, dass das Pilsglas wenigstens einen Teil meines erstarrten Gesichts verdecken würde.

»Na jedenfalls, des macht ma Spaß, des hält mich über Wasser. Drei klane Banderl hob i scho. Wenn du Lust hast …«

Ich war dem Kellner sehr dankbar, der uns just in diesem Augenblick darauf hinwies, dass die Gäste, die unseren Tisch für 19 Uhr reserviert hatten, bereits an der Bar warteten. Wir zahlten und gingen nach draußen, wo wir zunächst unschlüssig herumstanden. Schnell hatten wir unsere Gemeinsamkeit gefunden: Keiner von uns wollte zurück ins Hotel. Also spazierten wir einfach noch ein bisschen durch die Stadt. Keine zwei Ecken weiter stießen wir auf einen weiteren Gruppenverweigerer: Max Breitling. Mit schmaler Lesebrille und grauem Gesicht studierte er die Angebote im Schaufenster einer Immobilienagentur.

»Wühst die niederlassen?«, überraschte ihn Speckhut, worauf Breitling sich erschrocken umdrehte und die Brille abnahm.

»Ich … hab nur mal nach den Preisen geguckt. Ihr seid auch nicht beim Abendessen?«

Beide schüttelten wir den Kopf. Dann sagte Speckhut: »Mir könnten ja auch zu dritt essen!«

Auch Breitling hielt das für eine gute Idee, und kurz darauf saßen wir am Ecktisch einer rustikalen Gaststätte, die ebenso in jeder deutschen Kleinstadt hätte sein können. Entsprechend las sich die Speisekarte.

»Die haben Spätzle!«, wunderte sich Breitling.

»Und Cordon Bleu mit Pommes auch!«, ergänzte ich.

»Also i nehm in jedem Fall was original Namibisches!« Grinsend schlug Pepi Speckhut die Karte zu, und erst nachdem wir ihn lange genug fragend angeschaut hatten, entsicherte er seine Pointengranate: »A Jägerschnitzel. Hahaha!«

Noch während des Lachens über seinen Witz, den wir im Übrigen erst verstanden, nachdem er uns erklärt hatte, dass Namibia ja auch ein Jagdland sei, schien er es dann plötzlich mit der Angst zu tun zu bekommen.

»Sagt's amal: Sollt ma unseren Frauen net wenigstens Bescheid gem?«

Breitling und ich schauten uns an, die Frage kam zeitgleich: »Warum?«

»Weil … die wer'n sich Sorgen machen«, gab Speckhut zu bedenken.

»Ich weiß nicht«, grummelte Breitling, »wir sollten auch mal Spaß haben, nach all dem ganzen Gezicke.«

»Absolut!«, sagte ich, und somit war Speckhut auf der ersten ordentlichen Sitzung der Swakopmunder Separatisten mit 2 zu 1 überstimmt. Wir blieben in der Gastwirtschaft, verputzten drei Jägerschnitzel, drei Runden Bier, je zwei namibische Pampelmusen-Schnäpse und eine komplette Schachtel Marlboro.

»Also, ans muss i dich jetzt amal fragen, Max!«, unterbrach Speckhut den ersten stillen Moment unseres Abends mit bereits leiernder Stimme. »Weil … du hast ja a ganz schön junge Freundin!«

Breitling lachte. »Schon wieder neidisch?«

»Gar net«, empörte sich Speckhut, »mich interessiert's halt nur!«

Breitling legte seinen Arm um Speckhut. »Weißt du, Pepi, wenn du in meinem Alter ne junge Maus haben willst, dann hast du ja nur zwei Möglichkeiten: Entweder du siehst aus wie George Clooney, oder du hast eben Geld.«

Stumm schauten wir Breitling an. Dann sagte Speckhut: »Du hast Geld, oder?«

Für einen Moment sah es so aus, als wisse Breitling nicht, ob er nun lachen sollte oder beleidigt sein. Da schlug er mit der flachen Hand auf den Tisch und rief: »Wisst ihr was? Jetzt lassen wir's mal so richtig krachen!«

Eine neue Runde Bier wurde gebracht, und wir stießen auf die Swakopmunder Separatisten an.

»Wir müssen des anders nennen!«, dudelte Speckhut und griff seltsam roboterhaft zu seinem Glas.

»Warum?«, fragte ich.

»Na wegen der Abkürzung. SS, des geht net!«

»Na, dann halt Swakopmunder Abweichler!«, schlug Breitling vor, als plötzlich ein aufgeregter Bahee in den Pub stürzte. Er war recht blass im Gesicht für seine Verhältnisse und rollte mit den Augen, als er uns entdeckte.

»Mensch, hier seid ihr! Die Frauen suchen euch doch, ne!«

»Und das is auch gut so!«, knatterte Breitling ihm entgegen. »Setz dich!«

Wir rutschten auf, und Breitling orderte eine frische Runde Schnaps, was nichts daran änderte, dass Bahee einigermaßen sauer auf uns war.

»Aber jetzt mal ohne Flachs, ne, da musst ihr doch mal Bescheid geben!«

»Nächstes Mal!«, grinste Breitling, und zack, hatte auch Bahee ein Schnapsglas vor der Nase.

»Was is da drin?«, fragte Bahee neugierig.

»Blödsinn«, antwortete Breitling, »flüssiger Blödsinn. Prost!«

»Swakopmunder Abweichler is a schlecht!«, murmelte Speckhut mehr zu sich als zu uns und hob sein Glas. Zack lief der Blödsinn in unsere Rachen. Doch mit einem einzigen Schnäpschen ließ Bahee sich nicht ablenken: »Jungs, trotzdem mal, ne: Ich sitz da mit drei aufgeregte Frauen, die steinalte Seppelpeter und der langweilige Sportler da, der in seine Menü da rumpickt wie ein Vogel, und weiß nicht, was da mal los ist, ne.«

»Na, jetzt weißt du's ja«, johlte Breitling und klopfte Bahee freundschaftlich auf die Schultern, »wir haben Männerabend!«

»I hab drachenfrei, und ihr seid's a dabei!«, nudelte Speckhut feixend, schloss ein Auge und balancierte das leere Schnapsglas kurz auf seiner Stirn. Es blieb stehen – offenbar war es nicht das erste

Mal, dass er diesen Trick machte. Wir klatschten begeistert Applaus. Frisch gepflückte Pampelmusenschnäpse kamen.

»Für eine Männerabend in Swakop«, raunte Bahee konspirativ, »da könnt ihr aber nicht hier in Kücki's Pub bleiben, ne, da muss man mal in eine andere Bar auch da latschen, ne!«

Speckhut beugte sich neugierig nach vorn. »Wos für a Bar denn?«

Bahee setzte sein berühmtes Schmunzeln auf. »Eine mit Fraue drin!«

Zwei Straßen weiter saßen wir mit Gin Tonics auf der Fensterbank vom Grünen Kranz, einer quirligen Bar, in der weiße wie schwarze Namibier ihre Drinks nahmen, quatschten und Billard spielten. Aus den Lautsprechern dröhnte Rockmusik im Stil von Linkin Park, Billy Talent und Kid Rock. Sogar Speckhut rauchte nun von Breitlings Zigaretten, ich wusste aber nicht, ob er's noch mitbekam, denn es war offensichtlich, dass er sich einen Tacken zu früh in Hochform getrunken hatte und nun nur noch auf Standby lief.

Bahee kramte sein Handy aus der Hosentasche, drückte kurz darauf herum und zeigte es uns stolz. Auf dem Display war eine sehr attraktive Frau Typ Rihanna zu sehen. Mit einer kecken, asymmetrischen Frisur blickte sie verschmitzt in die Linse.

»Das ist die Novy, von die ich dir erzählt hab, ne! Den Foddo hab ich noch in El Cubano mal geknipst vor die Tour.«

»Rakete, die Maus!« Breitling nickte anerkennend und reichte Handy samt Foto an Speckhut weiter, der es kurz mit einem Auge betrachtete, aber unbeeindruckt wieder zurückgab.

»Und ... biste da dran, oder was is?«, fragte Breitling neugierig.

Bahee seufzte: »Ich bin schon dran, aber ich werde mal kämpfen müssen für die erste richtige Date.«

»Wir sind alle ein bisschen am Kämpfen, glaube ich.« Zwinkernd hob Breitling sein Glas: »Prost!«

Speckhut, der aus unerfindlichen Gründen sein verschlossenes Auge mit dem Zeigefinger piekste, verweigerte das Anprosten mit übertriebener Dirigenten-Geste.

»Von wo kommt die her, deine Raketenmaus?«, fragte Breitling.

»Sachsen-Anhalt«, antwortete Bahee.

»Du verarschst mich!«

»Nee, stimmt schon. Die Novy, die ist in die DDR groß geworden, und jetzt arbeitet die in die Warehouse Theatre direkt neben die El Cubano.«

»Und als was?«, lachte Breitling, »als Ossi?«

»Höhöhöhö!«, gluckste Speckhut, als habe ihn jemand kurz zum Lachen eingeschaltet, fiel dann aber wieder in sich zusammen.

»Nee, die is da Maintenance Manager oder so, da muss die mal schauen, dass alles immer top notch in Schuss is, bevor die Leude reinlatsche, ne.«

Ich fragte Bahee, ob er auch schon mal eine weiße Freundin gehabt habe. Er machte ein geheimnisvolles Gesicht, und bezeichnenderweise dröhnte ausgerechnet jetzt keine Musik aus den Boxen. Bahee sprach noch leiser, und wir mussten uns alle vorbeugen, um ihn zu verstehen. »Also solche Dinge, das ist naturlich auch Teil der namibischen Geschichte, ne.«

»Ja und? Hattest du?«, hakte nun auch Breitling neugierig nach.

»Aber das ist eine Hochstaatsgeheimdienst!«, lachte Bahee.

»Jetzt komm schon!«, forderte Breitling. »Nix Geheimdienst. Raus mit der Sprache!«

Zu Bahees Erleichterung wummerte nun ein Song von Aerosmith aus den Boxen. »Na ja … es gibt schon solche Geschichte hier, ne, aber das muss man nicht an die großen Glocke hängen!«

»An die großen Glocken hängen!«, lallte Speckhut und »Höhöhö!«, dann konnte Bahee weiterreden.

»Und früher, trotz Apartheid solche Dinger is schon passiert. Da war zum Beispiel der schwarze Gärtner, ne, und wenn der Herr zur

Arbeit ist, da wurde der auch mal zum Kaffee eingeladen, ne. Das war dann ja auch die Reiz für beide, weil es ja verboten war, ne.«

»Ich will keine Geschichtsstunde«, rumpelte Mad Max Breitling, »ich will wissen, ob du schon mal ne Weiße gevögelt hast!«

»Sagen wir mal so«, erwiderte Bahee trocken, »ich weiß, wie so eine Kaffee da mal schmeckt, ne.«

»Und? Wie ist das? Also, als Schwarzer mit ner Weißen?«, wollte ich wissen.

»Genau wie schwarz. Nur sieht man besser, ne!«, lachte Bahee, der das Thema nun mal wirklich hier beenden wollte. Die nächste Runde Gin Tonic war dann der Pass für die Grenzkontrolle ins Alles-egal-Land. Wir passierten ohne Probleme, auf dem Weg zur Herrentoilette allerdings musste ich bereits mühsam Fixpunkte anvisieren, wollte ich nicht drei komplette Tische abräumen.

Speckhut war wieder aufgewacht und stellte inzwischen jedes Glas, an das er rankam, stolz auf seinen Kopf. Es war nur eine Frage der Zeit, bis eines runterfallen und zerbrechen würde.

»Jetzt hob ich's: Swakopmunder Männerclub!«

Was die genaue Abfolge der Ereignisse im Alles-egal-Land anbelangt, so mögen sich Historiker darüber streiten, denn ich kann mich nur noch schemenhaft erinnern. Was ich noch weiß, ist, dass Breitling mir unbedingt eine Rakete vorstellen wollte und dies dann schließlich auch tat. Die Rakete entpuppte sich als eine hübsche südafrikanische Touristin namens Ariane, die zwar fast keinen Busen unter ihrem grünen Trägertop hatte, dafür aber einen kurzen Rock und ein sommersprossiges Gesicht mit winziger Nase. Sie war sehr nett und stellte mir eine Frage nach der anderen: was wir schon gesehen hatten, wie lange wir noch blieben, wo wir herkamen. Ich beantwortete alle Fragen, so gut ich konnte, schließlich musste ich mich zeitgleich noch auf den Beinen halten.

Irgendwann legte die Südafrikanerin mit dem grünen Top dann ihre Hände um meine Hüften und küsste mich. Erst nur auf den

Mund, dann mit Zunge und schließlich mit wachsender Leidenschaft. Ich ließ das mal so geschehen, aus dem einzigen Grund, weil besoffen küssen weniger Kraft kostet, als sich besoffen gegen Küssen zu wehren. Als ich die Augen öffnete, um nicht mit der flachbrüstigen südafrikanischen Rakete in den Nachbartisch zu krachen, sah ich, dass Breitling ebenfalls wild am Fummeln war, und zwar mit meiner Supermarktkassiererin vom Nachmittag.

»Johanna!«, rief ich ihr zu, woraufhin sie verwundert zu mir herüberschaute, »your kassenbong was righty right: Life is great!«

Sie lachte, dann drehte Breitling sie wieder von mir weg. Bei Bahee hingegen war schon wieder Kaffeezeit: Er hatte eine hübsche Blondine im Schwitzkasten. Nur von Speckhut fehlte jede Spur.

»We are doing blödsinn here!«, lallte ich der Rakete ins Ohr und biss ihr in den Nacken. Dann knutschten wir weiter. Bahee hatte recht behalten: Das war schon ein echt guter Schuppen für einen Männerabend, so leicht wie man hier ins Gespräch kam.

Und dann standen plötzlich noch drei Frauen in der Bar, die etwas von uns wollten. Zwei von ihnen sahen sogar gut aus, waren aber nicht ganz so guter Laune wie die übrigen Gäste. Es waren Sina, Brenda und Speckhuts faltiger Hausdrache, die Gruberin. Die Rakete fiel ins Wasser, und der Abend war zu Ende.

31

Die Gruberin war der Meinung, Breitling und ich hätten ihren armen Ehemann aus reiner Gehässigkeit abgefüllt und dann auf dem Damenklo liegen lassen. Sina reagierte besonnener: Sie brachte mich vorwurfsfrei auf mein Zimmer und in die stabile Seitenlage, interessanterweise die gleiche Position, in der ich am Morgen mit pochenden Kopfschmerzen erwachte.

Es dauerte eine Weile, bis ich die letzten beiden Hirnzellen, die ich noch nicht weggesoffen hatte, überzeugen konnte, dass ich der Systemadministrator war und verdammt nochmal Zugriffsrechte zu allen Speicherbereichen hatte. ›Password accepted‹. Ich war im Hansa-Hotel Swakopmund, Namibia.

Noch ein wenig länger dauerte allerdings die Rekonstruktion dessen, was mit einem Bier am Strand begonnen und mit Blödsinn im Grünen Kranz geendet hatte. Ich lächelte. Hatte ich nicht sogar geknutscht? Cool. Und Sina hatte es gesehen! Mein Lächeln gefror, und ich drehte mich um, doch natürlich war der Platz, an dem Sina mich hätte mitfühlend fragen sollen, wie es mir denn ging, leer. Müde wanderte mein Blick durch das Hotelzimmer. Nirgendwo fand sich auch nur das geringste Indiz, dass Sina hier war. Als sich dann auch noch das Badezimmer als komplett frauenfrei erwies, ahnte ich, dass mir zu einer richtigen Versöhnung noch ein nanowinziger Haps fehlen könnte.

Wie immer war ich zu spät zum Frühstück und zu spät am Bus. Der mir zugeteilte Sitzplatz bestätigte allerdings die Vermutung, dass Sina mich nicht bei der nächstbesten Gelegenheit küssen und um

Vergebung betteln würde. Sie saß vorne bei Trixi und Brenda. Ich saß hinten. Hinterrücks hatte man mich in die letzte Reihe zu den anderen Swakopmunder Separatisten gesteckt: Breitling und Speckhut. Wir, die wir bei der Schlacht im Grünen Kranz so heldenhaft um unsere Ehre gekämpft hatten, waren in einem morgendlichen Putsch meuchlings entmachtet worden und zu Gepäck degradiert. Blindwütiges Weibsvolk hatte unsere vorübergehende Schwäche kaltblütig ausgenutzt, die neue Machtverteilung war offensichtlich: vorne die weiblichen Oberbefehlshaber, hinten die hoffnungslos zersplitterte, gegengeschlechtliche Opposition.

Bereits nach einer Stunde hielt Bahee den Bus, damit wir die möglicherweise größte Seerobbenkolonie der Welt bestaunen konnten. Ich war müde und ausgelaugt und dennoch – hier bot sich vielleicht eine Chance, dieses unselige Hin und Her zu beenden. Verlegen schlich ich zu Sina, die neben Brenda und Trixi stand.

»Sina? Es tut mir leid!«, sagte ich und versuchte robbenmäßig zu gucken.

Sina hingegen schaute mich an, als hätte ich Guido Westerwelle auf einer Pressekonferenz gebeten, meine Frage auf Hebräisch zu beantworten. Sie rang sich ein »Schön!« ab, und wie auf Befehl drehten sich alle drei Frauen gemeinsam um und ließen mich stehen wie einen Zyklopen vor einem 3D-Kino. Ernüchtert marschierte ich entlang des wütenden Atlantiks zu Breitling und Speckhut, die auf einem Felsvorsprung standen und ratlos auf die Tausenden von klagenden und stinkenden Seerobben blickten, die sich auf den zerklüfteten Felsen wälzten.

»Und?«, fragte Breitling.

»Ach«, antwortete ich.

»Och«, seufzte Speckhut.

Dann drehte auch ich mich zur tosenden See und sah hinab auf die spritzende Gischt und die schreienden Robben. Sie blökten wie

Schafe. Schafe, die man rasiert und in den Atlantik geschmissen hatte. Stumm und starr wie ein Denkmal vor grauem Horizont standen wir da und ließen das gesammelte Leid der letzten Tage noch einmal Revue passieren, wie es nur Männer können.

Auf der gut zweistündigen Fahrt zum Brandberg kamen dann doch Worte ins Spiel.

»Hast an Zorres kaabt mit deiner Sina?«, fragte Speckhut.

»Zorres? Ich weiß nicht mal mehr, ob sie noch meine Freundin ist. Und du?«

»Ach«, winkte Speckhut ab, »a net schlimmer als sonst!«

In bewährter Geschwindigkeit trat Bahee den Bus über die graue Schotterpiste, die mal wieder von vertrockneten Gräsern gesäumt wurde. In der Ferne ein handelsübliches namibisches Gebirge. Himmel: graublau. Tiere: keine. Beziehung: ungewiss.

»Das ist der Brandbergmassiv!«, informierte uns Bahee. »Und da ist auch der Brandberg mit dabei, das ist der höchste Berg von ganz Namibia!«

»Und des musst du net noch mal sicher machen?«, wienerte Speckhut genüsslich.

»Nee«, strahlte Bahee, »das ist die höchste Berg! Ganz sicher!«

Wir erreichten den Parkplatz einer Lodge, die so hieß wie der höchste Berg und die größte Sehenswürdigkeit: Brandberg White Lady Lodge. Nach dem Robben-Reinfall wollte ich hier in jedem Fall einen zweiten Versöhnungsversuch unternehmen. Kaum hatten sich jedoch die Bustüren geöffnet, da stahl mir ein wanderschuhgroßes Erdmännchen die Show. Schnell wie der Blitz kam es durch einen gespaltenen Baum geschossen, der das Eingangstor der Lodge bildete, und nun wuschelte es krächzend zwischen unseren Beinen herum.

»Das is Carlos, der Maskottchen von die Lodge, der ist eine domestizierte Erdmännchen!«, stellte Bahee uns den Kleinen vor, doch natürlich hörte schon keiner mehr hin; dafür war das kleine Tierchen viel zu süß, wie es um uns herumhuschte und sich schließlich auf seine Hinterläufe stellte, als gehörte es seit zehn Tagen mit zur Gruppe, und uns mit seinen schwarzen Augen musterte. »Ja, so a liabs Viachal!«, rief die Gruberin verzückt, Trixi seufzte »Ohhh!«, und Brenda fragte, ob das ein Weibchen sei oder ein Männchen.

»Er heißt Carlos, Maus!«, knatterte Breitling, »denk doch mal nach, bevor du was fragst!«

Brendas Augen funkelten wütend. »Ich denke, wann ich will, und nenn mich nicht Maus!« Ungeachtet des staubigen Bodens schmiss Carlos sich auf den Rücken und präsentierte uns sein weißes Bauchfell.«

»Ha! Der Carlos, der ist eine Nummer!«, amüsierte sich Bahee.

»Is der hertzig!«, rief die Gruberin, und mit leuchtenden Augen hielt sie Carlos ihre Hand hin. »Und so an klanen Kopf, wie a Apfel! Hertzig! Mag er des, wenn i erm streichel am Baucherl?«

»Des kann i mir net vorstellen«, lästerte Speckhut. »Beim Streicheln bist doch aus der Übung!«

»Hoid di Pappn und mach liaba a Foto für die Nachbarn!«

Bahee überspielte die Situation. »Also den Carlos, den kannst du überall mal kitzeln, aber Bauch und Hals, ne, das mag er am liebsten, da hat der mal Spaß, ne!«

Das ließ sich die Gruberin nicht zweimal sagen, und wie ein Breakdancer drehte sich Carlos auf dem Rücken, als sie ihn kitzelte. Immer wieder schnappte Carlos nach ihrer Hand, aber leider riss er sie nie in Stücke, was mir gut gefallen hätte: ›Ja, so a liabs Viachal, wie's mir so putzig die Hand abg'rissen hat, dass des Blut nur so umanand gspritzt is, ahhh ... ganz hertzig, wirklich!‹ Doch Carlos spielte nur.

Widerwillig übergab die Gruberin schließlich die Kitzelrechte an Sina, der sofort das Herz aufging, als sie über Carlos' braunen Rücken strich und ihn kitzelte an der Seite. Carlos krächzte vor Vergnügen und schnappte nach Sinas Finger. Es war schön, sie so glücklich zu sehen.

»Herrlich!«, strahlte Sina, als sie wieder aus der Hocke kam, doch als sie sah, dass ich vor ihr stand, war es mit der Herrlichkeit vorbei.

»Sina?«, begann ich schwach. »Mal reden?«

»Ich glaub, ich bin noch nicht so weit«, seufzte sie. Trotzdem sah es kurz so aus, als wollte sie meine Hand nehmen. Leider wollte sie nur den Zimmerschlüssel von Bahee, der hinter mir stand. In meiner Ratlosigkeit blickte ich zu Breitling, doch der zuckte nur mit den Schultern, und ich meine, dass sein Mund das Wort ›Weiber!‹ formte.

Mit einem finalen Quieken hoppelte Carlos schließlich davon und stellte sich mit den Hinterläufen neben das Eingangstor der Lodge.

»Der passt auf uns auf, oder?«, fragte Sina verzückt.

»No!«, bestätigte Schnabel, und ich hätte ihm schon wieder eine scheuern können.

Dann wurde das Gepäck ausgeladen, und Bahee kündigte an, dass es in einer halben Stunde schon wieder losgehen sollte zur White Lady, der berühmten Felsmalerei. Ich kündigte an, dass ich auf der Lodge bleiben würde für eine dringende Abhängerei.

»Is dir wieder schlecht oder so?«, fragte Bahee. Es war eine Frage, die ich lieber von Sina gehört hätte.

»Nein«, sagte ich, »ich würde einfach nur wahnsinnig gerne nicht mitfahren.«

Eine Stunde darauf saß ich wie ein Häufchen Elend mit einer Flasche Wein auf meiner kleinen Terrasse und hasste mich dafür, dass ich mit einer Flasche Wein auf meiner kleinen Terrasse saß und mich hasste. Wollte ich denn bis zum Ende unseres Urlaubs immer weiter jammern und saufen? Was war denn mit mir los? Wo war ich denn hin? Hier war ich jedenfalls nicht, denn das, was da mit zerschundenen Beinen in einem schmutzigen weißen Plastikstuhl apathisch vor sich hin sabberte, war bestenfalls ein trauriger Abklatsch meiner selbst. Wer auch immer wen schnäbelte und mit wem wohin zog – so ging es nicht weiter.

Ich musste aufwachen und was machen. Mir selbst beweisen, dass es mich noch gab, und Sina, dass es uns gab. Und ich musste es heute tun und nicht irgendwann. Aber was könnte das sein? Ein Blumenstrauß? Langweilig. Auf die Knie fallen und um Verzeihung bitten? Erbärmlich. Carlos eine Rose in die Pfoten drücken und zu Sina schicken? Unrealistisch – er würde sie entweder aufessen oder vergraben. Es müsste irgendetwas anderes sein, etwas, was Sina daran erinnerte, wie ich wirklich war, und im besten Falle romantisch! Vielleicht, so seufzte ich, war das ein kleines bisschen viel verlangt für einen einzigen Abend, nach allem, was passiert war.

Die Nacht brach herein, ich saß noch immer mit kurzer Hose auf der Terrasse und starrte trübselig auf die unberührte Weinflasche. Und als ich so fror und mich fragte, ob man in Namibia Glühwein überhaupt kannte, da hatte ich eine Idee, von der ich glaubte, dass sie Sina überzeugen könnte. Aufgeregt sprang ich auf und rannte den staubigen Weg hoch ins Restaurantgebäude.

32

»You want me to cook the wine?«

Die schwarze Barkeeperin musterte mich misstrauisch. Sie war sehr jung, keine zwanzig vermutlich, trug eine graue Bluse mit dem Logo der Lodge und ihre Haare als Zopf. Vor allem aber hatte sie große Augen mit sehr langen Wimpern, so wie die Mädchen in asiatischen Zeichentrickfilmen.

»Yes, please. Cook the wine and put it in a ... Thermoskanne. And ... I also need Mandeln ... almonds! And two cups.«

Zappelig trat ich von einem Fuß auf den anderen. Die Truppe konnte jederzeit zurückkommen vom bemalten Felsen, und doch war das Einzige, was sich beim Mädchen hinter dem Tresen bewegte, ihre Augen: Sie klickten auf und zu, sonst passierte nichts.

»Where are you from?«

»Germany!«, antwortete ich und trommelte nervös auf den Tresen. Dieser war ebenfalls aus einem geteilten Baumstamm gefertigt, man schien eine Schwäche zu haben für halbe Stämme hier am Brandberg. Klick, klick machten die Augen der Barkeeperin, und ich fragte mich, ob das Mädchen vom Stamm der Klickaugen war und mir gerade so was zuklickte wie: ›Ich finde sie sehr seltsam!‹ Vielleicht aber auch nicht. Vielleicht blinzelte sie einfach nur, weil sie ihre eigenen Wimpern kitzelten.

»Wir können deutsch sprechen!«

»Aber nicht alle, oder?«, fragte ich irritiert und schaute mich um. Es war aber sonst keiner mehr da.

»Nein, wir beide können deutsch sprechen. Miteinander.«

Erst jetzt begriff ich.

»Oh. Entschuldigung. Vielen Dank. Das freut mich. Also ...
dann auf Deutsch: Wäre es möglich, dass –«

»Ich hab Sie schon auf Englisch verstanden«, unterbrach mich
das schwarze Manga-Mädchen augenklickend, »Sie möchten, dass
ich eine Flasche Wein heiß mache für Sie und in eine Thermoskanne schütte mit zwei Tassen dazu. Und Mandeln.«

»Genau!«

»Die kommen aber nicht in den Wein, oder?«

»Nein! Einfach nur heiß machen den Wein und die Mandeln
extra.«

»Und ... was wollen Sie dann mit dem heißen Wein?«

»Meiner Freundin vor die Tür stellen und die Mandeln auch.«

»Die Mandeln auch?«

»Die Mandeln auch!«

»Brauchen Sie dann auch Stiefel?«

»Wie bitte?«

»Machen das die Deutschen nicht mit Stiefeln?«

Es war zum Verrücktwerden: Die Bedienung sprach nahezu ak-
zentfrei Deutsch, aber weiter kam ich dennoch nicht.

»Ach ... Sie meinen Nikolaus?«

»Ich weiß nicht, wie das heißt. Ich hab nur gehört, dass die Deutschen sich gerne Stiefel vor die Tür stellen und Sachen reintun,
wenn es kalt ist.«

»Stimmt. Das machen wir gerne. Aber halt nur an Nikolaus. Aber
das heute ist was anderes. Und es ist auch nicht schlimm, wenn Sie
es nicht verstehen, weil – meine Freundin wird's verstehen!«

»Aber ich hab's verstanden.«

»Stimmt. Sie haben's ja auch gerade noch mal gesagt. Entschuldigung.«

Erschöpft setzte ich mich auf einen Barhocker und blickte ins
Restaurant, einen einfachen großen Raum mit unverputzten Stein-
wänden, an dessen Holzdecke eine Kette mit farbigen Energiespar-

leuchten baumelte. Elegant war was anderes, aber das war mir natürlich egal, solange die Überraschung glückte. Dass die Wahrscheinlichkeit hierfür noch nicht allzu hoch lag, sah ich, als ich mich wieder meiner Klickaugenbedienung zuwendete, die seelenruhig ein Glas polierte. Erst als sie bemerkte, dass ich sie immer noch anstarrte, hörte sie auf damit.

»You want this now, not for dinner, right?«

»Bitte!«

»Kein Problem!«

»Und kann ich den kleinen Tisch in der Ecke da haben?«

»Gerne!«

Endlich stellte die Klickaugenbedienung das Glas zur Seite und griff nach einer Flasche Wein. Als sie jedoch den Öffner ansetzte, zögerte sie schon wieder. Klick, klick.

»Und … Sie wollen den Wein wirklich nur heiß gemacht haben?«

»Ja!«, antwortete ich ein wenig genervt, »warum fragen Sie das denn dauernd?«

»Ganz einfach, weil heißer Wein mit Zucker, Zimt, Nelken und ein bisschen Zitronenschale einfach besser schmeckt!«

Fassungslos strahlte ich die Barkeeperin an, und endlich strahlte sie zurück. Klick, klick.

»Wir nennen das Glühwein hier!« Klick, klick.

»Entschuldigung, ich bin ein Idiot!«

»Also zwei Glühwein?«

»Ja!«

Ich konnte Glühwein und Mandeln gerade noch rechtzeitig vor Sinas Tür positionieren, da tanzten auch schon die zwei Scheinwerfer unseres Busses am Horizont. Auf die Thermoskanne klebte ich einen Zettel mit der Nachricht:

›Ich glaub, ich bin versetzt worden: Abendessen zu zweit?‹

Dann hetzte ich auf mein Zimmer, wühlte ein frisches Hemd aus meinem Rucksack und raste wieder ins Restaurant. Es war immer noch leer, dafür war der von mir gewünschte Tisch bereits eingedeckt worden: Neben den Tellern lagen sogar Papiersterne und ein kleiner Holzengel! Klick, klick machte das Manga-Mädchen von der Bar, und ich lächelte.

Ich war so zappelig, dass ich mich setzte, nur um Sekunden darauf wieder aufzustehen und nach draußen zu sehen. Als ich Bahees Stimme hörte, rannte ich zurück und nahm wieder Platz, wobei ich versuchte, so zu wirken, als säße ich hier seit Ewigkeiten in völligem Einklang mit mir und meiner Umwelt. Wie gesagt: Ich versuchte es. Denn als Sina im hübschen Kleid mit ihrer Mandeltüte und der Thermoskanne ins Restaurant kam, da war es irgendwie um mich geschehen; erst warf ich das Weinglas um und dann noch meinen Stuhl. Doch schon als ich zu ihr aufblickte, da wusste ich, dass es geklappt hatte, denn ein solch verzücktes Gesicht machte Sina nur bei Erdmännchen oder auf Weihnachtsmärkten.

»Na, sind deine Freunde auch so unzuverlässig?«, fragte sie mit brüchiger Stimme.

»Sieht fast so aus«, flüsterte ich, und erst, als ich nach unten blickte, merkte ich, dass ich noch immer meine kurze Hose von der Terrasse trug. Auch Sina schaute dorthin.

»Was ist denn mit deinen Beinen los, die sind ja völlig zerschunden!«

»Ich hab mich rasiert, weil ich so glatte Beine haben wollte wie Schnabel.«

»Ach Schatz!«, seufzte Sina, und dann umarmten wir uns so fest, dass wir uns gegenseitig die Luft nahmen. Mir war, als nähme man mir eine tonnenschwere Bleiweste ab.

»Rakete!«, rief jemand hinter uns, und eine uns ebenfalls nicht unbekannte Stimme sagte: »Leude, dann lasst uns mal alle jetzt zu die beiden setzen! Hahaha! War Scherz, Matze!«

Sina war noch immer ganz beeindruckt, als sie an unserem kleinen Weihnachtstisch Platz nahm. Andächtig nahm sie eines der weißen Holzengelchen.

»Das ist wirklich süß mit dem Glühwein und dem Tisch.«

Ich nahm ihre Hand so vorsichtig, als wäre sie aus Papier.

»Dieses Mädchen da gestern in der Kneipe ... das war dumm von mir.«

»Stimmt!«

»Und unnötig, vor allem ... weil ich eine Freundin habe, die mindestens zwei Klassen drüber spielt!«

»Das glaub ich aber auch!«

Dass Sinas Gesichtsausdruck nun eher in Richtung amüsiert statt gerührt tendierte, irritierte mich.

»Warum?«

»Weil dein Mädchen mindestens fünfzig war!«

»Jetzt echt?«

»Ja.«

»Oh. Na ja ... ich entschuldige mich einfach trotzdem.«

»Okay. Angenommen.«

Mit unruhiger Hand öffnete ich die Thermoskanne und schenkte uns den Glühwein in die Weihnachtstassen. »Die gucken alle!«, flüsterte Sina und bewegte ihren Kopf in Richtung Gruppentisch. Als ich hinüberblickte, huschten alle Augen Richtung Teller. Alle bis auf den von Schnabel.

»Und Kevin?«, fragte ich vorsichtig, »ich hab euch lachen hören in der Wüste. Das war nicht schön.«

»Ich weiß. Aber du hast mich so geärgert, dass ich einfach abhauen musste. Und da lag er nun mal im Weg mit seinem Feldbett.«

»Und warum hast du gelacht?«

»Weil er mir einen Energie-Riegel angeboten hat zur Beruhigung!«

»Echt?«

221

»Ja!«

»Der Typ gefällt mir trotzdem noch nicht.«

Jetzt nahm Sina meine Hand und zog sie zu sich.

»Sollen wir nicht einfach vergessen, was die letzten Tage passiert ist und noch mal neu anfangen? Uns ab jetzt einen schönen Urlaub machen?«

»Unbedingt!«

»Und nach dem Urlaub fangen wir noch mal von vorne an in unserer schönen neuen Wohnung, ja?«

»Absolut!«

Sinas Augen glänzten nun wieder vor Freunde statt vor Sorge, und sanft legte sie ihre Hände um meinen Hals. Ich bekam trotzdem kaum noch Luft.

»Frohe Weihnachten!« Schmunzelnd hob meine Freundin ihre Tasse mit namibischem Glühwein.

»Frohe Weihnachten!«, antwortete ich und schielte unauffällig auf meine Armbanduhr.

Zu spät, Herr Pfingst war längst zu Hause.

33

Auf der Fahrt über die stetig ansteigende Piste Richtung Norden schlief Sina selig lächelnd an meiner Schulter, ihre Arme fest mit den meinen verhakt. Mir hingegen wurde der Preis unserer Versöhnung mit jedem Kilometer klarer, da half es auch nicht, dass wir endlich wieder im selben Bett übernachtet hatten und nun Schnabel auf der Loser-Rückbank neben Seppelpeter saß und nicht mehr ich.

Direkt vor mir jagte Bahee den Bus so schnell über die Pad, dass ich mitunter meinte, wir hätten den Bodenkontakt verloren. Trixi hatte Premiere auf dem Beifahrersitz und wollte sich gar nicht mehr beruhigen von der tollen Sicht: »Also, das ist ja ein ganz anderes Land von hier vorne, was man da alles sieht: der helle Wahnsinn!«

Mir kam die Geschwindigkeit natürlich gelegen: die Wohnung ließ meine Gedanken mal wieder in wirren Bahnen rotieren. Sina schlief noch immer friedlich, die verschlossenen Augen zuckten: Vermutlich richtete sie im Traum gerade unser Schlafzimmer ein.

»Du, Bahee?«, flüsterte ich zu unserem Guide.

Der zuckte kurz zusammen und schob die Sonnenbrille nach oben.

»Eh?«

»Die Lodge, in die wir fahren, hat die Telefon oder Handyempfang?«

»Geht der schon wieder los?«

»Bitte!«

»Also, ich glaub, die habe beides. Der is ein Top-Notch-Lodge, viel besser als am Brandberg, da werdet ihr mal staunen, ne!«

»Und wenn wieder Kupferdiebe da waren?«

»Na, dann nur Handy, ne, hehe!«

Ängstlich hielt ich im Rückspiegel Ausschau nach dem grauen Rosinenkopf der Gruberin. Ich musste nicht lange suchen: Sie saß direkt hinter mir. Im Rhythmus ihres schnarchenden Mannes veränderte sich ihr Gesichtsausdruck von genervt zu sehr genervt. Ich atmete tief durch, und auch wenn es mir schwerfiel, so wagte ich dennoch einen Vorstoß. Dieses Mal durfte nichts mehr schiefgehen. Vorsichtig, um Sina nicht zu wecken, drehte ich mich um.

»Käthe?«

»Vergiss es. Du kriegst an net!«, giftete sie mir entgegen, als hätte sie meine Frage seit einer Stunde erwartet. Missgelaunt drehte ich mich wieder um. Unglücklicherweise hatte Sina inzwischen ein Auge geöffnet, mit dem sie zunächst auf Bahee schielte und dann auf mich, bis sie sich schließlich räkelte.

»Die neue Lodge ist schön?«, gähnte sie und rieb sich die Augen.

»Der ist eine Top-Notch-Lodge!«, bestätigte Bahee ein weiteres Mal, »da könnt ihr dann mal schön euch zurückziehen auch nach die ganze Durcheinander, ne«.

Sina griff meine Hand und Bahee zum Headset.

»So, Leute, die Matze und die Sina, die hat gerade hier mal gefragt wegen die nächste Lodge, ne. Die ist eine von die besten, aber ihr musst auch eine Sache wissen: Weil da gibt Paviane, ihr müsst unbedingt eure Zelthütte immer ganz dicht machen, weil die haben gelernt, Tasche und so aufzumachen und Kekse und Bonbon zu stehlen.«

Breitling beugte sich nach vorne.

»Chef, gibt's bei euch irgendein Tier, das nicht klaut?«

»Neee«, lachte Bahee, »die klauen alle! Wir sind hier eine Schwellenland, ne, das muss auch die Tiere mal gucken, wo sie bleibt!«

»Alles klar.« Breitling lehnte sich zurück, und Bahee fuhr über Lautsprecher fort:

»Wegen die Paviane, ne … da gibt Geschichte. Da war diese ältere Herr, und ich hab ihm gesagt, er soll auf keinen Fall sein Fenster auflassen, wenn er wandern geht, auch nicht die ganz kleine. Und als wir zurück waren, ist er dann ganz aufgeregt hergerannt von seiner Hütte und hat laut gerufen: ›Bei mir hat jemand eingebrochen!‹«

»Ja, und dann?«, fragte Brenda. Alle im Bus lauschten nun gespannt Bahees Geschichte.

»Dann sind wir alle mal hoch in die Hutte gelatscht und tatsächlich: Die ganze Klamotten waren auf die Boden zerstreut, und die Verpackung von die Kekse lagen herum, aber dann hat der Einbrecher da auch eine Haufen dagelassen, und da war für mich alles klar: Das waren keine Einbrecher, das war Pavian!«

»Wie? Was für einen Haufen denn?«, fragte Brenda.

Breitlings Kopf klackte ans Fenster, gefolgt von verständnislosem Augenrollen.

»Das ist, weil die Paviane, wenn sie was gefunden haben, die markieren nicht mit Pinkeln, sondern mit Kacke. Also wenn die was finden in deine Rucksack, dann machen die da drauf, ne, und das bedeutet dann für die so was wie ›Vielen Dank‹!«

»Und Wertsachen?«, fragte Brenda mit großen Augen.

»Wertsachen?«, wiederholte Bahee skeptisch, dann fuhr er schmunzelnd fort: »Ja, die klauen am liebsten Kreditkarte, ne, da kaufen die Kekse und Bonbon damit in die nächste Store.«

Brenda schüttelte ungläubig den Kopf.

»Wahnsinn, wie schlau die sind!«

»Schatz?«, hörte ich Breitling stöhnen, »das war ein Witz!«

»DU bist ein Witz!«, schnaubte Brenda zurück. »Und nenn mich nicht Schatz!«

»Krieg ich hin.«

Die Erongo Wilderness Lodge war tatsächlich die bisher schönste Lodge auf unserer Reise. Sie bestand aus einem Dutzend behutsam in den steilen Fels gebauter Blockhütten, die teils aus Zeltstoff waren und allesamt eine tolle Aussicht zu versprechen schienen. Noch allerdings waren wir nicht ganz da, denn um die steilen letzten Meter zur Lodge zu überwinden, warteten bereits zwei geländegängige Jeeps samt Fahrer auf einem Parkplatz unterhalb des Geländes. Angespannt beugte sich die Gruberin nach vorne.

»Wos is jetzt des, Bahee?«

»Na, da wird die Gepäck umgeladen, mit unsere Bus kommen wir da nicht hoch!«

»Davon steht aber nix im Programm!«

Bahee stellte den Motor ab und blickte irritiert nach hinten.

»Und was hätten die da reinschreiben sollen in die Programm, Käthe? ›Vor unsere Sundowner-Walk genießen wir mal original namibische Gepäckumladung‹?«

Binnen Sekunden schrumpfte das Gesicht der Gruberin auf Stecknadelkopfgröße. Stille im Bus. Obwohl – nicht ganz. Denn von ganz hinten aus dem Gepäckraum drang ein vertrautes Quieken. Verdutzt blickten wir uns an. Dann sprang Bahee aus dem Bus, riss den Kofferraum auf und begann die Taschen zu durchwühlen. Als wir Sekunden später alle neugierig hinter ihm standen, öffnete er die beige Stofftasche der Gruberin, und heraus schaute: Carlos! Bahee schäumte wie ein Mousse au Chocolat in der Mikrowelle:

»Sag mal, Käthe, spinnst du?«

Trotz und Scham stülpten das Rosinengesicht beinahe nach innen. »I hob an net mitbracht, der is da reingehüpft!«, quetschte sie heraus.

»Klar, ne!«, polterte Bahee. »Und dann hat er die Reißverschluss von inne zugemacht! Mensch Käthe, das geht doch nicht, du kannst doch nicht einfach die Carlos von seine Lodge da mal hijacken!«

»Aber es is so a liabs Viachal!«, seufzte die Gruberin, und wie auf

Befehl sprang das Erdmännchen aus der Tasche, stellte sich aufrecht daneben und blickte verblüfft in die neue Umgebung. Glücklich deutete die Gruberin auf das Tier. »Sixt? Fühlt sich scho wohl!«

Bahee war anderer Meinung, und es entbrannte ein heftiger Streit. Der Streit war natürlich auch eine Chance. So aufgeregt pfiffen die Anschuldigungen hin und her, dass ich mir meine Ausrede, ich müsste dringend auf Toilette, sparen konnte: Noch auf halber Strecke zur Rezeption drangen Satzfetzen wie »... da musst du auch mal ein bikkie Respekt haben!« und »Jetzt geht's aber los!« an mein Ohr. Atemlos erreichte ich die Gebäude der Erongo Wilderness Lodge und trat in das kleine Rezeptionshäuschen. Eine englisch aussehende Frau mit dünnen Lippen und blassem Teint hieß mich auf der Lodge willkommen. Da ich längst aus dem Wettbewerb »Höflichster Tourist« ausgeschieden war, fragte ich ohne Umschweife, ob es Telefon gab.

»Of course.«

»Great. And where is the telephone?«

»Here you go!«, antwortete sie und schob mir ein eierschalenfarbenes Telefon hin. Zitternd wählte ich die Nummer von Immovest, ich kannte sie auswendig inzwischen. Es tutete.

»Bitte, bitte, bitte!«, flehte ich, und die dünnlippige Engländerin schaute auf. Es knackte, dann meldete sich die vertraute Stimme von Frau Metzger.

»Klein hier aus dem Urlaub. Matthias Klein!«

»Oh ...«, rauschte es am Hörer. Metzger schien Auto zu fahren, die Verbindung war schlechter als sonst. »Mit Ihnen hab ich gar nicht mehr gerechnet, ehrlich gesagt.«

»Da bin ich aber! Und ... tja ... Frage: Ist unsere Wohnung denn noch zu haben?«

Es rauschte und knackte, auch schien die Engländerin mich zu verstehen, denn sie blickte mich gespannt an.

»Hallo?«, hakte ich nach, »Frau Metzger?«

227

»Da bin ich wieder. Ich musste nur kurz das Telefon nach unten halten wegen der Polizei. Was haben Sie gefragt?«

»Ob die Wohnung noch zu haben ist!«

»Sie wollen sie doch?«

»Ja!«

»Also, das ist natürlich jetzt ein bisschen unglücklich, weil ich fahr gerade zu einer Besichtigung! Nettes Pärchen Mitte dreißig, sie Ärztin, er bei RTL –«

»Frau Metzger!«, unterbrach ich sie, »sagen Sie mir bitte einfach nur: Was muss ich machen, dass diese Wohnung an uns geht?«

»Sie verstehen, dass ich nicht mehr das allergrößte Vertrauen in Ihre Entscheidungen habe, oder?«

»Verstehe ich. Was muss ich machen?«

»Das Gleiche wie letzte Woche. Überweisen Sie die Reservierungsgebühr.«

»Danke!«

»Und zwar heute!«

»Alles klar. Danke! Ich ruf in DER Sekunde bei meiner Sparkasse an.«

Hätte ich auch tatsächlich gemacht, wäre Sina nicht in die Rezeption gekommen. Unauffällig schob ich das Telefon zur Seite und versuchte mich an einem hastigen Lächeln.

»Und? Was macht Carlos?«

»Sie wollen ihn morgen zurückbringen. Und die Käthe heult.«

»Na super!«

»Und du? Hast du uns schon ein schönes Häuschen ausgesucht?«

»Was? Ach so. Äh …«

Mit einem verschwörerischen Lächeln reichte mir die Engländerin einen Holzchip mit einer Nummer.

»Klar!«

Dann wurde ich von Sina aus der Rezeption gezogen. Über einen

Holzsteg, wie man ihn von großen Sandstränden her kennt, schnauften wir nach oben in den Fels, in den die Häuser hineingebaut waren.

»Super hier, oder?«, rief Sina begeistert.

»Absolut!«

Meine Gedanken vibrierten. Gleich schon war Abmarsch zum Sundowner Walk. Da konnte ich auf keinen Fall mit. Ich jedenfalls musste bis 18 Uhr bei Herrn Pfingst anrufen und die 4995 Euro überweisen. Als wir atemlos die Terrasse unserer Hütte erreicht hatten, hielt Sina inne. Zu Recht – es war eine herrliche Aussicht, und über Gesträuch und Gefels konnte man weit weg schauen auf noch mehr Naturzeugs.

Das Problem war nur, dass ich es im Augenblick nicht so mit Innehalten und Gezeugs hatte. Höflichkeitshalber versuchte ich trotzdem, mich dem entspannten Verweilen anzuschließen, was nicht ganz leicht war bei einem Puls von 150 und zwei Stunden bevor Herr Pfingst nach Hause radeln würde.

»Phantastisch hier, oder?«, schwärmte Sina.

»Absolut!«, bestätigte ich.

»Und in Köln«, blinzelte Sina zufrieden, »schauen wir auf den Park und den Rhein!«

»Absolut. Wir haben Rheinview!«

»Rheinview?«

»Blick!«

»Bist deppat, mir geh'n doch gleich wieder los!«, schallte es von der Terrasse des Nachbarchalets zu uns herüber. Die Tränen der Rosinenhexe schienen getrocknet zu sein, sie spie wieder Gift. Verschwörerisch nahm Sina meine Hand, und wir betraten unser Hochfelschalet. Wie schon in der Dünen-Lodge gab es statt eines Schlosses nur einen schweren Reißverschluss: Die Seitenwände der Blockhütte bestanden aus beigem Zeltstoff, lediglich die Stützpfeiler und das Dach waren aus Holz gefertigt. Im Inneren erwartete uns dann ein geschmackvoll eingerichtetes Zimmer mit dunklem Holzboden und großen Folienfenstern, die den Blick auf das Landschaftszeugs freigaben.

»Schau mal!«, rief Sina aufgeregt aus dem hinteren Teil der Zelthütte, »das Bad ist ja halb im Berg! Da geh ich nachts aber nicht aufs Klo!«

Ich folgte Sina, und tatsächlich: Der hintere Teil unseres Blockhüttenzeltes bestand aus der Felswand selbst, davor standen Dusche und Toilette. Wieder schaute ich auf die Uhr. Wenn mir jetzt nicht ganz schnell irgendetwas einfiel, dann …– offenbar hatte ich ein wenig zu auffällig auf die Uhr geguckt.

»Du willst gar nicht zum Sundowner, oder?« Sina lächelte, dann zog sie den Reißverschluss der Zelttür zu und den ihrer Jacke auf. Warm drang Sinas Atem an mein Ohr: »Ist es nicht schön, dass wir endlich mal ein bisschen Zeit für uns haben?«

Eine halbe Stunde später lagen wir nackt ineinander verschlungen auf dem Bett und schwiegen.

»Ist nicht schlimm«, flüsterte Sina, und noch einmal glitt ihre Hand vorsichtig zwischen meine Beine.

»Und … wegen mir musst du dich da wirklich nicht rasieren!«

»Okay, danke!«, sagte ich und entschlang mich vorsichtig: Es war schon nach halb fünf, halb sechs in Deutschland.«

»Was hast du denn vor, Schatz?«, murmelte Sina und schnappte sich ihre Decke.

»Ich hab mir gedacht, vielleicht reservier ich uns wieder einen Zweiertisch, so wie gestern.«

»Wenn ich noch ein bisschen liegen bleiben darf?«

»Absolut!«

Ich zog mich an und machte mich auf den Weg zur Rezeption. Sie hatte geschlossen! An der Tür hing ein dreisprachiges Schild, dessen deutscher Satz lautete: *Sind auf Exkursion, bald zurück!*

»Scheiße, verdammte!«, fluchte ich. Es war zwanzig vor sechs.

Ein schwarzer Lodge-Angestellter hörte mich und fragte, ob er helfen könne.

»Phone?«, rief ich ihm zu.

»Ah … Phone! No problem! They are back in two hours!«

Ich bedankte mich freundlich, dann rannte ich zurück in unseren Bungalow, wo Sina vor sich hin schlummerte.

»Und?«, murmelte sie, »haben wir den Tisch?«

»Noch nicht ganz«, antwortete ich und zog unauffällig mein Handy samt Ladekabel aus dem Rucksack. »Gleich wieder da!«

»Okay. Ich dös noch ein bisschen.«

»Absolut!«

Ich bretterte den Holzsteg hinunter, als wären zehn Skinheads mit Schlagstöcken hinter mir her. Hinter dem ersten Felsen verschanzte ich mich. Keuchend schaltete ich das Handy an und tippte meine Pin ein. Das Ganze dauerte ewig, und ich hüpfte herum wie ein Jogger vor einer roten Ampel.

»Jetzt mach schon!«, befahl ich, und es machte – Empfang: fünf Balken. Provider: CellOne. Ladezustand: 2 %. Wütend trat ich gegen den Felsen: »Ich dreh hier noch durch in diesem verschissenen Kackland!«

Als die Wut weniger wurde und die Schmerzen im Fuß stärker, setzte ich mich erschöpft auf den Fels. Die milde Abendsonne legte sich über mein Gesicht, ich schloss die Augen. »Es soll nicht sein«, flüsterte ich niedergeschlagen, »es soll einfach nicht sein.«

Als ich die Augen wieder öffnete, stand Erdmännchen Carlos neben mir und hielt nach Feinden Ausschau.

»Na? Schon ein bisschen umgeguckt auf der neuen Lodge?«

Carlos drehte sein Köpfchen zu mir.

»Du weißt nicht zufällig, wo hier die Adapter sind, oder?«

Für eine Sekunde musterte mich Carlos, dann begann er mit den Vorderpfoten wild zu graben.

»Das ist echt lieb von dir«, lachte ich, »aber da is sicher keiner.«

Als hätte er mich verstanden, stellte Carlos das Graben ein und krabbelte auf den von der Sonne aufgewärmten Felsen neben mich. Dann stellte er sich in Richtung der Abendsonne auf seine Hinterläufe. Er musste unfassbar müde sein nach den zwei Stunden im Tascherl der Rosinenhexe und dem ganzen Gestreichel und Geknipse. Immer wieder fielen ihm die Äuglein zu, immer wieder knickte sein hellbraunes Köpfchen im Zeitlupentempo nach unten, und immer wieder richtete er sich blitzschnell auf und guckte mich an, als wollte er sagen: ›Hab nicht gepennt, sah nur so aus, ich pass auf, alles klar!‹

Während Carlos weiterhin mehr oder weniger erfolgreich gegen den Schlaf kämpfte, überlegte ich, was ich in der verbleibenden Viertelstunde noch tun könnte, um zu telefonieren. Nach fünf Minuten hatte ich die Antwort: nichts!

»Bis später, Carlos!«

Er blinzelte noch einmal, dann schlief er ein. Frustriert schlurfte ich zurück zu unserem Chalet, als mir ein in der Abendsonne glänzender brauner Lederhut und ein unachtsam geöffnetes Zeltfenster den Weg zu meinem Glück aufzeigten. Starr stand ich davor und überlegte: Wo ein Speckhut glänzt, da ist die Gruberin nicht weit, und wo die Gruberin ist, da gibt es auch einen REISEADAPTER!

Vorsichtig zog ich den Reißverschluss der Zelttür auf, trat ein und rannte ins Bad. Wider Erwarten steckte er nicht im Fön. 16 Uhr 53! Zurück im Zimmer, durchwühlte ich das komplette Gepäck der Gruberin, es flogen Blusen, Socken und Trockenfrüchte, aber erst als ich ganz unten im Rucksack angekommen war, fühlte ich ein Kabel!

»Yes! Ja!«

Hastig steckte ich den Adapter in die Seitentasche meiner Hose und blickte auf das von mir angerichtete Chaos. Wenn die Gruberin das sah, würde es ein Riesengeschrei geben, und wenn dann noch der Adapter fehlte, war eh alles klar. Oder etwa nicht? Mein

Blick fiel auf einen Beutel mit Trockenfrüchten. Ich steckte ihn ein. Eine halbe Packung Kekse und drei Rollen Bonbons ebenso, und dann … ich fühlte kurz hinein in mein Innerstes, denn natürlich wollte ich hier nicht einfach so gehen, ohne Danke zu sagen.

Es gelang!

Und als ich schließlich um 16 Uhr 58 den Reißverschluss der Türplane hinter mir zuzog, hatte ich einen gewaltigen Respekt vor Tieren, die so etwas auf Kommando konnten.

Zuerst wollte ich in unser Chalet rennen, da fiel mir ein, dass dort ja Sina schlief. Also hastete ich ein weiteres Mal Richtung Haupthaus, wo ich im Empfangsbereich einen freien Stecker neben einer Ledercouch fand. Zitternd steckte ich den Reiseadapter in den Stecker und das Handy in den Reiseadapter. Es passte! Und es war 18 Uhr Euskirchener Zeit.

Wie ein Specht tackerte ich die Nummer der Sparkasse ins Handy. Es tutete klar und deutlich, ein gutes Zeichen. Im Hintergrund konnte ich unsere Reisegruppe nach Carlos rufen hören – sie waren also schon zurück.

»Kreissparkasse Euskirchen, Pfingst?«

Ja, hatte ich denn mit einem Mal eine Glückssträhne?

»Mensch, der Matze Klein hier aus Namibia!«

»Sie sind ja noch am Platz!«

»Ich hab den Teig vergessen im Kühlschrank. Mensch, Matze, wie isses in Afrika?«

Herr Pfingst kannte mich schon, als ich noch ein kleiner Junge war: der Matze eben. Irgendwie hatte er dann aber den Übergang zum Sie verpasst, und nun, nach über zwei Jahrzehnten, war es natürlich zu spät. Ich blieb der kleine Matze, und Herr Pfingst, nun, das war halt einfach Herr Pfingst.

»Schön! Namibia ist super. Ich muss aber wahnsinnig dringend 4995 Euro überweisen!«

»Aber das ist doch kein Problem, dafür sind wir doch da. Hab deinen Papa getroffen am Immobilientag, fünf Waffeln hat er gegessen!«

»Is nicht wahr!«

Der schrille Schrei der Gruberin drang ins Haupthaus. Dann hörte ich andere Stimmen und Schritte.

»Die Überweisung geht jedenfalls an Immovest, die Kontodaten müssten Sie haben, weil ich schon fünf Euro überwiesen habe.«

»Ich ruf's mir grad mal auf, Matze. Klingst mir ein bisschen gehetzt, alles gut?«

»Ja!«

»Am liebsten mochte er die mit Nuss!«

»Was?«

»Und Schokolade. Die mochte er auch. So, hier hab ich's, pass auf: Immovest Köln, Frau Metzger, Deutsche Bank, richtig?«

»Ja!«

»4995 Euro von deinem privaten Girokonto zu Immovest.«

»Absolut!«

»Ist hiermit überwiesen. Gute Entscheidung übrigens mit der Wohnung.«

Kraftlos sank ich in die Ledercouch.

»Danke. Ich danke Ihnen!«

Ich hörte ein Räuspern hinter mir, und als ich mich erschrocken umdrehte, stand dort unsere gesamte Reisegruppe mit Bahee, Käthe und einer knallroten Sina an der Spitze. Ich erstarrte augenblicklich zu Stein.

»Vielleicht sollte ich deinem Papa grade mal das Rezept mailen?«, hörte ich Herrn Pfingst noch am Ohr, dann legte ich auf. Meine Reisegruppe starrte mich an, als hätte sie Barack Obama beim Onanieren erwischt. In ihren Blicken sah ich Vorwurf, Unverständnis, aber vor allem Scham. Und Sina weinte nun sogar. Ich wollte aufspringen, doch Bahee drückte mich zurück auf die Couch. Vor meine Nase hielt er eine kleine Plastiktüte.

»Matze?«

»Ja?«, fragte ich verschüchtert und ahnte doch bereits das Schlimmste.

»Paviane kacke anders!«

In diesem Augenblick wusste ich, dass ich nun zwar eine Wohnung, vielleicht aber keine Freundin mehr hatte.

34

Stocksauer und mit hochrotem Kopf stapfte Sina den Holzsteg herunter, ihre eilig gepackte Reisetasche rumpelnd hinter sich herziehend.

»Sina! Jetzt lass mich doch mal erklären!«, rief ich laut und stolperte hinterher.

»Siiiinaaaa, verdammt nochmal! Jetzt bleib doch mal stehen!«

Sina blieb stehen, allerdings so ruckartig, dass ich gegen ihre Tasche krachte und mich fast auf die Felsen legte.

»Matze, kapierst du's nicht? Du hast in einen fremden Rucksack gekackt, da gibt's doch nichts mehr zu erklären!«

»Ich hab markiert, nicht gekackt!«, protestierte ich. Jetzt wurde ICH sauer. Es war ja alles schon peinlich genug. Musste Sina jetzt auch noch so laut herumschreien, dass man es bis nach Windhoek hörte? Sie musste.

»Du drehst jetzt echt durch, oder?«

»Seh ich nicht so«, antwortete ich ruhig.

»Dann bist du aber hier der Einzige!«

Sprach's und polterte sich und ihre Reisetasche auf die Terrasse von Brendas Chalet. Ich versuchte sie festzuhalten, erwischte aber nur ein winziges Stück ihrer Jacke.

»Sina! Bleib sofort stehen!«

»Nein!«

Mit der Kraft einer bulgarischen Kugelstoßerin wuchtete Sina ihre Tasche hoch auf die Terrasse von Brenda, die auch gleich gutgelaunt ihren Kopf aus der Türplane steckte. Wie immer hatte sie ein perfektes Gefühl für die Situation.

»Na, ihr beiden, alles klar?«

»Nein!«, bölkten Sina und ich gleichzeitig zurück, woraufhin Brendas Kopf schnell wieder hinter der Zeltplane verschwand.

»Du schläfst hier?«

»Ja!«

»Und Breitling? Äh … Max?«

»Alleine, wie du.«

»Oh!«

Ich war so lange abgelenkt, wie Sina auf der letzten Holzstufe stand. Nun aber hob sie ihre Tasche und griff zur Türplane.

»Sina! Jetzt lass mich doch einfach mal erklären, warum ich das gemacht habe!«

»Und warum sollte ich mir das anhören?«

»Weil du dann nicht mehr sauer sein wirst! Ich weiß, es klingt komisch, aber … das eben in Käthes Zelt … das war echt wichtig … das hab ich quasi für uns getan.«

»Du tickst doch durch! Weißt du denn überhaupt, was du da redest?«

»Ja! Schau mich an: Ich fühl mich gut, ich fühl mich frei, ich bin entspannt! Das wolltest du doch die ganze Zeit, oder?«

»Du? Entspannt? Ha!«

Sina schaute mich an wie einen Irren. Sie stemmte ihre Hände in die Hüfte und ging sogar einen Schritt auf mich zu.

»Matze! Du willst mir nicht ernsthaft erzählen, dass du uns in eine bessere Zukunft gekackt hast.«

»Jetzt ›besser‹ nicht, aber solider«, lächelte ich, »ich hab sozusagen die Basis erkackt!«

Vergeblich versuchte ich, ihre Hände zu greifen. Statt mein Friedensangebot anzunehmen, schloss Sina die Augen und holte tief Luft.

»Matze?«

»Ja?«

»Folgendes: Ich geh jetzt da rein und du nicht. Schaffst du so was?«

»Ja, und … und dann?«

»Dann bin ich da drin und du nicht. Ob du das schaffst?!«

Ich dachte kurz nach und nickte dann. So was würde ich eventuell noch schaffen. Als Sina verschwand, fiepte mein Handy. Für wenige Sekunden sah ich folgende Kurznachricht, ehe das Display schwarz wurde.

Hallo Matze, Überweisung ist rausgegangen, schöne Tage noch. Beste Grüße. B. Pfingst. PS: Mein Petry-Auftritt ist schon bei youtube, einfach Pfingst und Petry suchen!

Mein Abendessen nahm ich freiwillig alleine ein. Während meine Gruppe auf peinlichste Art und Weise um die Gunst von Carlos buhlte, saß ich ein paar Meter weiter in einem schweren, braunen Sofa am Kamin, aß Oryx-Geschnetzeltes und las in einem Buch, das ich mir aus der Gästebibliothek gefischt hatte. Es war so eine Art Erlebnisbericht zweier Geologen, die 1935 aus Nazideutschland nach Südwestafrika ausgewandert waren. Als sie dort wegen der Ereignisse in Europa plötzlich als feindliche Ausländer galten, beschlossen sie, sich in der Wüste zu verstecken, bis der Krieg vorbei war. Entsprechend hieß das Buch *Wenn es Krieg gibt, gehen wir in die Wüste.*

»Am Bauch musst an kitzeln, des hot er gern!«, besserwisserte die Gruberin und schnappte sich den vor Vergnügen quietschenden Carlos einfach aus Trixis Schoß. »Gell, Carlos, am schönsten is bei der Käthe!« Die arme Trixi war schlichtweg fassungslos über Käthes Gefühllosigkeit und schenkte kopfschüttelnd Wasser nach.

Ob Carlos wollte oder nicht – er war der heimliche Star des Abends, er hielt die Gruppe zusammen, sorgte für Gesprächsstoff und lenkte ab von all den unbequemen Wahrheiten, wie der Tatsache, dass die Reise vermutlich mit drei zerbrochenen Beziehungen enden würde und wir auch sonst die erbärmlichste Reisegruppe seit Erfindung des Tourismus waren.

Ohne unser Top-Notch-Erdmännchen, da war ich mir sicher, hätte man sich stumpf angeschwiegen am schweren Holztisch. Was hatte man sich schon zu sagen? Das Ehepaar Gruber: nichts. Trixi einem angetrunkenen Breitling und Brenda: auch nichts. Seppelpeter hatte sowieso nie viel mehr gesagt als »Naa« und »Winkamal«, ja nicht mal Sina und Schnabel sprachen, aber nun gab es ja Carlos, dessen Entführung offensichtlich verziehen war und um dessen Zuneigung ein solcher Kampf entbrannt war, als hätte jemand überraschend Brad Pitt zu einer privaten Mädels-Grillparty mitgebracht. Jeder wollte ihn anfassen, necken und fotografieren, und gelang ihm einmal die Flucht zu mir an den Kamin, so wurde er von der Gruberin höchstpersönlich wieder von dort zurückkommandiert.

Da widmete ich mich schon lieber meinem neuen Wüstenkriegsbuch. Wider Erwarten hatte es mich regelrecht in seinen Bann gezogen, und fast fraß ich die Zeilen, so plastisch beschrieb der Autor die gemeinsame Flucht in die Wüste und das Überleben dort. Im Gegensatz zu den beiden konnte ich weder etwas jagen noch schießen, und selbst wenn – schlachten könnte ich es ohnehin nicht. Als ich weiter darüber nachdachte, stellte ich fest, dass das gar nicht schlimm war, da ich ohnehin vorher verdursten würde, denn wie man trinkbares Wasser fand in der Wüste, das wusste ich natürlich auch nicht.

»Carlos! Geh her!«, kreischte die Gruberin, und endlich schritt Bahee ein und befahl, dass wir den Carlos jetzt aber mal in Ruhe lassen sollten, der sei immer noch ein echtes Tier und nicht von die Macher von *Ice Age* oder so, ne. Ich und weitere Gäste der Lodge, die einfach nur ein ruhiges Abendessen einnehmen wollten, waren recht dankbar für den Hinweis und Carlos offenbar auch: Erschöpft kam er auf meine Couch gehoppelt, um sich unter den eifersüchtigen Blicken der Gruberin bäuchlings über die Lehne zu fläzen und binnen Sekunden einzupennen.

»Caaaaarlos!«, sang die Gruberin quer durch den Raum, woraufhin Carlos sein rechtes Auge einen winzigen Spalt öffnete.

»Schläft!«, rief ich zurück, und Carlos' Auge fiel wieder zu. Doch die Gruberin gab nicht auf und präsentierte ein leckeres Stück Wurst.

»Ah geh, der tut nur so. Carlos! Schau, i hab a Wurst für dich!«

Und tatsächlich: Auf das Stichwort Wurst rutschte Carlos von der Couch, taumelte in Richtung des feindlichen Tisches wie ein Schlafwandler zum Kühlschrank und brach schließlich genau zwischen mir und der Wurst auf dem warmen Teppich zusammen, wo er abermals in einen tiefen Erdmännchenschlaf versank. Carlos war eben kein Duracell-Erdmännchen; irgendwann brauchte auch er mal eine Pause.

Gute zwei Stunden saß ich nun alleine mit meinem Buch auf meinem Sofa, da kam Breitling und fragte schelmisch, ob ich Lust auf Blödsinn hätte. Hatte ich nicht, und Breitling zog enttäuscht ab. Ein wenig später besuchte mich auch Bahee und bot mir an, mal mit den anderen zu reden, er könne da gar nicht hinschauen, wie ich so alleine hier mal rumsaß auf dem Sofa, ne. Ich sagte ihm, dass er sich keine Sorgen zu machen brauche und ich ganz gut alleine zurechtkäme mit mir und meinem Buch und ich auch nicht sauer sei, wenn er bei der Gruppe bliebe, schließlich sei dies ja sein Job und meiner nicht. Bahee klopfte mir auf die Schulter, holte zwei Bier von der Bar und brachte mir eines.

»Hier Matze, der beruhigt.«

»Danke, sehr nett«, sagte ich, und als er nicht mehr hinschaute, schob ich es weg.

Wenn ich richtiglag, dann hatten wir noch drei Tage auf dem Programm. In nur 72 Stunden würden Sina und ich nach Hause fliegen, entweder auf getrennten Sitzplätzen oder zusammen. In jedem Fall, so dachte ich, hatte ich jetzt eine Dreizimmerwohnung mit Rheinview. Und viel passieren konnte ja nun auch nicht mehr in diesen drei Tagen, nach all dem, was schon passiert war. Dachte ich.

Es war ausgerechnet Trixi, die unwiderruflich alles über den Haufen warf. Man hätte es natürlich ahnen können, nach all den Schusseligkeiten, die Trixi bisher dargeboten hatte, ja vielleicht hätte man sogar Vorkehrungen treffen können.

Von diesem Abend an jedoch war Trixi kein Schussel mehr, über den man sich amüsierte, sie war einer, den man von ganzem Herzen hasste. Es war nur ein einziger ihrer ohnehin stets unbedachten Schritte, der uns allen den Atem nahm und den Magen zuschnürte. Ein einziger, dummer Schritt nur, der meine Pavian-Aktion zu einem pubertären Streich werden ließ, weil alle, ausnahmslos alle mit einer solchen Verachtung auf die arme Trixi starrten, dass dieser die Tränen nur so aus den Augen schossen. Und obwohl keiner auch nur einen Ton sagte, so hing doch der bittere Vorwurf wie ein sorgsam geschliffenes Schwert über ihrem Kopf: Wie konnte man nur so achtlos sein, so verträumt, so dumm? Wie konnte man den am Boden liegenden Carlos einfach übersehen? Gut, sein Fell hatte eine ähnliche Farbe wie der Teppich, aber sie hatte doch ebenso wie alle anderen gesehen, dass das Erdmännchen dort eingeschlafen war! Schlimmer noch: Keine fünf Minuten zuvor hatte sie Carlos exakt dort fotografiert, das konnte man doch nicht einfach so vergessen in der kurzen Zeit!

Bitteres Schweigen füllte den Raum, und die stummen Blicke der Lodge-Gäste wogen schwerer noch, als jede Beschimpfung es vermocht hätte.

All das war zu viel für Trixi. Als Bahee nüchtern verkündete, dass Carlos tot war, rannte sie einfach hinaus in die Nacht. Ich war mir sicher: Von allen dort hasste sie selbst sich am meisten.

241

35

Verzweiflung und Selbsthass scheinen mächtige Antriebsfedern zu sein: Ich hatte ernsthafte Schwierigkeiten, dem bestimmt zehn Jahre älteren Erdbeerigel auf den Hausberg der Lodge zu folgen, und je öfter ich ihr zurief, stehen zu bleiben, desto schneller wurde sie.

Der Mond glomm nur schwach in dieser Nacht, und ich befürchtete, Trixi ganz aus den Augen zu verlieren. Also begann ich zu rennen. Immer wieder stieß ich gegen stachelige Büsche, immer wieder gaben meine Füße unter Geröll nach, und einmal legte ich mich glatt hin. Dennoch schmolz Trixis Vorsprung, während sie immer weiter und immer höher auf den Berg stieg,

»Trixi! Bitte! Jetzt warte doch mal!«

»Lass mich!«, gellte es entschlossen zurück.

»Trixi!«, rief ich, »das ... das war ein schusseliger Unfall!«

»Eben! Schusselig!«

»Aber das war doch keine Absicht!«

»Ist doch egal, was es war ... ich hab ... ich hab ... Carlos totgetreten!«

Beide waren wir stehen geblieben und rangen nach Luft.

»Ja, stimmt. Aber ... was du jetzt machst, ist noch schusseliger, hier nachts rumzurennen!«

»Eben! Schusselig!« Jammernd lief Trixi wieder los.

»Jetzt warte doch mal!« Ich nahm meine letzte Kraft zusammen, um Trixi einzuholen. Wir waren nun fast am Kamm des Hausberges angekommen, als sie sich mit einem Mal umdrehte und mit ausgestreckter Hand irgendetwas in Richtung meines Gesichtes hielt. Erschrocken blieb ich stehen.

»Jetzt lass mich alleine!«, forderte sie atemlos.

»Was hast du da in der Hand?«

»Mein Pfefferspray! Das geht zehn Meter, steht auf der Dose!«

Ich ging nicht nur keinen Schritt weiter, ich ging sogar zwei zurück und nahm, was natürlich völlig schwachsinnig war, meine Hände hoch.

»Trixi, nimm das runter, bitte! Du kannst doch gar nicht damit umgehen!«

»Du meinst, ich bin zu schusselig dazu?«

»Nein, natürlich nicht, aber … was willst du denn überhaupt damit?«

»Mich verteidigen gegen wilde Tiere und … Kofferkacker!«

Trixis Stimme zitterte noch immer, und auch wenn sie sachlich recht hatte mit ihrer Beleidigung, so machte es freilich keinen Sinn, das Spray nun ausgerechnet auf den zu richten, der ihr helfen wollte.

»Okay, Trixi. Ich sag dir die Wahrheit. Du bist einer der größten Schussel, die ich in meinem Leben getroffen habe.«

Sicherheitshalber machte ich einen weiteren Schritt zurück und bedeckte nun meine Augen mit der linken Hand. Statt einer Ladung Pfeffer kam eine energielose Frage von Trixi.

»Ich … ich würde mir das Spray selbst ins Gesicht sprühen, wenn ich abdrücke, oder?«

Ich nickte. »Wenn von zehn Pfeffersprays bei einem die Düse nach hinten gedreht ist, dann ist es deines.«

Langsam senkte sich Trixis Hand und damit das Spray. Auch ich nahm meine Hand nach unten. Dafür begann sie nun zu schluchzen.

»Ich hab Carlos ermordet!«

»Nein, Trixi, Mord ist mit Vorsatz! Es war einfach nur ein Unfall!«

Kraftlos ließ Trixi sich auf einer großen Felsplatte nieder, und ich wagte einen weiteren Schritt in ihre Richtung.

»Ich hab immer gewusst, dass irgendwann mal was Schlimmes passiert, weil ich so schusselig bin.« Sämtliche Wut war aus Trixis Stimme verschwunden, sie klang nun trotz ihrer vermutlich bald 50 Jahre wie ein kleines, trauriges Mädchen.

Ich räusperte mich: »Darf ich jetzt vielleicht mal zu dir hochkommen?«

»Weiß nich …«

Trixi blickte mich an, als erwarte sie die Antwort von mir. Ich beschloss, ihr noch ein wenig mehr Zeit zu geben.

»Dann … setze ich mich jetzt hier auf den Stein, und wenn ich hochkommen darf, dann sagst du Bescheid, okay?«

Trixi nickte, mein Vorschlag beruhigte sie.

»Gut!«

Ich drehte mich um und sah auf die in den Hang gestreuten Blockhütten. Sie waren hübsch beleuchtet und wirkten doch wie putzige Lichtpünktchen auf dem endlosen schwarzen Vorhang der Nacht. Ich bemerkte, dass einige der Lichter hin und her huschten, und vermutete, dass man sich mal wieder mit Taschenlampen auf die Suche nach uns gemacht hatte. Ob Sina auch nach mir suchte?

»Jetzt«, hörte ich Trixis Stimme. Ich erhob mich und ging die fehlenden Meter hoch zu ihr. Der überdrehte Schussel hatte sich in ein zitterndes Häufchen Elend verwandelt. Schluchzend gab sie mir ihre rote Sprühdose. Darauf stand: ›Anti-Brumm Forte. Hält wirkungsvoll Insekten fern‹. Behutsam nahm ich auf Trixis Felsplatte Platz.

»Meine Eltern haben immer gesagt, dass ich nicht mehr ausgelacht werde oder gehänselt, wenn ich mal erwachsen bin, aber … es hat nie aufgehört. Früher war es die Schule, jetzt ist es die Arbeit, und … selbst im Urlaub bau ich nur Mist!«

Was sollte ich sagen? Wahrscheinlich war es so. Also sagte ich nichts und setzte mich ein wenig näher zu Trixi.

»Wo arbeitest du überhaupt?«

»Bei Ikea in Spreitenbach.«

»Und … wo genau ist das?«

»In der Müslistraße!«

»Ich meinte eigentlich, wo Spreitenbach liegt.«

»Ach so … bei Zürich.«

»Und da ärgern die dich auch?«

Trixi nickte schwach.

»Ich hab da mitbekommen, wie sie in der Reklamationsabteilung darüber getuschelt haben, wo ich wohl am wenigsten Schaden anrichten würde. Weißt du, was eine Kollegin gesagt hat?«

Ich schüttelte mit dem Kopf.

»Im Urlaub!«

Ich zuckte kurz, weil ich ein Lachen unterdrücken wollte. »Erst hab ich gedacht, das wär wieder so was Deutschenfeindliches aber … war es nicht!«

Nun musste ich doch lachen.

»Tut mir leid, aber das ist komisch!«

Trixi war nicht sauer, aber immer noch in Gedanken versunken.

»Jedenfalls habe ich dann Urlaub genommen wegen dieser blöden Kollegen.«

»Und … ist das dieser Urlaub hier? Unsere Rundreise?«

Trixis Antwort war ein erneuter Schluchzanfall. Jetzt gab es nur eine Rettung, also fragte ich: »Willst du wissen, warum ich in Käthes Rucksack gekackt habe?«

Trixi strich sich die Tränen aus den Augen und wiederholte weinerlich meine Frage, wobei sich ihre Stimme überschlug.

»Warum hast du denn in den Rucksack gekackt?«

»Weil ich zu stolz bin, meiner Freundin zu sagen, dass ich einen Fehler gemacht habe.«

»Was denn für einen Fehler?«

»Die Wohnung, von der ich erzählt habe bei unserem Abendessen in der Namib …«

245

»Ja?«

»Ich hab vergessen, sie zu reservieren. Deswegen muss ich heimlich telefonieren. Deswegen brauche ich Adapter. Deswegen kacke ich in Rucksäcke! Und jetzt frag ich dich, Trixi: Wer auf dieser Felsplatte hier ist schusseliger? Du oder ich?«

Erleichtert schaute Trixi mich an. »Du bist nicht schusselig, du bist bekloppt!«

»Such dir was aus.«

In diesem Moment erwischte uns auch schon der erste schwache Lichtkegel von Bahees Taschenlampe.

»Trixi? Matze?«, hörte ich seine Stimme.

»Was meinst du?«, fragte ich Trixi, »sollen wir wieder zurück zu unserer Gurkentruppe oder uns hinter den Felsen verschanzen, bis es hell wird?«

»Lieber Gurkentruppe«, flüsterte Trixi, und dann kraxelten wir hinab.

36

Die milde Morgensonne ließ die bizarre Granitfelslandschaft um die Lodge in den prächtigsten Farben erstrahlen. Sie tauchte die Berge in ein kräftiges Rot, die Gräser in glühendes Gold und meine Seele in tiefstes Schwarz.

Bis weit nach Mitternacht hatte ich in meinem Wüstenbuch gelesen und gehofft, Sina würde zurückkehren in unser Chalet. Stumm hatte ich gelauscht, ob nicht vielleicht doch der Holzsteg noch knackte und der Reißverschluss der Zelttür schnurrte … vergebens. Ja selbst der Schlaf war zu stolz, um mich zu besuchen in dieser Nacht.

Nun war es kurz nach sechs und bitterkalt trotz der dicken Jacken. Wir hatten uns ein paar hundert Meter von der Lodge entfernt versammelt und bildeten einen Halbkreis um Pepi Speckhut, der feierlich einen blauen Schuhkarton mit drei Querstreifen in den Händen hielt und seine Lesebrille fast bis auf die Nasenspitze geschoben hatte. Und obgleich jeder wusste, was uns blühte, hatte ihm keiner die Bitte abschlagen wollen, die Rede zu halten. Wir mussten die Zeremonie also mit halbwegs guter Miene ertragen, wollten wir Trixi und Speckhut nicht verletzen.

Zwischen Sina und mir herrschte noch immer Funkstille. Ausdruckslos stand sie bei ihrer neuen besten Freundin Brenda, beide blickten wie ich auf Speckhut und den blauen Karton. Etwas weiter weg hatte sich Seppelpeter mit seiner Kamera auf einem Felsen postiert; er schien die Beerdigung in der Totalen festhalten zu wollen. Nun schaute auch Bahee kurz auf seine Uhr, wahrscheinlich ging ihm die noch zu fahrende Wegstrecke von knapp 300 Kilometern durch den Kopf. Ein leises ›Bing‹ wehte zu uns herüber, Speckhut räusperte sich und begann mit feierlicher Stimme:

»Mir san heut hierherkommen,
  weil Carlos wurd' uns weggenommen.«
»Weggenommen?«, lachte die Gruberin, »draufgeplumpst is mit ihre achtzig Kilo!«

Trixis Miene verfinsterte sich augenblicklich, und sie schoss zielgenau zurück:

»Und wenn du ihn nicht in deine blöde Tasche gepackt hättest, dann wär er noch am Leben!«

»Leude!«, unterbrach Bahee und hob beschwichtigend die Hände, »jetzt ist hier aber mal gut, ne!«

Speckhut sondierte die Lage über seine Lesebrille hinweg, raschelte mit seinem Zettel und fuhr fort.

»Am Brandberg war er a Legende,
  gestern Abend dann sein Ende!«
»Ge, Pepi, des is ja gar nix!«, unterbrach ihn seine Frau, »also wirklich überhaupt nix! Aus Dummheit isser gstorben, jetzt müss man net noch dumm beerdigen!« Dann nahm sie ihrem versteinerten Mann den Karton mit Carlos ab und legte ihn in das Erdloch. Das Manuskript riss sie ihm aus der Hand, zerknüllte es und warf es weg. »Glaub mir, Pepi, so is würdevoller. So. Und jetzt geh i zum Frühstück!«

Sprach's, ließ ihren versteinerten Ehemann am Erdloch stehen und marschierte davon. Eines musste man ihm lassen: In den Charts der bemitleidenswertesten Beziehungen lag er nun uneinholbar an der Spitze.

»Lies weiter«, nuschelte Bahee und reichte Pepi die Papierkugel, der sie dankbar wieder entfaltete.

»Also gut. Danke. Wo war ich? Ah ja:
… gestern Abend dann sein Ende.

Doch sage ich dem Feuerschopf:
mach dir kein allzu großen Kopf!«

»Pfff …«, stöhnte Breitling und schnippte einen Zigarettenstummel in den Sand.

›Bing‹ tönte es vom Felsen, und Seppelpeter stieg herab. Als er bemerkte, dass alle ihn beobachteten, knarzte er »Dschibb voll!« und bog ebenfalls auf den Pfad, der zum Frühstück führte.

»Weiter?«, fragte Speckhut unsicher. Wir nickten.

»… kein allzu großen Kopf!
Gestern war und heut is morgen,
Viachal muss man neu besorgen.«

»Stopp!«, rief Trixi, und nun riss Speckhut entnervt die Lesebrille von der Nase.

»Jetzt foll du ma net a no in den Rücken!«

»Aber das war nicht irgendein Tier! Das war Carlos! Den kann man nicht einfach neu besorgen!«

Bahee legte den Arm um Trixi und führte sie ein wenig vom Grab weg.

»Trixi, ich verrate dir jetzt mal Geheimnis, ne. Ich mach die Tour hier seit zehn Jahre, ne, und unsere liebe Carlos, wo du da leider draufgelatscht bist und der da jetzt mal sich streckt im Karton, der ist nicht mehr da, aber am Brandberg, da is schon seit heute Morgen eine neue Carlos, und für alle neue Gäste ist wie immer.«

»Versteh ich nicht.«

»Is aber einfach, ne: Greifvogel, Raubtiere und Schakale auch: Alle liebe Carlos. Und wenn du mal zu Hause bist und gehst ins Internet, dann siehst du ein Prospekt von der Brandberg Lodge mit eine dicke Carlos drauf von 2003, und das, wo Erdmännchen werde drei Jahre alt mit a bikkie Glück.«

»Heißt das …–?«

»Genau. Die Erdmännchen da in die Karton, das war die siebte Carlos.«

Nicht nur Trixi hatte es die Sprache verschlagen. Auch Brenda starrte nun mit offenem Mund fassungslos auf Bahee.

»Das is ja dann voll die Touri-Verarsche!«

»Geh, jetzt leckts mi am Orsch!«

Eine Papierkugel flog, dann verließ der Beerdigungsredner die Zeremonie.

»Ach nee, Pepi!«, stöhnte Bahee, »jetzt bleib mal da hier!«, da hatten sich Trixi, Brenda und Sina schon angeschlossen: »So eine Verarsche, also echt!«

Nun stand nur noch ein verunsicherter Rest der Swakopmunder Separatisten am Grab. Seufzend zog Breitling einen Flachmann aus seiner Windjacke und hielt ihn mir hin.

»'n Schnaps vielleicht?«, fragte er vorsichtig.

Ich zeigte ihm den Vogel. »Mensch Max, wir haben noch nicht mal sieben Uhr!«

»Ja, aber … is doch Urlaub.«

Ohne zu trinken, steckte Breitling den Flachmann wieder ein. Der Gesprächsbedarf am Grab von Carlos schien ohnehin erschöpft. Stumm verteilten wir mit bloßen Händen Erde und Steine über Carlos' Schuhkarton, und schließlich ritzte Bahee ›Carlos‹ in einen flachen Stein, den er sorgsam in die Erde steckte.

»Sag mal, stimmt das echt, dass die Erdmännchen hier alle Nase lang ausgetauscht werden und alle Carlos heißen?«, fragte ich Bahee.

»Nee«, antwortete er trocken. »Erdmännchen werden sechs. Und das war die einzige Carlos. So wie der war keiner und wird auch nicht mehr. Aber wenigstens – jetzt die Trixi ist wütend und nicht mehr traurig.«

Hastig erhob sich Bahee aus der Hocke, und ohne uns noch einmal anzuschauen, ging er schnellen Schrittes in Richtung Lodge. Verwirrt blickten wir ihm nach.

»Respekt!«, sagte Breitling und nahm einen Schluck Schnaps. »Respekt.«

37

Rein statistisch konnte es durchaus sein, dass Sina mich betrogen hatte. Millionen von Männern werden im Urlaub betrogen, warum sollte ich mit meinen stümperhaft rasierten Beinen und der Gurkenrolle am Bauch eine Ausnahme sein?

Warum glaubte ich, dass es mich nicht erwischen konnte nach sieben Jahren Beziehung, tagelangem Streit und bei einem Nebenbuhler, der aussah wie frisch aus der Nassrasierer-Werbung? Je länger ich drüber nachdachte, desto sicherer war ich mir, dass ich betrogen worden war. Was für einen Grund gab es denn sonst für Sina, jeden Blickkontakt und jedes Gespräch zu meiden? Warum saß sie in Reihe zwei mit Brenda und Trixi und nicht bei mir? Und warum saß Schnabel hinten? Ich stutzte. Eben. Schnabel saß hinten neben dem knarzigen Seppelpeter und somit auch nicht neben Sina. Und die letzte Reihe war seit Anbeginn der Reise nachweislich für Loser bestimmt. Also doch nicht?

»Mensch, das ist ja ne Stimmung hier wie nach ner Beerdigung!«, nölte Breitling neben mir und begann in seinem Rucksack zu wühlen. »Na also!« Freudig zog er eine selbstgebrannte CD raus. »Chef?«, rief er laut nach vorne, »bisschen Mucke mal?«

»Wenn die anderen nich stört.« Bahee sah fragend in den Rückspiegel. Es störte nur deswegen niemanden, weil keiner wusste, was kommen würde. Nun war es zu spät: Bahee drückte Play, und augenblicklich wurde unser Bus mit einem nicht gerade komplex angelegten Schlagerintro geflutet.

Moment mal, dachte ich noch, das kennst du doch, da legte Wolle Petry auch schon los.

»Von dir keine Spur, die Wohnung ist leer
und mein Herz wie Blei so schwer
ich geh kaputt, denn du bist wieder bei ihm
ich weiß nur eins, jetzt ist Schluss
und dass ich um dich kämpfen muss
wo bist du, sag mir, wo bist du?«

Rechts neben mir wippte Breitling bereits im Takt der Musik und machte sich allen Ernstes bereit, den Refrain in seine leere Wasserflasche zu singen. Hilfesuchend blickte ich mich im Bus um, doch keiner schien in Schwierigkeiten geraten zu wollen oder irgendwie in Verbindung mit diesem schrecklichen Verbrechen. Breitling blickte mich schlagergesichtig an und sang zusammen mit Petry: »Wahnsinn, warum schickst du mich in die Hölle?«

»Hölle! Hölle! Hölle! Hölle!«, donnerte es aus heiterem Himmel von der Rückbank. Schnabel? Seit wann kriegte der denn den Mund auf? Ich wollte gerade einen Giftblick nach hinten schießen, da drehte Breitling mir den Kopf zurück und dröhnte mir mit kaltem Marlboro-Schnaps-Atem schwülstig ins Gesicht:

»Eiskalt lässt du meine Seele erfriern,
das ist Wahnsinn, du spielst mit meinen Gefühlen ...«

»Fühlen, Fühlen, Fühlen, Fühlen!«, skandierte der Triathlet höhnisch hinter mir, und Breitling sang verbunden mit einem Breitling'schen Knöcheldreher in meiner Schulter:

»... und mein Stolz liegt längst schon auf dem Müll,
doch noch weiß ich, was ich will – ich will DICH!«

Dass Breitling schon am Morgen soff, war wohlbekannt, aber was zum Teufel war denn mit Schnabel los? Hatte sich der sonst so stumme Fisch seine nassforsche Laune etwa angevögelt?

»Hehehe!«, lachte Bahee, »Karl-Heinz, da musste mal deine Diskolicht da rausholen und auf die Kopf packen, ne! Hier is der afrikanische Disko-Schlagerbus, ne, hehehe!«

»Naaaa!«

Ich sank ein wenig tiefer in den Sitz und hoffte, dass die Gruberin der Schlagershow bald ein Ende bereiten würde, rosinengesichtig genug schaute sie jedenfalls und ... alle anderen auch! Die allgemeine Stimmung im »Saal« einfach ignorierend, begann Wolle Breitling mit der zweiten Strophe. Langsam, aber sicher spannte sich auch die letzte Muskelfaser in mir an, und als Schnabel dann zum zweiten Mal »Fühlen, Fühlen, Fühlen, Fühlen!« bellte und mir dabei noch in die Schulter piekte, verlor ich die Beherrschung. Wutentbrannt warf ich mich herum, knallte ihm meine flache Hand auf die Brust, dass es ihn nur so in den Sitz schleuderte und brüllte: »Fassssssssss mich nicht an, du aufgepumpter Sportpimmel!«

›Ich brauche Luft, bevor mein Herz erstickt‹, sang Petry, dieses Mal ohne Breitling, und irgendwem war ein Finger auf die Stop-Taste gerutscht, die Musik war vorbei.

Ich stierte immer noch Schnabel an, der sich in Erwartung weiterer Schläge stumm in seinen Sitz drückte. In der Hand hielt er, ich konnte es nicht fassen: eine Flasche Bier! Immer noch unter Hochspannung und mit dem verschreckten Schnabel im Augenwinkel drehte ich mich langsam um, da spürte ich Breitlings Hand auf meinem Arm. »Hey, hey ... Matze, beruhig dich mal!«

Wütend riss ich meinen Arm weg und donnerte: »Und duuuuu ... sing mich nicht an! Nie wieder!«

Mit rasendem Puls schaute ich nach vorne, alle hatten sich umgedreht. Säuerlich beugte sich Brenda zurück zu ihrem nun ebenfalls verschüchterten Begleiter.

»Hauch mich mal an!«

Und Breitling hauchte.

»Ich hab's gewusst!«, zischte sie, »um DIE Zeit! Echt! Max!«

Für eine ganze Weile war es still, und Bahee lenkte den Bus jetzt auch merklich langsamer. Dann hörte ich das wohlbekannte Klacken der Lautsprecher, es folgte ein Räuspern.

»Soooo … Leute, wir fahren jetzt gleich mal rein hier in die Eto-sha Nationalpark, wo auch unsere Camp da mitten reingebaut ist, ne. Der Etosha Park, der ist die bekannteste Park in Afrika und die Name Etosha, die bedeutet so viel wie wegen heiße Boden von eine Fuß auf andere hupfen, lustig, ne?«

Einzig der japanische Motor kommentierte Bahees Erklärung.

»Oder auch nicht so lustig für die ein oder andere. Auf jeden Fall in diese Park, wo wir da mal reinfahren, da kriegt ihr heute mal or-dentlich wilde Tiere vor die Linse!«

»Langweilig!«, rief Schnabel von hinten und ließ meine Zähne knirschen.

»Die sind doch sicher auch nur Verarsche«, merkte Trixi an, und auch die Gruberin packte die Gelegenheit am Schopf: »I würd mi net wundern, wenn die Viachal alle festgebunden wär'n, damit ma se besser fotografier'n kann!«

Ich sagte nichts mehr. Zur Sicherheit aller im Bus hatte ich mich in den Gemüsemodus gefahren. Wir erreichten eine große Torein-fahrt des Parks, wo wir von einem Ranger in Uniform registriert wurden. »Damit hier mal keiner verlorengeht, ne«, erklärte Bahee, »denn ab hier sind wir unter echte wilde Tiere, ob die Dame hier glauben oder nicht. Das heißt auch, dass ab jetzt keiner darf die Bus mehr verlassen, ne. Weil im Bus ihr seid Tourist, ne. Draußen ihr seid Futter!«

Bahee hätte ebenso gut mit einem Kameldornbaum sprechen können. Keiner hörte zu. Breitling starrte auf seinen Flachmann und ich lustlos in den Nationalpark. Der wirkte trostlos, grau und staubig auf mich. Tiere gab es auch, alle hundert Meter standen Springböcke, Oryxe, Kudus und andere Tiere am Straßenrand und waren genauso gelangweilt von uns wie wir von ihnen. Unser Guide hielt eisern durch, und als auf der linken Seite unseres Busses Zebras auftauchten, stoppte Bahee den Bus direkt daneben.

»Hier haben wir eine Herde von Zebra, die weiden da mal das

trockene Gras ab. Wisst ihr, warum die Streife haben überall?« Die Super-Gruppe schwieg, es war ein fast schon unheimlicher Massen-Gemüsemodus. Bahee wurde zunehmend unsicher. »Wollt ihr's denn wissen?«

»Neiiiin!«, schnabelte es von der Rückbank, als hätten Triathleten einen Schalter, den man von ›Fisch‹ auf ›Großmaul‹ knipsen konnte.

Was wollte der Idiot denn? Mich immer weiter provozieren, bis ich total ausrastete und er sich Sina abgreifen konnte? Das würde ihm nicht gelingen. In stiller Wut verschränkte ich meine Arme.

Bahee fuhr und erklärte einfach weiter: »Die Streifen, ne, die verwirren die Angreifer, und einige Ranger sage auch, dass die vor Hitze schutzt!«

Langsam rumpelte unser Bus an eine fußballfeldgroße Wasserstelle. Zögerlich klickte Bahee sein Headset an. Dichtgedrängt standen den Springböcke und Kudus am Wasser, in der Mitte des Tümpels badeten zwei Elefanten.

»Sieht aus wie Schwimmbecken, ne?«, schmunzelte Bahee angestrengt, erhielt aber außer einem kurzen Nicken von Käthe wieder kein Feedback. Brenda blätterte in ihrer *Gala*, Trixi hatte den Kopf an die Scheibe gelehnt und schlief offenbar, und zwischen den beiden kratzte Sina nervös am Etikett einer leeren Wasserflasche. Speckhut schien nicht nur durch die Scheibe, sondern gleich auch durch die Tiere hindurchzuschauen, und Breitlings Augen klebten immer noch gedankenverloren am Flachmann. Der Lautsprecher über mir knisterte kurz, doch dann überlegte Bahee es sich anders und fuhr schweigend weiter. Wenige Minuten nach dem Wasserloch ging dann der Lautsprecher doch wieder an.

»So Leude, aber jetzt müsst ihr wirklich mal gucke hier links!«

Der Motor verstummte, unser Bus rollte aus. Ich blickte aus dem Fenster und sah einen großen Löwen mit stattlicher, hellbrauner Mähne. Er stand nur wenige Meter vom Bus entfernt und musterte uns. »Da habt ihr echt eine Riesengluck, dass wir so eine große Löwemännchen vor die Kamera kriegen, das hat nur jede fünfte Tour, ne!« Aufgeregt kurbelte Bahee sein Fenster herunter und machte selbst ein Foto mit seinem Handy. »Für die Kollege!« Er lächelte in leere Gesichter.

Der Löwe stand noch immer direkt an unserem Bus, doch statt davonzulaufen, beäugte er uns verwundert. Offenbar war auch ihm direkt aufgefallen, dass wir anders waren als andere Reisegruppen.

»Will denn keiner ein Foddoo machen? Vom Löwen?« Bahee blickte hilflos in den Bus, sein grünes Hemd war an den Achseln durchgeschwitzt. »Sina? Du vielleicht?«

Abwesend schüttelte Sina mit dem Kopf.

Bahees Augen wanderten weiter nach hinten zu mir. »Matze?«

»Akku leer.«

»Dann … Max, vielleicht? Karl-Heinz? Kein Bing heute? Bikkie Bing Bing?«

Der vertraute Klang seiner Kamera ließ Seppelpeter aus seinem Schlaf schnellen.

»Wasn?«

»Ein Löwe!«, wiederholte Schnabel neben ihm. »Ob du ihn filmen willst!«

Seppelpeter blickte erst auf Bahee, dann auf den Löwen und dann wieder zu Bahee.

»Naaaaa!«

»Okay«, schnaufte Bahee, »dann vielleicht ist es besser für uns alle, wenn wir eine Pause hier mal unplanmäßig reinmachen, ne«, und als er den Motor wieder anließ, klang sogar der irgendwie erleichtert.

38

Der alte Zaunpfahl, der auf dem Klo des Etosha-Rastplatzes neben dem Waschbecken lehnte, war ein Wink des Schicksals, eine fast schon Tarantino-mäßige Einladung zum Böse-Sein, Genugtuung-Schaffen, Sich-Rächen an dem Mann, der inzwischen schon mehrere Nächte mit meiner Freundin verbracht hatte und nun mit seiner Bierflasche hinter einer der beiden gelben Holztüren seelenruhig sein Geschäft verrichtete.

Um mich nicht durch ungewöhnliche Geräusche zu verraten, ließ ich Wasser ins Waschbecken plätschern, erst dann trug ich den schweren Zaunpfahl leise zur Kabine meines Mitbewerbers. Das Holz schien nur für diesen Zweck gemacht zu sein: Jedenfalls passte es perfekt zwischen Klinke und Mauer; es würde es dem Gillette-Ossi unmöglich machen, aus der Kabine zu kommen. Eilig kehrte ich zum Bus zurück, wo Brenda und die anderen Pinkelpäusler bereits auf mich warteten, und nahm gutgelaunt auf dem Sitz von eben Platz.

»So ...«, sagte Bahee durch, »... alle mal an Bord und bereit für unser Ritt ins Camp?«

»Ja!«, bestätigte ich und blickte eilig nach draußen. Hätte irgendwer mein scheinheiliges Grinsen beobachtet in genau diesem Moment, wäre die Sache aufgeflogen. Weil es aber inzwischen schon so etwas wie gelerntes Verhalten war, dass wir endlich weiterfahren konnten, sobald auch ich mal im Bus saß, ließ Bahee den Motor an, und wir fuhren schnabellos los. Eine gute Viertelstunde ruckelten wir durch den Nationalpark, da setzte Bahee sein Headset auf und stellte eine spannende Frage.

257

»Karl-Heinz, sag ma, schläft der Kevin da neben dir, ich seh ihn nicht …«

»Wos?«

»Ob der Kevin neben dir ist!«

Ebenso langsam wie desinteressiert drehte Seppelpeter seinen Schildkrötenkopf dorthin, wo bis vor kurzem noch Schnabel gesessen hatte.

»Naaa!«

Im Rückspiegel sah ich, wie Bahees eben noch fröhliches Gesicht sich verspannte wie Frischhaltefolie. Er wiederholte die Frage.

»Karl-Heinz, jetzt mal bikkie ernst hier bitte, ne: Is der Kevin neben dir?«

»Sagramend, naaaaaa!! Da liegd nur a Bierflasche. Hald! Zwei sogar!«

Bahee legte eine solche Vollbremsung hin, dass Brendas *Gala* sowie Schnabels Bierflaschen nach vorne flogen und gegen die Kopfstützen krachten. Der Bus selbst tauchte in eine Wolke aus grauem Staub. Kein Lachen war mehr zu hören und kein Atmen, die einzigen Geräusche waren das Tackern eines japanischen Dieselmotors und das Pochen unserer Herzen. Aufgelöst drehte sich Bahee zu den hinteren Reihen um.

»Mensch, Karl-Heinz, da musste doch mal was sagen hier!«, schimpfte er. »Wir sind doch mitten in die Park mit wilde Tiere drin!«

»Ich bin doch kei Kindergärdner«, grantelte Seppelpeter zurück.

Bahee versuchte sich zu beruhigen, indem er seine Schläfe massierte.

»Gut. Also … wo habt ihr ihn denn zuletzt gesehen?«

»Auf am Rastplatz!«, erinnerte sich Speckhut, ich nickte scheinheilig: »Stimmt. Da hab ich ihn auch gesehen.«

Trixi war die Erste, die handelte. Sie kurbelte das Fenster herunter, formte ihre Hände zu einem Trichter und schrie: »Keeeevin! Keeeviiiiinnn!!!«

Bahee starrte die energiegeladene Trixi ungläubig an.

»Trixi? Das ist ein super Idee, aber ... mach besser, wenn wir zurück sind, ja?«

»Stimmt. Ist besser. Wollte nur helfen!«

Mit quietschenden Reifen wendete Bahee den Bus, und keine zehn Minuten später raste ein Toyota Quantum mit Holzgiraffe auf dem Dach durch die Einfahrt der umzäunten Toilettenanlagen.

Der Bus war noch nicht ganz zum Stehen gekommen, da riss ich schon die Schiebetür auf und rannte auf das flache Betongebäude zu, auf dessen rechter Seite sich das Herrenklo befand.

»Keeeevvviiin!«, hörte ich Trixi hinter mir schreien – nun durfte sie ja. Der Zaunpfahl steckte noch exakt so zwischen Klinke und Mauer wie zuvor. Ich riss ihn weg und die Kabinentür auf. Auf dem Klo saß Schnabel mit einem Bier und schaute mich erschrocken an.

»Och ... geht's weiter?«

»Ja! Kommst du mit?«

»No!«

Schnabel nahm einen weiteren Schluck Bier und stellte die Flasche sorgsam neben die Toilettenbürste.

»Alles klar!«, schrie ich nach draußen, »hab ihn!«

»Übrigens, Matze, damit du mich nisch immer kloppst: Ich hab Brenda gevögelt, nicht Sina.«

Meine Augen wurden so groß wie die der Klickaugenbedienung am Brandberg.

»Echt?«

»No!«

»Wann?«

»Wüste!«

»Und?«

»Guter Body, aber zu passiv, lässt sich bedienen.«

»Ach.«

»Versucht hab ich's natürlich bei Sina.«

Augenblicklich beschleunigte sich mein Puls, und meine Hand griff fast automatisch wieder nach dem Zaunpfahl. Schnabel schüttelte ab, betätigte die Spülung und zog die Hose hoch.

»Leg das Ding weg, wir haben ja noch nicht mal geknutscht!«

Stumm lehnte ich den Pfahl zurück an die Kacheln, gemeinsam gingen wir zum Waschbecken. Schnabel drehte den Hahn auf und wusch seine Hände.

»Weißt du, was deine Sina gesagt hat, warum mir die Frauen immer abhauen nach ein paar Wochen?«

»Nee!«

»Weil ich 'n freudloser Langeweiler bin.«

»Echt?«

»No! Und weißt du was? Sie hat recht! Die ganze Ernährungsscheiße, die Trainingskonzepte, die Wettkämpfe ... ich hab keinen Bock mehr. Bringt ja auch nix, ich meine, welche Kirsche will denn 'nen Typen, der dreißig Stunden trainiert die Woche und, wenn er nicht trainiert, auf Wettkämpfen rumhängt und, wenn er da nicht rumhängt, nix trinkt?«

»Lass mich raten: keine?«

»Genau. Obwohl – vögeln wollen se schon mit mir, aber das war's dann meistens auch.«

Schnabel drehte den Wasserhahn so entschlossen ab, dass ich fürchtete, er würde ihn abreißen.

»Und dann seh ich auch noch viel zu gut aus. Ich muss da echt was machen. Sag mal, siehst du 'n Handtuch irgendwo?«

Ungläubig fixierte ich Schnabel. Hatte er eben wirklich gesagt, er müsse was gegen sein Aussehen tun?

»Nee!«

»Egal, Handtuch ist auch langweilig! Na, jedenfalls: Du bist nicht langweilig, und aussehen tust du auch nicht besonders. Aber irgendwas scheinste ja zu haben, dass ne Frau wie Sina so einen Irren wie dich liebt.«

»Das hat sie gesagt?«

»No! Ach, und das mit Brenda behalt für dich, ja? Sag mal, haben wir Bier im Bus?«

»Kann sein.«

»Mann!«, freute sich Schnabel mit einem Mal und wuschelte mir mit den noch nassen Händen durch die Haare. »Ich wette, wir haben Bier im Bus!«

Grinsend traten Schnabel und ich aus der Park-Toilette. Nie hab ich größere Verwirrung in Sinas Gesicht gesehen.

39

Am nächsten Tag wollten alle nur noch nach Hause. So schnell wie möglich und am besten in getrennten Flugzeugen. Doch noch war es nicht so weit, noch mussten wir die angeblich älteste Pflanze der Welt bestaunen, das Kriegsversteck der beiden deutschen Geologen und den Holzmarkt in Okahandja.

Die älteste Pflanze der Welt hieß Welwitschia Mirabilis und war das mit Abstand jämmerlichste Gewächs, das mir jemals unter die Augen gekommen war. Mit ihren blassen, graugrünen Blättern sah sie aus wie eine monatelang nicht gegossene Baumarkt-Zimmerpalme.

»Die Welwitschia hier, der ist über tausend Jahre alt und braucht fast keine Wasser«, erklärte uns Bahee.

»Chef?«

»Eh?«

»Wir sind jetzt nicht wirklich eine Stunde gefahren wegen so einer verdörrten Scheiße hier, oder?«

»Doch, Max!«

Breitling sagte »Mann, Mann, Mann«, und Trixi trat aus Versehen auf eines der wenigen intakten Blätter.

Sina ignorierte mich, es war also alles wie gehabt: Schnabels plötzliche Verhaltensänderung hatte mir wenig gebracht, denn noch stand die Info, dass Sina mich liebte, in einem gewissen Widerspruch zu ihrem Verhalten.

Schnabel, der den ersten Kater seines Lebens zu haben schien und nicht aufhörte, uns dessen Auswirkungen zu beschreiben, als hätte er eine seltene Tropenkrankheit: »Jetzt pocht und pocht das im Kopf, und einen Brand hab ich! Kennt ihr das?«

Wir sagten »Ja« und stiegen wieder in den Bus, um uns an unseren vorletzten Stopp, den Henno Martin Shelter fahren zu lassen. Darauf war ich tatsächlich gespannt, nach dem ich in der Erongo Wilderness Lodge angefangen hatte, den Erlebnisbericht der beiden Kriegsflüchtlinge zu lesen.

Bahee parkte, dann stolperten wir einen schmalen Felsweg hinab, wo es zum Versteck der beiden deutschen Geologen ging. Bahee erläuterte unterdessen den Sachverhalt. »Der Henno Martin und seine Kumpel, der Herr Korn, die waren Geologen, und die haben hier so in die späte Dreißiger nach Wasser gesucht für die Farmer, aber dann hat sie die Zweite Weltkrieg auch hier mal eingeholt, und damit man sie als Deutsche nicht in die Knast schmeißt, haben die sich vom Acker gemacht und sind in die Wüste gefahren, da wollten sie dann mal so lange ausharren, bis der Krieg vorbei ist, ne. Und wo wir jetzt mal runterlatschen, das war ihre erste Versteck.«

»Unfassbar interessant!«, stöhnte Breitling und flippte eine Kippe gegen einen Felsen.

»Aha!«, murmelte Speckhut.

»Na ja!«, zweifelte Käthe. Dann klingelte Bahees Handy, und Speckhut scherzte, das sei bestimmt der Henno Martin, der wissen wollte, ob der Krieg endlich vorbei ist, er hätte einen tierischen Kohldampf. Erstaunlich: Nun lachte nicht mal mehr Speckhut selbst über seinen Witz, er machte ihn einfach nur.

Bahee hatte sich ans Ende der Gruppe fallen lassen und telefonierte, wobei er irgendwie angespannt wirkte. Wir warteten zunächst, doch dann machte es ›Bing‹, und Seppelpeter stapfte neugierig voraus in Richtung Versteck. Wir ließen Bahee telefonieren und stiegen den kleinen Pfad hinunter zu einer weit überhängenden, hellbraunen Felswand mit einem Boden aus grauem Staub. Einen Augenblick lang stellte ich mir vor, wie es wohl wäre, wenn ich vor einem Krieg hätte fliehen müssen. Und ich dachte wieder drüber nach, ob wir hier überleben könnten, die wir Fleisch nur abgepackt kannten aus dem Supermarkt und mit Grammangabe? Wie würden wir Wasser finden, uns gegen Kälte schützen, und was würden wir essen? Wie wir schon bald erfahren sollten, waren das so abwegige Überlegungen nicht, denn als mein Blick wieder zum schmalen Trampelpfad ging, war unser Guide verschwunden.

Die erste Viertelstunde verbrachten wir noch sorgenfrei. Wir vermuteten, dass Bahee noch mal kurz zum Bus gelaufen war, um dort ungestörter telefonieren zu können oder etwas aufzuschreiben. Als wir nach einer halben Stunde aber noch immer alleine unter der Felswand saßen, schlug ich vor, zurück zum Parkplatz zu gehen, um nach dem Rechten zu sehen. Aus Angst, zurückgelassen zu werden, wollten alle mit. Also stiegen wir alle wieder hoch. Am Ende des Pfades angekommen, fielen uns dann fast die Gesichter ins Geröll: Das Einzige, was inmitten der prallen Sonne auf dem staubigen Parkplatz stand, war unser komplettes Gepäck.

»Rakete!«, stieß Breitling verdutzt aus, »der hat uns glatt sitzenlassen!«

»Und mei Schiraffe!«, krächzte die Gruberin entsetzt.

»Der helle Wahnsinn«, murmelte Trixi und Bikkie Bing Bing schwenkte über unser buntes Gepäck im Staub.

»I wo, des is sicher a Scherz!«, lachte Speckhut ein wenig verzweifelt.

»Das wäre aber ein komischer Scherz«, fügte Trixi an.

»Hat denn jemand seine Handynummer?«, fragte ich, und als alle stöhnten, sagte ich: »ICH will ja nicht telefonieren! Ich will nur wissen, ob jemand seine Handynummer hat!«

»Du warst doch immer sooo mit ihm!«, schnarrte die Rosinenhexe und überkreuzte ihre knochigen Finger.

»Ja, aber warum hätte ich seine Handynummer brauchen sollen – er war ja ständig hier!«

Als Bahee auch in der darauffolgenden Stunde nicht zurückkehrte und die Sonne immer unbarmherziger auf unsere hummerfarbenen Touristenarme brannte, beschlossen wir, sämtliches Gepäck hinunter ins schattige Henno Martin Shelter zu tragen.

Da saßen wir nun, im Kriegsversteck von anno irgendwann, mit unseren lächerlichen Sonnenhüten und waren nicht mehr als ein unsäglicher Treppenwitz der deutsch-namibischen Geschichte: Nachdem sich Speckhuts Scherztheorie als unhaltbar erwiesen hatte, hofften wir nun auf eine der nächsten Reisegruppen, von denen wir am Morgen ja noch Dutzende gesehen hatten. Um diese abzufangen, hatte sich Schnabel mit einem Bier oben am Parkplatz postiert, der Rest saß auf seinen Taschen und blickte hinab in den Kuiseb-Canyon.

Ich saß bei Seppelpeter, der ungeachtet der bizarren Situation, in der wir uns befanden, mit seiner Kamera den Canyon filmte, Sina und Trixi hatten sich an den tiefsten Teil des Felsvorsprungs verzogen. Was auffiel, war die absonderliche Stille unseres Rastplatzes. Nur ab und an wurde sie durchbrochen von immer weiteren, wilden Theorien über Bahees Abgang, die zumeist mit den Worten »Vielleicht ...« oder »Es könnte ja auch sein ...« eingeleitet wurden. Brenda tippte auf den kaltblütigen Überfall eines mit Bahee verfeindeten Stammes, was wir als unwahrscheinlich abtaten, da wir ja erstens unser Gepäck noch hatten und mir zweitens auch nicht einfiel, welcher Stamm denn nun mit Bahee verfeindet sein sollte – außer Österreich vielleicht. Speckhut, der meine Anspielung nicht komisch fand, witterte nach wie vor eine Art von Versteckte-Kamera-Scherz, denn das könne ja alles nur pure Absicht sein, damit wir ein wenig vom Abenteuergeist der damaligen Zeit einfangen konnten, und später würden wir alles im Netz runterladen können oder auf DVD gucken. Die Gruberin wies ungefragt noch einmal darauf hin, dass Bahee ja noch nie der Zuverlässigste gewesen sei und der Verständlichste schon gar nicht und dass sie ohnehin glaube, dass Bahee hummeldumm sei.

»Ich habs!«, rief Brenda nach einer Weile aufgeregt, »ich weiß, warum er weggefahren ist!«

Sogar Karl-Heinz Seppelpeter blickte nun interessiert auf.

»Warum?«, fragte Breitling in einer Stimmlage, die erkennen ließ, dass er nicht wirklich mit einer sinnvollen Antwort rechnete.

»Na, der musste einfach wahnsinnig dringend woanders hin!«

Breitling zog die Stirn kraus. »Und ... wo ist da jetzt genau deine Theorie?«

»Mit dir rede ich doch gar nicht mehr«, konterte Brenda, merkte dann aber doch, dass auch eine gewisse Gruppenanerkennung ausblieb – im Gegenteil: Die sieben aufmerksamen Augenpaare, die soeben noch auf Brenda gerichtet waren, fixierten nun des guten Anstands halber wieder den staubigen Felsboden.

Auch ich wälzte ein gutes Dutzend Theorien, von denen mich aber keine zu überzeugen vermochte: ein Anruf von dieser Novy, in die er sich verliebt hatte? Unwahrscheinlich, dafür war er zu missmutig ans Handy gegangen. Ein Todesfall in der Familie? Möglich, aber kein Grund, eine komplette Wandergruppe ohne Nachricht im Nichts stehenzulassen. Ich konnte es drehen und wenden, wie ich wollte: Es musste irgendwas mit uns zu tun haben. Nur was um alles in der Welt konnte das sein? Speckhut hatte eine Idee.

»I hob's, also ... vielleicht ...«

»Sog's net!«, stöhnte die Gruberin in freudloser Erwartung einer weiteren unsinnigen Bemerkung ihres Gatten, doch dieser schien in all den leidvollen Ehejahren gelernt zu haben, derartige Anweisungen zu ignorieren.

»I glaub, der Bahö hat die Schnauzen voll g'habt von uns.«

»Sauber!«, hustete Seppelpeter und nahm die Kamera vom Auge. »Des glaub ich abber auch.« Überrascht schauten wir zu Seppelpeter.

»Wieso?«, fragte Brenda unschuldig, »was könnte ihn denn an uns nerven?« Unsere Blicke wanderten wieder in den Staub.

»Brunzblöde Fraachen könnden ihn genervd ham!«, knarzte Seppelpeter.

Brenda, die den Ernst der Lage noch nicht ganz begriffen zu haben schien, hakte nach. »Wieso? Wer stellt die denn?«

Breitling holte tief Luft und friemelte sich eine der letzten Zigaretten aus der Packung, während Brenda vergeblich nach Bestätigung suchte. Er zündete sie an, erst dann sagte er: »Du.«

»Dankschön, na also!«, jubelte Seppelpeter und klatschte befreit in die Hände. Zack! Da war es wieder: Brendas Stummfilmgesicht. Doch Seppelpeter war noch nicht fertig. »Und wo mer grad dabei sin, was ihn genervd ham könnd ... da hädd ich a ganze Lisde! A ganze Lisde hädd ich da!«

»Dann soog scho!«, forderte Speckhut.

»Ersdens: die saublöden Gedichte und flachen Sprüch von ihm da!«

Irritiert blickte Professor Pepi direkt auf Seppelpeters ausgestreckten Finger. Die Gruberin konnte ihr Glück gar nicht fassen. So sehr strahlte ihr winziges Rosinengesicht, dass es für den Bruchteil einer Sekunde faltenfrei war. Begeistert klatschte sie in die Hände: »Sixt, Pepi, i hob's dir immer g'sagt!«

»Aber ... ihr habt's doch immer g'lacht über meine Gedichte«, begann Speckhut mit gedämpfter Stimme.

»Aus Höflichkeit«, erklärte Breitling trocken und zog an seiner Marlboro. Brenda atmete inzwischen wieder, behielt aber sicherheitshalber ihr Stummfilmgesicht bei, während Speckhuts flehender Blick zu Trixi und Sina wanderte. »Höflichkeit«, bestätigten auch diese, und da Speckhut wusste, dass seine Frau lieber sterben würde, als ihn zu unterstützen, wanderte sein Blick schon fast bettelnd zum Letzten in der Runde: zu mir. Reflexartig nahm ich mit meinen Händen eine Abwehrhaltung ein.

»Ich … hab nie gelacht!«

»Na dann …« Seufzend zuckte Speckhut mit den Schultern, »lass ich's Reimen halt sein, wenn's kei'm g'fallt. Wenn's nur des is.«

Für einen kurzen Augenblick schwiegen alle, dann räusperte sich Seppelpeter: »Is ned nur des!«

Wie ein gestelltes Reh in den Lauf eines Jagdgewehrs starrte Speckhut auf den knarzigen Franken. So dankbar ich Seppelpeter war, Speckhuts Reimwahnsinn gestoppt zu haben, so fand ich doch, dass es nun auch mal gut war. Das Ego des reimenden Rentners war ja schon zerbröselt, man musste nicht noch Feinstaub daraus machen.

»Was noch?«, fragte Speckhut mit flatternder Stimme.

»Wenn du nach jedem noch so saublöden Spruch über dich selbst lachst, da könnd ich jedes Mal der Wänd hoch!«

»Des sog i ihm seit Jahren, sag i des ihm!«, schrie die Gruberin ekstatisch auf, was dazu führte, dass nun auch das letzte bisschen Körperspannung aus ihrem Mann entwich.

»Is scho recht. Ihr werdet's nix mehr von mir hören«, stieß Speckhut kleinlaut aus, »i hob trotzdem des G'fühl, dass i ned des einzige Orschloch bin.«

»Pepi!«, rief die Gruberin erschrocken und hielt doch tatsächlich ihrem eigenen Mann den Mund zu. Szenen einer Ehe. Fast mochte ich nicht hinschauen. Speckhut freilich ließ sich das nicht gefallen, riss die Hand weg und giftete lauthals zurück:

»Und da bist DU GANZ VORNE MIT DABEI!«

Zack, schon hatten wir auch noch ein Rosinenstummfilmgesicht!

»Jetzt geht's hier aber los!«, stöhnte Breitling. Auch Sina und Trixi waren inzwischen näher gerückt, und Sinas Augen hüpften geradezu über die einzelnen Köpfe.

»Ich saach euch amal was«, legte nun der alte Seppelpeter von neuem los, »seid sechzig Jahren bin ich am Wandern, aber so a armselige Drubbe is mir no ned underkommen! Mir san gar kei Grubbe, mir san a Albdraum! Und wenn ich Bahee g'wesen wär, am zweiten Daach hätt ich's Handtuch gschmissen, wenn ned scho am Flughafen!«

Seppelpeter sprach mir aus der Seele, ich hätte ihn umarmen können. Und offenbar ging es auch den anderen so, denn aus den meisten Gesichtern sprach tiefste Zustimmung. Breitling versuchte zu beschwichtigen:

»Na, so schlimm ist es ja auch wieder nicht.«

»Des kriagst DU doch gar net mit, so angflaschelt wie du dauernd bist!«, schoss es da aus der Rosinenecke herüber.

»WAS bin ich dauernd?«, fragte Breitling verdutzt.

»Fetzendicht!«, ergänzte sie gehässig.

»Ach? Dein Mann hat aber ganz gerne mitgesoffen in Swakopmund, und weißt du auch, warum?«

»Weil ihr ihn abgfüllt habt!«

»Nein. Weil er mit einer verbitterten Hexe verheiratet ist!«

»Pepi? Sag, dass des net stimmt!«

Stumm blickte Pepi zu Boden, und selbst mit viel Phantasie konnte man aus diesem Blick kein ›Stimmt nicht‹ deuten. Mitten in die Stille krachte Seppelpeter. Er schien noch nicht fertig, und ich hatte Angst. Zu Recht.

»Na? Fraachd ihr jetzt immer noch, ob den Bahee was genervd ham könnd? Der Kölner Kofferkacker zum Beispiel? Dreidausend Killometer sitzt er neben mir und stellt kei einzige Fraachen, aber dann: ›Hast an Adabder?! Ich brauch an Adabder oder ich sterb! Deeeeeelefon! Wo is'n hier a Delllleeeefon?‹ Statt sich um sei hübsches Mädla zu kümmern, Sagramend, was für a Debb!«

»Danke!«, rief Sina und applaudierte sogar.

»Is gut jetzt, Karl-Heinz, es haben alle ihr Fett weg«, beschwichtigte Breitling, doch nun sprang der Wetterfloh auf und schrie auf ihn ein: »SAG DEN LEUTEN NICHT, WANN WAS GUT IS, OKAY?!«

›Okay … kay … ay …‹, hallte es durch den Canyon, dann legte sich wieder schwere Stille über uns, und Brenda setzte sich zurück auf ihre Tasche. »Karl-Heinz? Bitte.«

»Des war's. Über die Schweizer Massai, die alles niederstolberd, will ich nix saachen, die is draurich genuch.«

Trixi echauffierte sich: »Ich bin jetzt drei Tage über nix gefallen, hab extra mitgezählt!«

»Die Pflanze vorhin?«, erinnerte ich laut.

»Stimmt. Mist!«

»Woast, wen's vergessen hast?«, konterte Speckhut, der offenbar letzte Reste seines Selbstbewusstseins wieder aufgesammelt hatte.

Seppelpeter blickte ihn fragend an: »Den Sportlaggl, der wo wahrscheinlich grad Liechestützen macht am Barkblatz?«

»Naa! An oiden Grantler hast vergessen, von dem bis jetzt auch noch nix Gscheits komma is außer ›Naaa!‹ und ›Bing‹ und der jetzt ois niedermacht!«

»Pförds!«, winkte Seppelpeter ab und setzte sich schmollend, doch aus der hintersten Ecke des Felsvorsprungs meldete sich überraschenderweise Trixi zu Wort: »Das nervt mich auch! Das ständige ›Bing‹ von deiner Scheiß-Kamera. Aber mich ›Schweizer Massai‹ nennen! Und ich komm aus Hannover! Ich bin deutscher als du! Arschloch!«

Alle Augenpaare waren auf Trixi gerichtet.

»So! Jetzt geht's mir besser!«

Erschrocken über ihre eigene Courage fiel Trixi sofort wieder in sich zusammen. Sina legte tröstend den Arm um sie. Ich selbst fühlte mich, als wäre ich mitsamt meiner Reisegruppe einmal durch eine Autowaschstraße geschoben worden. Frisch gewaschen, shampooniert und gehirngewachst wurden wir gerade zum Trocknen auf das Gitter gerollt, als der nichtsahnende Schnabel in völlig unpassender Laune den kleinen Weg heruntergetorkelt kam, um zu berichten, dass kein Auto vorbeigefahren war bisher. Sprach's und setzte sich zappelig zu Breitling.

»Ich würde jetzt gern meine erste Kippe rauchen!«

»Ist das dein Ernst?«

»No!«

Schnabel bekam seine Zigarette und rauchte sie genüsslich vor den erstaunten Augen unserer Gruppe. Als er sie halb ausgeraucht hatte, brach Speckhut vorsichtig das Schweigen.

»Neureicher Piefke, der wo nur im Urlaub trinkt?«

Breitling blickte unsicher auf. »Was gibt's, Alpen-Clown?«

»Hast a Zigaretten für mich?«

Grinsend warf Breitling ihm seine Packung Marlboros samt Feuerzeug zu.

Speckhut nahm eine heraus, zündete sie an und nahm unter den geschockten Augen seiner Frau einen tiefen Zug.

»Pepi! Die machst sofort wieder aus!«, fuhr sie ihn an.

Golden leuchtete Pepi Grubers Mittelfinger im Licht der namibischen Nachmittagssonne.

40

Die Aussprache am Nachmittag hatte unser scheinheiliges Getue der ersten Tage zerkloppt wie eine Tontaube, die Belanglosigkeiten hatten sich ausgehupft.

Es war am frühen Abend, als uns ein junges, chinesisches Pärchen in unserem Versteck besuchte und fotografierte. Die anfängliche Freude über den Besuch wich schnell, denn je mehr Sprachen wir verwendeten, um unsere Situation zu erklären, desto seltsamer verhielten sich die beiden. Als Speckhut es schlussendlich mit Latein versuchte, flüchteten die beiden schnellen Schrittes den Pfad hinauf zum Parkplatz, stiegen in einen dicken Geländewagen und rasten davon. Breitling, mit dem zusammen ich den beiden bis zum Parkplatz gefolgt war, blieb dort, um nach anderen Autos Ausschau zu halten, ich stieg wieder ab in unser Camp.

Es war Brenda, die als Erste laut die Frage stellte, was denn eigentlich wäre, wenn keiner mehr käme und wir hier übernachten müssten. Die Antworten auf diese Frage waren recht schnell in den Gesichtern zu lesen. Kurz darauf brach ein beachtlicher Aktionismus aus. Speckhut, Schnabel und Trixi kramten ihre Reiseführer aus den Taschen und suchten nach Notrufnummern. Das Ergebnis war, dass wir genauso viele verschiedene Notrufnummern wie Reiseführer hatten und ein Streit darüber entbrannte, welche nun die richtige sei und wer welche Nummer anrufen sollte. Zur Auswahl stand die landesweite Rufnummer der Polizei 1 01 11, die Feuerwehr von Windhoek mit der 21 11 11 und Honorarkonsul Erich Wannemacher vom Österreichischen Konsulat, was Speckhuts Vorschlag war.

»Was willsde denn mid am ösderreichischen Konsulat?«, schnarrte Seppelpeter.

»Wos i damit wüll?«, entgegnete Speckhut, »ganz einfach: I bin a Österreicher!«

»Pförds! A Debb bisde! Die Polizei müss mer anrufen oder an Reddungsdienst!«

Ich warf den Satz »Wie wär's denn mit dem Reise-Veranstalter?« dazwischen, was ein respektvolles Schweigen zur Folge hatte.

»Klar. Logisch. Den Veranstalter«, nickte Sina, was mich stutzen ließ, hatte sie mir doch seit Tagen kein einziges Mal mehr recht gegeben.

»I ruf an!«, krächzte die Gruberin, und noch ehe jemand anbieten konnte, sie zu begleiten, hatte sie sich schon mit Wasserflasche und Handy Richtung Parkplatz aufgemacht, wo man offensichtlich ab der Hälfte des Weges Handyempfang hatte. Kurz darauf kam sie mit der Nachricht zurück, dass sie den Veranstalter erreicht habe, ein neuer Guide sei bereits auf dem Weg zu uns und Bahee spurlos verschwunden.

»Spurlos verschwunden?«, wiederholte ich skeptisch. »Wie kann denn ein Guide spurlos verschwinden?«

»Hast ja g'sehen«, wienerte sie schnippisch, »vorhin war er noch da, jetzt isser weg. Spurlos verschwunden!«

»Und haben die auch gesagt, warum Bahee jetzt abgehauen ist?«, fragte Trixi, woraufhin die Gruberin mit den Augen rollte und ihr das Handy reichte.

»Ja geh, dann ruf selber an. Er is spurlos verschwunden. Fertig.«

Mit diesen Worten setzte sie sich wieder auf ihre Tasche und steckte sich eine Trockenfrucht aus einer silbernen Tüte in den Mund, als Zeichen, dass die Fragestunde nun beendet war. War sie natürlich nicht, denn viel mehr als vor dem Anruf wussten wir nun auch nicht.

»Und … wann genau kommt der neue Guide?«, fragte Sina.

»Ja, Herrgottszeiten, er ist unterwegs, mehr weiß i a net!«, antwortete die Gruberin unwirsch.

»Wichtig ist ja auch, VON WO er unterwegs ist!«, warf Breitling ein, und Schnabel wollte wissen, ob der neue Guide auch Bier im Kühlschrank habe. Wütend sprang die Rosinenhexe auf und stapfte in Richtung Canyon mit den Worten: »Wisst's ihr was? Leckt's mich doch alle am Arsch!«

Zurück blieben wir, eine seltsame Mischung aus einer Low-Budget-Version von *Lost* und dem RTL-*Dschungel-Camp*. Wir setzten insgesamt noch drei Notrufe ab, nämlich an die Feuerwehr in Windhoek, die Polizei und das Schweizer Generalkonsulat, Trixis Vorschlag. Alle An- und Rückrufe hatten das gleiche Ergebnis: kein Grund zur Sorge, ganz Windhoek wisse inzwischen, wo wir steckten, und ein Vertreter von Kalahari Unlimited sei mit einem neuen Bus unterwegs zu uns.

Dunkel wurde es trotzdem. Ich hatte zusammen mit Trixi in der näheren Umgebung Holz gesammelt; sie war geradezu versessen darauf, irgendetwas Nützliches für die Gemeinschaft zu tun. Wenig später saßen wir im Halbkreis um ein kleines, aber feines Feuerchen, teilten uns schweigend die Reste unserer Lunchpakete und ließen unsere Gedanken flirren.

Seltsame Dinge geschahen: Die Gruberin verteilte mit steifer Großzügigkeit Trockenfrüchte, Seppelpeter rückte eine Tüte Walnüsse aus seinem Bamberger Garten heraus, und Schnabel warf mehrere Packungen ekelhaft schmeckender Power-Riegel in die Runde, von denen er keine mehr essen wollte. Breitling, der mit Brenda bei Sina und Trixi saß, steuerte eine Flasche Cabernet Sauvignon bei, die wir aus den Aludeckeln unserer Trinkflaschen zu uns nahmen, er selbst trank nichts. Immer noch erschrocken vom Nachmittag der Wahrheit, behandelten wir uns nun mit geradezu porzellanhafter Höflichkeit, ja selbst die Mauer zwischen Sina und mir schien zu bröckeln.

Es war kurz nach sieben Uhr am Abend, und noch immer war kein neuer Guide aufgetaucht. »Sag mal, Matze, du hast doch dieses Buch da gelesen. War das nicht über die beiden, die hier gewohnt haben?«, wollte Trixi wissen, und alle schienen froh, dass überhaupt mal jemand was sagte.

»Die deutschen Geologen? Die Kriegsflüchtlinge?«

»Ja. Haben die oft hier übernachtet?«

»Also, genau weiß ich das nicht mehr, aber ein paar Monate werden das schon gewesen sein.«

»Ein paar Monate?!«, rief Trixi bestürzt aus.

»Und ... von was haben die gelebt?«, fragte Schnabel und nahm einen Schluck Wein.

»Also am Anfang hatten die natürlich alles Mögliche in ihrem Jeep, aber danach irgendwann mussten die dann schon jagen gehen, um was zu essen zu haben. Das erste Tier, das sie geschossen haben, war ein Klippspringer, glaub ich!«

»Ah!«, lachte Speckhut mit frechem Blick, »hab i a Eselsbrücke: WO springt er? Am Klipp springt er. WOS isser? A Klippspringer!«

So schnell er seinen Spruch rausgesemmelt hatte, so schnell folgte ein kleinlautes: »Hob nix g'sagt.«

Es war das erste Mal, dass alle wirklich mit Pepi Gruber lachten und nicht über ihn. Dafür musste ich nun alles aus dem Buch erzählen, woran ich mich erinnern konnte: warum sie geflüchtet waren, wie Henno und sein Kumpel sich die Höhle eingerichtet hatten, in der wir nun saßen, wie sie unten im Canyon einen kleinen Garten angelegt hatten, weil sie nach all dem erlegten Fleisch Lust auf Salat und Gemüse hatten, und wie sie schließlich begannen, über das Leben, die Menschen und den Krieg zu philosophieren und dabei fast verrückt wurden.

»Na verrüggd bisde ja scho!«, raunzte Seppelpeter grinsend, und alle lachten.

»Also ich könnt' mir vorstellen, hier zu bleiben«, sinnierte Breitling, was Brenda sichtlich amüsierte. »Duuu? Und wo stellst du deinen Siebener BMW hin?«

»Is eh weg, wenn wir zurück sind, Maus!«

In Brendas brünettem Köpfchen schien es kräftig zu werkeln.

»Wie? Hast du vor ner Feuerwehreinfahrt geparkt?«

Breitling machte eine Pause und holte Luft. »Nicht ganz. Ich hab Steuerschulden. Ich geh in die Privatinsolvenz.«

Stummfilmgesicht. Einer der Äste im Feuer knallte, Funken flogen. Um mit der unerwarteten Datenmenge fertig zu werden, wurde in Brendas Hirn ein zweiter Prozessor zugeschaltet.

»Im Ernst?«

»Ja, im Ernst. Leider. Es geht nicht mehr.«

Brenda schien beeindruckt. Ob von der Leichtigkeit, mit der Breitling über sein finanzielles Aus sprach, oder von der Info selbst, war freilich nicht auszumachen.

»Und ich hatte was mit Kevin!«

Schnabel spie Rotwein ins Feuer vor Schreck und rutschte panisch weiter nach hinten. Ich schluckte und schaute auf Breitling.

»Ich weiß«, brummte Breitling ruhig. »Und? Einmalige Geschichte?«

Brenda nickte ebenso stumm wie verschüchtert. Schnabel zuckte mit den Schultern, als wollte er sagen ›Wie immer halt‹.

»Dann sagen wir … unentschieden, Maus?«

Brenda nickte, dieses Mal allerdings wirkte sie ebenso erleichtert wie alle anderen.

Nun hatte auch ich genug Mut geschöpft. Wenn ich es jetzt nicht sagte, hier am Lagerfeuer an der Felswand, wann dann? Also räusperte ich mich, und als alle erwartungsvoll zu mir rüberguckten, weil sie dachten, ich wolle weitererzählen über Henno Martin und Korn, da sagte ich:

»Ich muss dir auch was beichten, Sina.«

Stille.

»Der Anruf auf dem Markt in Katutura …«

Gespannt, fast ängstlich blickte mich Sina an. »Das war nicht das Büro, oder?«

»Nein. Das war Immovest. Wollten wissen, was mit der Reservierungsgebühr ist.«

»Und? Was war damit?«

»Ganz einfach. Ich hab vergessen, sie zu überweisen.«

Schweigen.

»Ja, und dann?«

»Hab ich genau das eine Woche lang versucht.«

»Nee, oder?«

»Doch!«

»Deswegen hat er doch in den Rucksack gekackt!«, entfuhr es Trixi genauso schnell, wie sie sich erschrocken die Hand vor den Mund hielt. In Sinas Kopf ratterte es noch.

»Ja, und jetzt? Haben wir die Wohnung?«

»Ja, Sina. Wir haben die Wohnung.«

Ich konnte nicht sagen, ob sie sich freute über diese Info.

»Und … das ist alles? Ich meine, das ist deine Geschichte? Dass wir beinahe eine Drei-Zimmer-Wohnung nicht gehabt hätten?«

»Na ja, es war ja nicht irgendeine Wohnung? Die hat Rheinview! Offene Küche, Tageslichtbad!«

»Ja, Matze, aber es ist doch trotzdem nur … ne Wohnung!«

»Ha!«, feuerte Breitling in die Nacht, »nur ne Wohnung, sagt sie«, und Brenda machte »Psssst …«.

»Und ich«, knarzte da der alte Seppelpeter, »ich wolld gar ned fahren! G'schenkd ham se mir die Reise, dass se mich los sin und ihr scheußliches Zeuchs zammbrauen könna! Biermischgetränke! Und der Greulich, des is der Schlimmste!«

»Du hast echt mit Bier zu tun?«, fragte Schnabel neugierig.

»Glar. Ich bin Braumeister. Seppelpeter's – ganz was Spezielle's und Bamberg's bestes Braune's.«

277

»Und das sagst du jetzt erst?«

»Had mich ja keiner gfraachd.«

Das erste Prusten war von Sina zu hören, dann giggelte Trixi, und schließlich konnten wir alle nicht mehr. Am prasselnden Feuer des Kuiseb Canyons lachten wir uns den Stress der kompletten Reise von der Seele.

Man kann auch sagen, dass wir im Lagerfeuerschein unter der Felsenwand den bisher schönsten Abend hatten. Vor allem, weil Sina irgendwann meine Hand hielt. So obskur und verworren die Umstände auch sein mochten – offenbar spürte ein jeder von uns die Besonderheit dieser Nacht an diesem Ort, und wäre die Windhoeker Polizei aufgetaucht, ein Rettungshelikopter oder der österreichische Generalkonsul – wir hätten sie allesamt weggejagt. Nur Bahee fehlte.

Die Hoffnung auf baldige Rettung erlosch mit der Glut unseres Feuers. Die Dunkelheit, die Nacht und die Kälte bereiteten uns keine Angst, war uns doch Henno Martins Versteck durch meine Erzählung auf seltsame Weise vertraut geworden. Wir gingen zu Bett, als Matratze diente uns der ausgebreitete Inhalt unserer Reisetaschen, als Schlafanzug mehrere Schichten der wärmsten Klamotten, die wir hatten.

Vorsichtig an meine Freundin angekuschelt, blickte ich schweigend in die funkelnden Sterne und genoss Sinas Nähe. Ich rührte mich nicht, ich wollte nichts mehr kaputtmachen, schon gar nicht diesen Moment. Mein Wunsch, nach Hause zu fliegen – er war wie weggewischt.

Alle hielten wir inne, tankten Stille, dachten nach: Schnabel, der in einer dicken Jacke regungslos wie eine Statue auf seiner Tasche saß, oder Speckhut, der in größtmöglichem Abstand zu seiner Gattin auf einer Matratze aus dünnen Zweigen lag und Löcher in den Himmel starrte. Die glitzernden Sterne, die Weite des Blicks und die Stille der Nacht – die Natur ließ uns alle nachdenklich werden.

Ganz langsam wurde mir bewusst, dass es all dies hier nicht nur deswegen gab, damit man es fotografierte. Das Land konnte mehr, man musste es nur erleben. Für mich war die Nacht wie ein Schlag ins Kartenhaus alberner Lebenskonzepte. Reiseadapter, unbequeme Kleinbusse und Wohnungen mit Rheinview: All diese Dinge wirkten geradezu zwergenhaft, stellte man sie den wirklichen Fragen gegenüber: Wer bin ich? Wen liebe ich? Und wer hat eigentlich die letzte Runde im Grünen Kranz bezahlt?

»Hey«, flüsterte Sina neben mir, »ich hab da eine ganz schöne Scheiße zusammengebucht, oder?«

»Finde ich nicht!«, lächelte ich leise und drückte sie noch näher an mich.

Stolz hing der Mond über dem riesigen Land, ehrfurchtsvoll war unser Blick. Diese Nacht ließ nicht zu, dass man sich etwas vormachte. Trotz unserer warmen Klamotten waren wir alle nackt.

41

Als ich erwachte, fand ich mich mit Sina verknotet unter unseren Jacken und Pullovern wieder, bedeckt mit gefrorenem Tau, wie schon nach der ersten Wüstennacht. Und doch gab es einen bedeutenden Unterschied: Sina lag wieder neben mir! Und offenbar fixierte auch sie schon den hüpfenden Punkt am Ende des Pfades.

»Schau«, flüsterte Sina, »da kommt jemand vom Parkplatz!«

Noch halb verschlafen zog ich meine Freundin an mich ran und schloss die Augen. Ich wollte nicht, dass jemand kommt.

»Jetzt echt, Matze! Schau!«

Fast ein wenig unwillig blickte ich den Hang hinauf und erspähte einen schmächtigen Weißen. Eine große Styroporbox vor sich her tragend, hastete er eilig den kleinen Wanderweg zu unserem Felsvorsprung herunter. Auch die anderen schienen schon wach, zumindest bewegten sich die Berge von Jacken, Pullovern und Hemden, mit denen wir versucht hatten, uns warm zu halten – die Höhle sah aus wie ein Obdachlosenlager unter einer Kölner Brücke.

»Da kommt jemand runter!«, informierte uns Trixi über das, was eh alle längst gesehen hatten, und Schnabel sagte »No!« Seit gestern Nachmittag hatten wir auf Rettung gewartet, nun, da sie kam, beäugten wir sie mit einer gewissen Befremdung.

Ein scharfes »Hey!« knallte durch den Canyon und zerschlug die heimelige Stille der Nacht. »Sind Sie die Gruppe von Bahee Mutima?« Wir blickten uns an, doch irgendwie fühlte sich keiner bemüßigt zu antworten. Wir hätten schreien müssen für eine Antwort, und das hätte nicht gepasst. »Geht's Euch gut? Ist jemand verletzt? Hallo?«

Bald schon stand das schmächtige weiße Männchen vor uns, legte seine Box ab und stützte sich atemlos mit den Händen auf die Knie. Er trug eine Military-Hose und eine dicke, dunkle Daunenjacke, die seinen schmalen und beinahe haarlosen Kopf noch kleiner wirken ließ.

»Hallo erst mal, sorry ... ich bin so gerast!«

»Aufrichten, Hände hinter den Nacken, kriegste mehr Luft«, verwirrte ihn Schnabel.

Trixi fragte: »Wer sind Sie denn?«, und Speckhut war offensichtlich auch schon wach: »Ge, Trixi, des sixt doch: Des is a Außerirdischer, der wo unser Luft net verträgt!« Herzhaftes Gelächter brach aus, und Speckhut imitierte spontan einen nach Luft ringenden Außerirdischen.

Wer immer da vor uns stand, bekam gleich die geballte Ladung Gurkentruppe ab. »Ihre gute Laune erfreut mich!«, kommentierte unser Retter in der Daunenjacke und richtete sich auf.

»Pförds! Blöds Gschwätz!«, schleuderte ihm Seppelpeter entgegen, stand auf und blickte hinab ins Tal.

»Das meint der nicht so«, erklärte ich unserem Retter. Das hagere Männchen hatte nun zwar genügend Luft, dafür schien es nicht mehr recht zu wissen, was es sagen sollte. Also öffnete es die Styroporbox, in der sich Sandwiches, Orangensaft und zwei Thermoskannen befanden, und sagte einfach nur: »Ich hab Frühstück mitgebracht!«

Schnabel sprang als Erster auf.

»Ist da auch was mit Fleisch dabei?«

»Bestimmt!?«

Hocherfreut nahm sich Schnabel ein Dreieckssandwich und begann augenblicklich mit dessen Vernichtung.

»Also ... auch auf die Gefahr hin, dass Sie es gar nicht wissen wollen: Ich bin euer neuer Guide!«

»Naaaaa!«, murrte Seppelpeter und sorgte für schallendes Gelächter wie bei einer amerikanischen Vorabendserie.

»Ähhh … ich fürchte, doch. Also, mein Name ist Töne Piepenbring!«

»Mir wurschd!«, wetterte Seppelpeter, und wieder mussten wir lachen, doch das Rettungsmännchen ließ sich nicht aus dem Konzept bringen.

»Ich bin von Kalahari Unlimited, und natürlich möchte ich mich erst mal entschuldigen für den ganzen Ärger, den sie mit Herrn Mutima hatten, und natürlich, dass Sie hier übernachten mussten in der Eiseskälte. Glauben Sie mir, das Ganze ist unendlich peinlich für uns, wenn sich so was rumspricht, dann können wir einpacken.«

»Da kannste mal deinen Arsch drauf verwetten, dass sich das rumspricht!«, knatterte Breitling ihm entgegen, woraufhin es im feingliedrigen Gesicht des Männchens zu zucken begann.

»Aber warum kriegen wir denn überhaupt einen neuen Guide?«, fragte ich schließlich, »was ist denn mit Bahee?«

Piepenbring musterte mich verwundert. »Das fragen Sie mich allen Ernstes?«

»Ja!«, bekräftigte ich.

»Also … ich versteh die Frage wirklich nicht. Immerhin war es doch schon seit dem dritten Tag der ausdrückliche Wunsch der Gruppe, Bahee auszutauschen.«

Nun war kollektives Luftanhalten angesagt. Wir saßen so still, dass auch ein Fotograf mit einer Kamera aus der deutschen Kolonialzeit ein messerscharfes Gruppenbild von uns hätte schießen können.

»Also das ist jetzt aber ganz neu!«, erregte sich Trixi.

»Aber …«, stammelte das Männchen in der Daunenjacke, »Sie haben doch gestern noch gedroht, die Reise abzubrechen, wenn Herr Mutima nicht sofort ausgewechselt wird! Was sollte ich denn machen? Ich musste ihn ja anrufen und abziehen. Dass er dann so sauer reagiert und Ihnen nichts sagt, konnte ich ja auch nicht ahnen. Und wenn ich dann nicht auch noch diese verdammte Panne gehabt hätte, dann wären Sie auch nur ein, zwei Stündchen hier alleine gewesen!«

Nun verstand ich gar nichts mehr. »Wer bitte hat denn überhaupt mit Ihnen gesprochen?«

»Eine Frau ... Gruber?«

»Rakete!«, stöhnte Breitling, und wir gaben eine Runde Stummfilmgesichter. Speckhut war der Erste, der seine Stimmbänder wiederfand, mehr noch: Er hatte sich ein paar zusätzliche in den Hals getackert.

»Du! oide! Hexen!«, wetterte er, »is des peinlich!«

»Weil er hummeldumm g'wesen is!«

»Unsinn!«, knallte Breitling dazwischen.

»Ihr wart's doch alle net zufrieden!«, protestierte Käthe mit bösem Blick, »i hob's für euch g'macht!«

»Geh, jetzt red di a noch raus!«, schrie Speckhut mit hochrotem Kopf und sprang auf. Dann trat er in den Boden, dass die Steinchen nur so spritzten, und streckte seine Hand fordernd in Richtung Breitling, der noch saß.

»Ich brauch a Zigarette, bitte!«

»Tut mir leid, hab keine mehr.«

Nur einer war noch fassungsloser als wir: Töne Piepenbring.

»Also, Sie haben ... ich meine, Frau Gruber hat ... gar nicht für die Gruppe gesprochen bei ihren Anrufen?«, stammelte er.

»Natürlich nicht!«, schimpfte Trixi.

»Und ... dass Herr Mutima vorgestern einen Touristen in der Etosha-Pfanne vergessen hat, ist also erfunden?«

»Eingepennt bin ich auf dem Klo, mehr nicht!«, antwortete Schnabel wie aus der Pistole geschossen.

»Geh, jetzt hört aber auf, vergessen hat er dich und net nachgezählt!«, widersprach Käthe lauthals.

Piepenbring schüttelte den Kopf. »Aber ... stimmt es denn, dass er mit über 150 Sachen durch den Park gerast ist?«

»Nein«, antwortete Brenda.

»Und dass er die Österreicher beim Abendessen immer hat links liegenlassen, ist auch falsch?«

»Völlig falsch«, bekräftigte Speckhut und schoss einen fiesen Blick auf seine Frau.

»Verstehe«, seufzte der Mann von Kalahari Unlimited, »dann gab es wohl auch mehr als nur einen Reiseadapter für die Gruppe.«

»Einen?«, lachte ich, »wir hätten jeder FÜNF haben können!«, und bei Sina blitzte ein überraschtes Grinsen auf.

»Sie wollten Bahee also gar nicht auswechseln?«

»Kapiern Sie's doch!«, flehte Speckhut und deutete auf seine Gattin: »Nur diese Person hier wollt an Bahö auswechseln!«

»Ha!«, kreischte Käthe, »›diese Person‹ sagt er zu seiner Frau!«

»Ex-Frau! I lass mi scheiden«, vollendete Speckhut mit fester Stimme, und Käthes kleine Knopfaugen sprangen fast aus dem Rosinengesicht. Schnabel klatschte vor Vergnügen, und Breitling johlte: »Rakete!«

Spätestens jetzt hielt uns unser Retter für irre, zumindest schaute er so.

»Wir sind nämlich eine Gurkentruppe, wissen Sie?«, erklärte ihm Trixi, und Seppelpeter ergänzte: »A einziger Albdraum, Sagramend!«

»Okay«, seufzte Piepenbring, »dann laufen wir wohl jetzt mal besser hoch zum Bus.«

»Latschen«, verbesserte Brenda, »in Namibia sagt man ›latschen‹!«

»Wie auch immer.«

»Wo ist Bahee denn jetzt überhaupt?«, fragte Sina.

»Ich hab ehrlich gesagt nicht mehr versucht, ihn zu erreichen, nach der Geschichte gestern. Also, wenn er schlau ist, dann sucht er sich einen neuen Tour-Operator.«

»Warum das denn?«

»Ja, für uns fährt er bestimmt nicht mehr!« Lachend setzte Piepenbring den Deckel auf die nicht angerührte Frühstücksbox.

»Sie haben ihn entlassen?«, hakte Schnabel nach.

»Entlassen nicht. Er fährt halt keine Touren mehr für uns«, erklärte Piepenbring nicht ohne sarkastischen Unterton. Trixi platzte fast. »Sie sind aber nicht der Chef von Kalahari Unlimited, oder?«, fragte sie.

»Doch!«, antwortete Piepenbring.

»Dann sind Sie ein scheiß Chef!«, fuhr Trixi ihn an. »Sie können doch nicht einen Guide entlassen wegen ein paar falscher Telefonanrufe!«

»Das«, seufzte Piepenbring, »sehe ich ein bisschen anders. Wer eine Reisegruppe einfach so stehenlässt über Nacht, der hat in dieser Branche nichts mehr verloren. Es gibt hundert andere Guides.«

»Aber Bahee muss unsere Tour fertig machen!«, forderte Trixi.

»Freilich«, brummte Seppelpeter, »mir woll'n an Bahee zurück!«

Piepenbring hob seine Frühstücksbox hoch und sagte: »Tut mir leid, aber daraus wird nichts. ICH bin euer neuer Guide bis zum Rest der Reise!«

Der Bus, in dem wir nach Windhoek gefahren wurden, war hochmodern, gut gefedert und viel geräumiger. Wir hätten lieber unseren alten gehabt, mit unserem schwarzen Entertainment-Chef am Steuer. Einen Vorteil allerdings hatte der neue, größere Bus: Käthe konnte ganz alleine in der letzten Reihe schmollen. Als Gepäck.

42

Zehn Prozent auf den Reisepreis, Zimmer im besten Hotel der Stadt sowie ein Upgrade in die Businessclass für den Rückflug: Man konnte wirklich nicht sagen, dass Kalahari Unlimited bei der Wiedergutmachung geknausert hatte. Der Preis hierfür war freilich, dass wir die Klappe halten sollten. Kein Wort bei *tripadvisor*, kein Wort bei *holidaycheck*, kein Wort bei *google* oder *qype*.

Nachdenklich saßen wir nun auf der herrlichen Restaurantterrasse der Heinitzburg, einer mächtigen, zum Luxushotel umgebauten, alten deutschen Burg aus der Kolonialzeit. Stumm blickten wir hinab auf die Hauptstadt, die vor einem tintenblauen Himmel im Sonnenschein unter uns lag. Ein perfekter Urlaubstag eigentlich, doch relaxed war keiner von uns: Die komplette Gruppe war im Gemüsemodus. Brenda machte komische Bewegungen mit ihrem Mund, Breitling bewegte sein Wasserglas im Sekundentakt um seinen Teller, als sei sein Arm der Zeiger einer Quarzuhr. Da er seit zwei Tagen nicht getrunken hatte, war es aber vielleicht auch nur der Alkoholentzug.

Sicher waren wir die mit Abstand schweigsamste Reisegruppe, die das Hotel je gesehen hatte. Nur ab und zu zerschnitt emsiges Servicepersonal die angespannte Stille.

»Some more wine, Sir?«

»Some more water for the lady?«

»Another Steak and a beer, Sir?«

»No!«, antwortete Schnabel und reichte dem verwirrten jungen Kellner seinen leeren Teller.

»No means yes!«, klärte ich ihn auf, und schon schwirrte er ab.

Schnabel war der Einzige, der aß, und zwar ausschließlich Fleisch ohne Beilagen. Käthe hatte sich in ihrem Zimmer eingeschlossen und wollte keinen von uns mehr sehen.

Was Bahee anging, so fühlte ich mich ein wenig, als ob er plötzlich gestorben wäre. Zum einen hätte ich mich gerne verabschiedet und bedankt, zum anderen ärgerte ich mich, die Zeit mit ihm nicht besser genutzt zu haben. Ich hätte ihn viel mehr fragen müssen über sein Land, und vielleicht hätte er sich ja auch mal gefreut, wenn sich jemand erkundigt hätte, wie es ihm eigentlich geht. Der schmächtige Chef von Kalahari Unlimited war zurück ins Büro gefahren, um unsere Rückflüge auf Business umzubuchen; ihn würden wir erst beim Frühstück wieder sehen.

Seppelpeter legte seine Gabel auf den Tisch und zerknüllte die Serviette. »Wissder was, ich komma vor wie gekauft!«

Ich stimmte ihm dankbar zu. »Ich auch!«

Nun schaute auch Trixi von ihrem Teller auf. »Also, ich frag mich ja die ganze Zeit, ob wir nicht irgendwas tun können.«

»Aber was?«, fragte Sina.

»Na, den Bahee suchen. Der braucht doch seinen Job zurück!«

Wir waren geradezu begeistert von der Idee. Doch wie wir das anstellen sollten, wussten wir nicht. Eine Handynummer von Bahee hatten wir ja immer noch nicht und seine Adresse schon gar nicht. Alles, was ich noch wusste, war, dass er nicht in Katutura wohnte, sondern in einem Viertel, das mit ›-dorf‹ aufhörte. Selbst wenn wir es fanden: Sollten wir ein ganzes Viertel durchkämmen, von dem wir noch nicht mal wussten, wo es anfing und wo es aufhörte? Der Einzige, der die Adresse kannte, war der Veranstalter, und der hatte unseren Guide gerade entlassen.

Trixi stand auf. »Ich mach jetzt was!«

»Und was?«, erwiderte ich, »wir haben doch gar keinen Anhaltspunkt. Der einzige Ort, den ich kenne, wo Bahee hingeht, ist eine Bar, und die heißt ... —«

Alle Augen waren nun auf mich gerichtet.

»… vergessen!«

»Egal!«, antwortete Trixi und ging energisch in Richtung Rezeption, »ich ruf jetzt den Veranstalter an.«

Fünf Minuten später war Trixi mit einer schlechten Nachricht wieder zurück: Piepenbring wollte die Privatadresse von Bahee nicht herausrücken und riet uns, die letzte Zeit in Namibia zu genießen bei gutem Wein auf der Burg, statt uns unnötigen Stress zu machen.

»Was für ein Arsch«, schimpfte Breitling, »den mach ich fertig im Internet!«

»Max!«, maßregelte Brenda ihn entsetzt.

»Is doch wahr, Maus!«

»El Cubano!«, rief ich. »Bahee war vor der Tour im El Cubano!«

»Na also«, freute sich Trixi, »das ist doch schon mal ein Anfang! Vielleicht kennt ihn da ja jemand.«

Erleichtert, endlich etwas tun zu können, und mit wenigstens einem halben Plan im Kopf ließen wir ein Großraumtaxi von der Rezeption rufen. Eine gute Viertelstunde später öffnete sich das eiserne Sicherheitstor der Heinitzburg, und ein roter Toyota Quantum fuhr vor. Eilig stiegen wir ein.

»Where are we going to?«, fragte ein sehr junger weißer Fahrer mit Basecap und Flaumbart sowie holländischem Akzent.

»El Cubano!«, antwortete ich.

»It's closed at that time of the day.«

Seppelpeter beugte sich vor.

»Was hadder gsachd?«

»Dass es noch zu hat.«

»Mir wurschd, los geht's!«

»We're going to the El Cubano!«, bestätigte ich.

»As you like«, sagte der Fahrer, setzte rückwärts aus der Einfahrt und bog auf die Straße.

»I have a question«, schallte es von hinten, Schnabels Stimme.

»Yeah?«

»Where is the McDonald's in Windhoek?«

»Zum Schachtelwirt will er«, lachte Speckhut, »in Afrika!«

»There is no McDonald's in Namibia. Only Kentucky Fried Chicken, but it's very close to the El Cubano!«

»Thank you.«

»Was hadder gsachd, Matze?«

»Danke! Er hat danke gesagt.«

Sina saß neben mir, sie nahm aufgeregt meine Hand.

»Meinst du, das bringt irgendwas?«

»Sehen wir mal!«, antwortete ich und schnaufte tief durch. Nur fünf Minuten später ließ uns der Basecap-Chauffeur mit den Worten »El Cubano, Talstreet« vor einer betonierten Laderampe aussteigen und deutete auf einen noch vergitterten Laden hinter der Rampe. Dann brauste er davon. Wir kletterten die Rampe hoch und versuchten einen Blick in die Bar zu werfen, konnten jedoch nichts erkennen, da sich das Tageslicht in den Scheiben spiegelte. Seppelpeter griff sich einen Flyer und tippte mich an.

»Matze? Sachämal, was is'n ›Old School‹?«

Ich griff mir den Flyer und überflog ihn.

»Da musst du DJ Cool fragen heute Abend, der legt das auf.«

»Sauber!«, brummte Seppelpeter und steckte den Flyer ein.

»Und jetzt?«, fragte Brenda.

»Warten wir, bis der Laden aufmacht, und fragen nach Bahee«, antwortete ich.

»Bis acht oder was?«

Erst jetzt sah ich das Schild mit den Öffnungszeiten: Das El Cubano öffnete tatsächlich erst um 20 Uhr. Ich blickte auf die Uhr: Wir hatten gerade mal 15 Uhr. Da wir keine Idee hatten, was wir sonst hätten machen sollen, holten wir uns Getränke aus der Tankstelle gegenüber und setzten uns auf den Betonboden der Laderampe, um zu warten.

Gegen 17 Uhr öffnete sich die schwarze Eisentür des Warehouse Theatre direkt neben dem El Cubano. Eine hübsche schwarze Frau mit einer kecken asymmetrischen Frisur kam heraus, lehnte einen Wischmob an die Mauer und zündete sich eine Zigarette an. Ich richtete mich auf und starrte sie an. Die kannte ich doch. Ich hatte sie auf einem Foto gesehen. Und dann rasselten alle Groschen durch. Ich wusste, wer es war.

»Excuse me, are you Novy? Novy from … Sachsen-Anhalt?«

Die Frau mit dem Mob schaute mich ungläubig an, und nach unerträglichen Sekunden des Musterns und Abwägens legte sich ein leichtes Lächeln über ihr Gesicht.

»Yes!«, sagte Novy und: »Und wer seid ihr?«

»Wir sind Bahees Gurkentruppe!«

Fünf Minuten später hatten wir Bahees Adresse. Was stimmte: Bahee hatte Novy einen Tag vor unserer Tour im El Cubano getroffen und seine Nummer auf einen Zettel geschrieben. Was nicht stimmte, war, dass das Wohnviertel mit ›-dorf‹ endete. Das war Ludwigsdorf, eine Villengegend. Bahee wohnte aber in Katutura. Und das kannten wir ja nun schon ein bisschen …

43

Bunte, kleine Häuser flogen an unserem Taxi vorbei, graue Satellitenschüsseln und Stacheldraht. Wie schon bei unserem ersten Trip ins Township nahmen die ausschließlich schwarzen Bewohner keine Notiz von uns. Zwei Mädchen in blitzsauberen Kleidern schnatterten sich am Straßenrand entlang, eine ältere Frau transportierte ihren Abwasch in einer Plastikwanne auf dem Kopf, auf einem kleinen Platz wurden Fleischstückchen auf einer quer aufgesägten Öltonne gegrillt. Noch waren die Straßen Katuturas geteert, und wir hofften für Bahee, dass er wenigstens in diesem Teil wohnte.

»Okiti Bar No. 1!« Schnabel deutete auf eine dreifarbig gefließte Hütte mit bunten Lampen.

»Neeeein!«, raunzten alle, und Schnabel verschränkte trotzig die Arme.

Irgendwann wurde der Asphalt dann doch zu Lehm, die Steine der Häuser zu Blech und die Straßenlampen zu Flutlichtanlagen. Fast hatte ich den bizarren Anblick der Siedlung schon wieder vergessen: Wie Schuhkartons waren die kleinen Hütten in die hügelige, teils baumbewachsene Landschaft geworfen. Unser Taxifahrer, ein älterer Schwarzer mit grauem Kraushaar und runder Nickelbrille, fuhr nun langsamer und blickte angestrengt nach draußen. Dann hielt er vor einem runtergekommenen Häuschen, das ein wenig wirr in zwei verschiedenen Blautönen gestrichen war und nur halb aus Blech zu sein schien mit einem gemauerten Teil am Ende. Immerhin.

»Should be this. Number 1989. I wait!«

»Thank you!«, antwortete ich und drückte dem Fahrer einen

100-Dollar-Schein in die Hand. Dann stieg die gesamte Gurken-truppe aus, und da sich keiner rührte, ging ich halt vor.

Als wir uns über einen staubigen Pfad Bahees kleinem, blauem Haus näherten, kam ich mir vor, als würde ich gerade meine Freunde nach einer großen Unterhaltungsshow hinter die Bühne schleusen, nur weil ich einen der Schauspieler kannte. Laut Kalahari Unlimited war die Show allerdings längst vorbei, wir waren ins Foyer geschickt worden, damit hinter der Bühne aufgeräumt werden konnte.

Dann standen wir vor Bahees schiefer Holztür. Sie war offen, aus dem verdunkelten Inneren krächzte ein Fernseher. Vorsichtig klopfte ich und drehte mich noch einmal um: Hinter mir standen Sina, Trixi, Breitling, Brenda, Schnabel, Pepi und Seppelpeter aufgereiht wie Kinder, die Süßigkeiten an Halloween schnorren wollen. Drinnen regte sich nichts.

»Darf ich vielleicht?«, fragte Speckhut leise, und als ich nickte, trat er vor. Womit ich natürlich nicht gerechnet hatte, war der No-tizzettel, den er nun aus der Tasche zog und auffaltete. Verzweifelt blickte ich zu Sina, doch die hob auch nur die Schultern.

»Im letzten Teil von unserer Reise«, begann Speckhut und trat noch ein wenig näher an die Tür, damit man es drinnen auch gut hören konnte,

»fühlten wir uns ziemlich scheiße.

Der Guide, der war uns fortgekommen,

wir hatten uns net gut benommen.«

Da! Waren das nicht Schritte? Ich legte die Hand auf Pepis Schul-ter, doch dieser sprach munter weiter.

»Drum samma hier an deinem Haus

und bitten dich …–«

Die Tür knarzte, und im Rahmen stand Bahee.

»Also Pepi, das is ja echt fürchterlich dein Gereime mal da.«

Bahee trug Boxershorts mit Giraffen drauf und ein altes, weißes Unterhemd. Er wirkte weniger überrascht als vielmehr verlegen.

»Ich … hab schon die Taxi kommen sehen. Mensch, ihr seid echt alle da, ne.«

»No!«

»Wir wollen nämlich mit dir reden!«, rief Trixi von ganz hinten.

Für einen Augenblick verharrte Bahee auf der Türschwelle, er schien nachzudenken. Dann sagte er: »Dann kommt mal schnell rein hier, bevor die Pepi da noch weiterreimt, die Nachbarn gucken ja schon, ne.«

Erleichtert traten wir ein. Bahees Bleibe bestand im Wesentlichen aus einem Raum, dessen Mittelpunkt ein großer Röhren-Fernseher bildete, der auf einem Karton stand und über den die *Simpsons* flimmerten. Davor stand eine durchgesessene, gelbe Couch. Es gab ein kleines Holzbett im Eck, das viel zu schmal sein musste für Bahee, und einen vollgestellten Tisch mit einer tragbaren Kochplatte. Eine nackte Glühbirne hing von der Wellblechdecke. Auf dem blanken Beton waren allerlei Klamotten verteilt. Direkt neben dem Fernseher erkannte ich Bahees Reisetasche, und die war mit Sicherheit das Teuerste im ganzen Zimmer.

»Bierchen jemand?«, fragte er unsicher.

»No!«

Bahee öffnete seinen fleckigen Kühlschrank, den er allerdings gleich wieder beschämt schloss, da er leer war bis auf eine Milchtüte.

»Sorry, Kevin, da muss ich mal einkaufen gehen morgen, ne!«

Bahee lachte, aber irgendwie klang es nicht echt. Wir standen wie Falschgeld im Raum, guckten dumm und wussten zwar, was wir sagen wollten, aber wie, das wussten wir nicht. Seufzend plumpste Bahee auf seine gelbe Couch.

»Das tut mir leid, dass ich da mal abgezischt bin, ne, aber … von euch war auch der Hammer, ne, so eine Beschwerdedings an die vorletzte Tag!«

»Wir haben uns ja gar nicht beschwert!«, wandte Trixi ein, und skeptisch hob Bahee eine Augenbraue.

»Und was ist mit die ›zu schnell‹, ›zu chaotisch‹, ›zu undeutlich‹ und diese komische ›hummeldumm‹ da? Was heißt das überhaupt? Dumm wie Hummel?«

»Von uns hier hat sich jedenfalls keiner beschwert«, ergänzte ich.

»Nee?«

»Nein«, sagte Sina, »von uns keiner.«

Angestrengt ließ Bahee seinen Blick über uns wandern. Schließlich klatschte er in die Hände und rief: »O Kasurrunguta!«

»Stimmt!«, bekräftigte ich, und als ich die perplexen Gesichter meiner Mitreisenden bemerkte, erklärte ich: »Er weiß, wer angerufen hat!«

Bahee klopfte auf seine Couch, dass es nur so staubte.

»Ich hab gewusst! Ich hab von Anfang an gewusst! Tut mir leid, Pepi, aber … eieiei … da bin ich in eine ganz schöne Schlamassel da mal reingelatscht wegen deiner Frau.«

»Ex-Frau!«, verbesserte Speckhut blitzartig.

»Na ja … hier …«, schmunzelte Bahee, »da wartet mal, ne!«

Dann kam Trixi endlich auf den Punkt.

»Wir wollten dich fragen, ob du unsere Tour zu Ende machst«, sagte Trixi und setzte sich zu ihm auf die Couch.

»Jaaaa!«, rief Seppelpeter.

»Ich versprech, auch keine dumme Frage mehr zu stellen, bis ich im Flieger sitze!«, schnatterte Brenda.

»Kein Gedicht mehr!«, schaltete sich Speckhut ein, »und keine Reiseadapter!«, fügte ich hinzu, doch Bahee lachte nicht mehr, er war mit den Gedanken ganz woanders:

»Sagt mal, hier jetzt ohne Flachs, ne – ich war eine Scheiß-Guide, oder?«

»Pförds!«, knarzte Seppelpeter.

»Du warst ein klasse Guide!«, sagte Sina.

»Finde ich auch!«, bestätigte Trixi. »Bis auf diese Carlos-Lüge da!«

Verdutzt blickten Bahee und ich uns an und beschlossen zu schweigen.

»Die Geduld von am Elefanten hast kabd!«, ergänzte Speckhut.

»Giraffe!«, verbesserte Bahee.

Draußen hupte unser Taxi, offensichtlich wurde der Fahrer ungeduldig.

»Ist schön, dass ihr gekommen seid, wirklich«, presste Bahee heraus und quälte sich aus der Couch, »aber jetzt schaut mal, dass ihr hier weglatscht, bevor dunkel wird, und macht euch keine Sorgen, ich schaff schon irgendwie, ne.«

Keiner von uns bewegte sich auch nur einen Millimeter.

»Moment mal, Chef. Was ist jetzt mit dem Ende von der Tour?«, fragte Breitling.

»Die gibt nich. Zumindest nicht mit mir, ne. Und: Das letzte bisschen, da ist doch egal, wer da die Chef is im Bus, oder?«

»Nein!«, quengelte Trixi und stampfte auf den Beton, »nicht egal!«

»Kommt mal gut nach eure Deutschland, ne. Und alles Gute, ne!«

Bahees Ansage war ebenso eindeutig wie schmerzvoll. Schlimmer noch war, dass Bahee mir lediglich die Hand reichte, statt mich zu umarmen wie einen Freund. Jetzt war ich nicht mal mehr Tourist. Der Gedanke, dass das nun das Ende unserer Reise sein sollte, nach all dem, was wir erlebt hatten, machte mich sehr traurig. Es war aber so.

Mit betretenen Gesichtern stapften wir zurück zu unserem Taxi. Ein letztes Mal drehte ich mich um zu Bahee Mutima aus Otjosongombe, doch der schaute nicht mal mehr auf uns, sondern auf die Straße.

»Tschüss, Bahee!«, rief ich.

»Eh?«

»Tschüss!«

»Ja, macht gut, ne! Ich mach schon hier!«

Bahee winkte uns, und auch ohne ›Bing‹ und ›Winkama‹ winkten wir zurück.

»Ich fühl mich beschissen«, sagte ich zu Sina, als wir wieder auf die Straße traten.

»Ich mich auch«, flüsterte sie und nahm meine Hand.

Eine Hupe ertönte, aber es war nicht die unseres Taxis, dafür klang sie zu kräftig. Es war die Hupe eines riesigen Pick-ups, der direkt vor unseren Füßen hielt. Heraus stiegen die Rosinenhexe und das hagere Männchen von Kalahari Unlimited. Türen knallten, der Motor lief weiter.

»Isser da?«, fragte sie aufgeregt und bemerkte gar nicht, dass Bahee bereits auf das Taxi zugekommen war. Dass er noch immer nur seine Shorts trug und das weiße Unterhemd, schien ihn nicht zu stören.

»Bahee, es tut mir leid. I bin dumm wia a Hummel. Und i will, dass du die Tour fertigfährst, auch … wenn i ka Wort von dem versteh, was du sagst.«

Ich war ebenso beeindruckt wie der Rest der Gruppe, und in Speckhuts Augen sah ich sogar so etwas wie Stolz aufglimmen.

»Mensch, Käthe«, stöhnte Bahee, »du hast mir mal so wütend gemacht, dass ich Sachen zertrete hab!«

»Das zahl ich alles, Bahee, wenn du nur die Tour zu Ende machst! Es tut ma leid, wirklich.«

Unsicher blickte er zu seinem Chef, der an der Tür des Pick-ups lehnte.

»Wir haben gar keine andere Wahl, auf Knien war sie bei mir im Büro!«

Alle Blicke ruhten nun auf Bahee. Unsicher wuselte er sich durch sein krauses Haar, schließlich sagte er:

»Wo wohnt ihr denn?«

»Ich hab sie in die Heinitzburg gebucht«, antwortete sein Chef am Pick-up.

»Also, dann sag ich hier mal so«, begann Bahee mit zuckenden Mundwinkeln, »morgen früh um sieben Uhr is Frühstück, ne, und wehe, die Matze is zu spät am Bus!«

Wir jubelten und hupften wie bei einem WM-Tor, und Bahee wusste so recht gar nicht, wie ihm geschah. Ganz fest drückte ich Sinas Hand, und vor lauter Freude umarmte ich an diesem Tag sogar zum allerersten Mal in meinem Leben eine fränkische Schildkröte.

»Komm her, Karl-Heinz!«

»Naaaaa!«

Auch Speckhut umschlang seine Frau, und ich glaube, es war das erste Mal auf dieser Reise. Irgendwas hatte sie noch, und schließlich schob sie ihren Mann beiseite und ging zurück zu Bahee, der unsere Freude befreit aufsaugte.

»Bahee?«

»Eh?«

»Wos is mit meiner Schiraffe?«

Bahees Lachen verschwand.

»Die Giraffe? Ach so, die auf dem Dach drauf, ne. Die bring ich dann morgen mal mit, ne!«

Erleichtert fuhren wir zurück in unser Luxushotel, wo wir unter den verständnislosen Blicken des Restaurantchefs das Fünf-Gänge-Überraschungsmenü stornierten, um uns stattdessen zu Kentucky Fried Chicken chauffieren zu lassen – Schnabels Idee. Im grellen Neonlicht aßen wir fettige Hühnchenteile und Pommes aus Pappschachteln an einem großen Plastiktisch. Es war bestimmt nicht das hochwertigste Essen dieser Reise, aber das war uns egal, denn wir aßen zusammen.

44

Der Rest unserer Tour bestand nur noch aus der Fahrt zum Flughafen. Da war er plötzlich wieder, unser klappriger Toyota Quantum, und unser Bahee natürlich in seinem frisch gewaschenen grünen Hemd. Hatte er jemals ein anderes an? Ich wusste es nicht mehr. Wie froh wir waren! Bahee begrüßte uns so, wie wir ihn kannten: bestens gelaunt.

»Na, habt ihr mal schön noch geschlummert in eure deutsche Burg?«, fragte er augenzwinkernd und verlud unsere Taschen.

»Super!«, sagte ich, was ein wenig geflunkert war, schließlich hatten wir bis spät in die Nacht beraten, wie wir den Murks mit der Beschwerde beim Veranstalter wiedergutmachen konnten. Die rettende Idee kam von Trixi, und ich bin mir sicher, dass sie noch heute stolz darauf ist, wenn sie bei Ikea Spreitenbach in der Müslistraße an ihrem Reklamationsschalter steht.

Langsam tuckerten wir den steilen Hügel von der Burg hinunter und bogen schließlich rechts ab Richtung Flughafen. Schwermütig und doch froh blickte ich aus dem Fenster, ließ namibische Gebäude und Menschen ein letztes Mal an mir vorbeiziehen. Die Lautsprecher knacksten, und Bahees Stimme ertönte, wie so oft in den vergangenen zwei Wochen: »So Leute, ich hab da eben noch mal mit die Töne Piepenbring telefoniert von Kalahari Unlimited wegen meine Touren und so, ne.« Gespannt wie ein Flitzebogen lehnten wir uns nach vorne.

»Und?«, fragte Sina gespannt.

»Ich kann die mal wieder fahren, ne, aber ihr durft nix Negatives mal reinschreiben ins Internet, ne.«

»Kann ich ja gar nicht«, warf ich ein, »ich hab ja keinen Adapter!«

Wir lachten.

»Jetzt mal ohne Flachs, ne«, sprach Bahee weiter, »ihr musst da echt mal die Klappe halten, sonst kann ich mal Holz sammeln in die Wald statt Touristen fahren.«

Wir versprachen es ihm. Mehr noch – wir würden wahre Lobeshymnen im Netz verteilen, so dass alle nur noch diesen Bahee Mutima als Guide wollten. Wir verließen das dichtbebaute Windhoek und rauschten über die geteerte Fernstraße zum Flughafen. Wie schon am Ankunftstag schien die Sonne, der Himmel war blau. Bahee rückte sein Headset zurecht.

»Also … ich hab auch bikkie nachgedacht gestern noch und … und wenn ich mal was sagen darf jetzt hier, wo die Tour mal fast zu Ende ist und … na ja … ich hatte oft in Kopf, aber natürlich ich konnte nicht sagen vorher.«

»Jetzterd sach scho!«, knarzte Seppelpeter aus der letzten Reihe.

Vorsichtig linste Bahee in den Rückspiegel.

»Ihr wart … also echt jetzt, und ich hab so was noch nie gesagt …«

»Bitte, bitte, bitte sag!«, bettelte Brenda.

»Ihr wart die schlimmste Gruppe, die ich jemals hatte!«

Für einen winzigen Augenblick war es still im Bus, und nur der Dieselmotor tuckerte. Mit einem seiner schlechtesten Reime löste Speckhut unsere Anspannung.

»Er wusst's erst spät, nach langer Zeit:
bei uns er den Beruf bereut!«

Stumm grinsten wir vor uns hin, und auch Bahee schmunzelte.

Ich hatte ein komisches Gefühl, als wir die Schranke zum Flughafen passierten: Irgendwie kam es mir so vor, als wären wir gerade erst angekommen, als hätte es die letzten Wochen gar nicht gegeben.

Wo waren die vierzehn Tage denn hin? War Bing Seppelpeter nicht gestern erst über das Geländer geflogen? Hatten wir nicht eben erst Geld gewechselt und Champagner getrunken mit Breitling? Das Gefühl verstärkte sich noch, als Bahee auf das Busdach krabbelte, um die Holzgiraffe der Gruberin abzuschnüren. Hatte er sie nicht gerade erst da hochgeschleppt? Nein. Hatte er nicht. Denn dann wäre sie nicht in geschätzte neun Teile zerbrochen.

»Mei Schiraffe!«, jammerte die Gruberin, als Bahee ihr die hängende Plastikfolie mit den zerbrochenen Holzteilen reichte.

»Na ja … wie gestern schon gesagt, ne«, nuschelte er ein wenig verlegen, »du hast mir mal so wütend gemacht, dass ich Sachen zertrete hab!«

Ich räusperte mich: »Ich …ich auch. Aber ich hab nur ein Ohr abgeknickt.«

»Und ich hab den Schwanz abgebrochen im Suff!«, hustete Breitling schüchtern.

»Das mit dem Hals war ich!«, meldete sich Trixi.

»Ich hab ein Bein abgeknickt«, gab Brenda zu.

»Auch Bein!«, sagte Sina, und ich schaute sie überrascht an.

»'n Fuuuß!«, knarrte Seppelpeter, und schließlich beichtete auch Speckhut: »A Ohr und an Zeh!«

Wie festgeklebt verharrte die Gruberin mit ihren in Folie baumelnden Holzteilen und schwieg.

Bahee grinste: »Mensch, Käthe, das musst du mal positiv sehen, ne, jetzt passt in Handgepäck!«

Wehmütig zogen wir unsere Taschen in die Ankunftshalle. Doch statt direkt zum Check-in zu gehen, steuerten wir zunächst den Ticketschalter an, wo uns ein Vertreter von Air Namibia widerwillig den Differenzbetrag zwischen neun Sitzplätzen Businessclass und neun Sitzplätzen Economy ausbezahlte und bar in einen Umschlag steckte.

Was für unsere Gurkentruppe das Mindeste war, schien für Bahee schlichtweg unbegreiflich. Zitternd blätterte er durch all die Scheine im Umschlag, den Trixi ihm überreicht hatte.

»Ihr seid bekloppt«, stammelte er, »der ist ja eine halbe Jahresgehalt.«

»Eben«, entgegnete Trixi, »für uns sind es nur noch mal zehn Stunden eng sitzen, für dich ein halbes Jahresgehalt. So!«

In Bahees rundem schwarzen Kopf gewitterte es, er schien hin- und hergerissen.

»Und ihr sitzt nur zehn Stunden unbequemer hier mal dafür?«, fragte er zögerlich nach und hob den Umschlag.

»Na ja … elf«, gab ich zu, »aber dafür sitzen wir zusammen!«

Zum zehnten Mal blickte Bahee in den Umschlag.

»Wisst ihr, für mich, das da drin is so viel Geld, das reicht, um die blöde Blech wegzumachen von meine Matchbox-Haus plus auch noch hier mal einkaufen für ein halbes Jahr und …«

»A neues Hemd bittschön«, unterbrach ihn Speckhut, »aber a top-notch Hemd!«

Bahee blickte unsicher in die Runde. »Soll ich mal ganz ehrlich sagen, was ich am liebsten machen würde mit eure Umschlag hier?«

»Ja?« Ängstlich versuchte ich, irgendeinen Hinweis in Bahees Mimik zu finden.

»Am liebsten«, sagte er, den Kopf noch betreten nach unten gesenkt, »am liebsten würde ich die Ding hier einstecken und mich bedanken bei euch!«

»Sauber!«, brummte Seppelpeter, und wir freuten uns still. Dann umarmte ich den prallen Bahee ein letztes Mal, und wenn ich richtig sah, dann wischte er sich sogar etwas Feuchtes aus den Augen.

»Danke«, wiederholte Bahee ein weiteres Mal für alle, »danke, echt ne, das ist der Hammer so was für mich!«

Unser Guide begleitete uns schließlich noch bis zum Sicherheitsbereich. »Ihr musst echt schon weg, ne?«

»Ja, leider«, seufzte ich. »Leben geht weiter.«

Sina konnte es nicht fassen: »Hast du eben ›leider‹ gesagt?«

»Ja«, bestätigte ich. »Weil … vielleicht kommen wir ja mal wieder? Zu zweit?«

»Das würde mich echt mal freuen, ne!«, nickte Bahee und lächelte: »Aber bevor ihr mal wiederkommt, ne, da weiß ich, was ich mal mache! Ich ruf die Novy an, und dann geh ich mal in eine topnotch Restaurant essen mit ihr!« Sina und ich hoben lachend den Daumen. Bahee hatte es sich wahrlich verdient.

Zwei Stunden später saßen wir wieder in der Maschine und rollten zur Startbahn. Es war seltsam: Irgendwie war es uns gelungen, die ungefähren Sitzpositionen wie im Minibus zu belegen. Ich wollte Sina gerade fragen, wo sie ihren Ikea-Katalog hatte, da donnerte die harte Plastiklehne des Vordersitzes gegen mein Knie, und ein kalkweißes, zerstreutes Gesicht tauchte auf: »Das tut mir leid, ich wollte nach vorne eigentlich.«

Befreit drückten Sina und ich unsere Hände, und dann beschleunigte die Maschine und hob uns sanft in den Himmel.

»Sag mal, kannst du dir vorstellen, dass wir in ein paar Wochen schon umziehen?«, flüsterte Sina.

»Nein«, antwortete ich, »kann ich nicht«, und wieder krachte Trixis Sitz nach hinten.

»Ah … dass ich überhaupt noch in Flugzeuge darf!«, schimpfte sie sich, und wir mussten schmunzeln. Dann erst bemerkte ich den seltsamen Unterton in Sinas letztem Satz.

»Wie … wie meinst du das, dass du dir das nicht vorstellen kannst? Also umzuziehen?«

»Als wir übernachtet haben an der Felswand und wir so dalagen und auf die Sterne geguckt haben …«

»Ja?«

»… da ist mir was klargeworden.«

»Ja?«

»Ich will überhaupt gar nicht umziehen.«

»Nicht?«

»Nein.«

Klickäugig starrte ich Sina an. »Aber … du hast dich so gefreut drauf die ganze Zeit, hast nach Möbeln geguckt und alles …«

»Eben. Die Wohnung ist viel zu wichtig geworden. Wichtiger als wir. Und das geht nicht. Verstehst du?«

»Vielleicht hast du ja recht. Ich … ich hatte auch solche Gedanken vorletzte Nacht.«

Beruhigt legte Sina ihre Hand auf mein Bein.

»Meinst du, du kannst das noch rückgängig machen mit dieser Reservierungsgebühr?«

Für eine Sekunde schloss ich die Augen. Ich sah Frau Metzger von Immovest vor mir, wie sie nach meinem Anruf ihr Büro zerlegt. Ich sah Herrn Pfingst, wie er waffelessend versucht, die Überweisung zurückzuholen, und ich sah Sina und mich, wie wir in unserer kleinen Mietwohnung bei Kerzenschein und Wein sorgenfrei auf der alten Couch klemmen. Dann öffnete ich die Augen und sagte: »Absolut. Ich … werde gleich mal fragen, ob die hier so was wie ein Satellitentelefon haben an Bord.«

Sanft drückte mich Sina zurück in den Sitz.

»Morgen reicht auch!«

»Okay.«

Stumm strich ich meiner Freundin übers Haar und schaute aus dem Fenster, als mich ein vertrautes Geräusch aus den Gedanken riss.

»Matze?«, krächzte es von vorne.

»Ja?«

»Winkama!«

ENDE

This was a controlled experiment performed by professionals.
Do not try this while on holiday.

Streckenverlauf, Tiere, Pflanzen und Kontonummern
wurden den Anforderungen
eines Unterhaltungsromans angepasst.
Ähnlichkeiten mit lebenden, weißen Touristen sind
meist zufällig und ungewollt, Ähnlichkeiten mit
schwarzen Tourguides hingegen völlig beabsichtigt
und abgesprochen.
Die Geschichte von Erdmännchen Carlos ist leider nicht
erfunden:
Carlos starb vor wenigen Jahren durch einen
schusseligen Touristen.
Das neue Maskottchen der Brandberg White Lady Lodge
ist allerdings fast ebenso süß und heißt Anja.
Gruppenreisen durch Namibia sind ausdrücklich zu
empfehlen. Vielleicht schaut ihr aber vorher,
wer so mitfährt …
Und: Ja, es gibt Glühwein in Namibia.

***

Noch mehr Infos kannst du mal in diesem Internet
nachklicken, ne!
www.tommyjaud.de

DANKE –
THANK YOU –
OKUHEPA

CREW WINDHOEK

top notch tour consultant — dijongo zaire

nam slang powered by — eric »ees« sell

www.eesy-ees.com

danke auch an: botzie, gästefarm elisenheim, hotel heinitzburg, lodge gocheganas, erongo wilderness lodge, sossusvlei lodge, medialogistics namibia sowie peter iselmann für seine sensationelle DVD!

CREW WIEN

executive schmäh-consultant — klaus eckel

www.klauseckel.at

CREW KÖLN

top notch story consultant — nina schmidt

story consultant — markus barth

www.markus-barth.de

graphiken & webanimationen — friedemann meyer

www.friedemannkunst.de

CREW FRANKFURT

top notch editor — volker jarck

www.fischerverlage.de

supergroße vielen dank auch mal hier an das gesamte team vom verlag, ne, die da haben geduld von giraffe!

Tommy Jaud
Vollidiot
Der Roman
Band 16360

Nicht alle Männer sind Idioten. Einige sind Vollidioten.

Irgendwas läuft neuerdings schief bei Simon, und zwar gründlich. Manchmal würde dieser Vollidiot sogar gerne alles richtig machen – aber genau dann geht alles richtig schön daneben. Die richtige Frau steht zum Beispiel zum falschen Zeitpunkt vor der Saunatür, die kroatische Putzfrau will ihn anderweitig verkuppeln und seine Chefin muss ihn leider dann doch irgendwann feuern. Wird Simon mit Hilfe von Dale Carnegie, Schlemmerfilets und besten Freunden wieder zum erträglichen Chaoten?

»Tommy Jaud hat ein brachliegendes Genre neu belebt – den deutschen Männerroman.«
Wolfgang Höbel, DER SPIEGEL

»Man lernt aus ›Vollidiot‹ sicher mehr über das heutige Deutschland als in allen grimmepreisgekrönten Filmen des vergangenen Jahres zusammen.«
Nils Minkmar, Frankfurter Allgemeine Sonntagszeitung

www.tommyjaud.de

Fischer Taschenbuch Verlag

fi 16360 / 2

Tommy Jaud
Millionär
Der Roman
Band 17475

Was ist eigentlich aus dem *Vollidioten* geworden?
Ja, nix natürlich!

Simon nörgelt, Simon nervt – aber Simon verbessert die Welt.
Glaubt er. Außerdem braucht der inzwischen arbeitslose
Vollidiot mal eben 1 Million Euro, um eine nervtötende
Nachbarin loszuwerden. In seiner Not entwickelt Simon ei-
ne derart abgefahrene Geschäftsidee, dass die Chancen hier-
für gar nicht so schlecht stehen ...

»Eine Gag-Invasion mit viel Wortakrobatik und
einem Hauch Melancholie. Einer der besten
Unterhaltungsromane der letzten Jahre.
Tommy Jaud – Deutschlands witzigste Seite.«
Alex Dengler, Bild am Sonntag

www.tommyjaud.de

Fischer Taschenbuch Verlag

fi 17475 / 1

Tommy Jaud
Resturlaub
Das Zweitbuch
Roman
Band 16842

Seine Eltern wollen, dass er endlich ein Haus baut. Seine
Freundin will endlich ein Kind. Und seine Freunde wollen
zum elften Mal nach Mallorca. Doch Pitschi Greulich hat
einen ganz anderen Plan.

Eine ziemlich komische Geschichte über einen 37-jährigen
Brauerei-Manager, der ausgerechnet am Ende der Welt das
sucht, was er zu Hause längst hatte.

»Es geht in ›Resturlaub‹ um alle großen Themen unserer
Zeit: um die Fortpflanzungsunlust von Menschen Mitte
dreißig. Um eine total lockere und trotzdem verdruckste
Heimatliebe. Und um die strukturelle Unreife der Männer,
ihre ritualisierte Trunksucht, ihre erotischen Hirngespinste,
ihre ›komplette Hilflosigkeit‹. Ein Hammer von Gegen-
wartsroman also.« *Wolfgang Höbel, DER SPIEGEL*

»Skurril, trendy, amüsant.
Tommy Jauds absurde Komik ist perfekt!«
Freundin

Fischer Taschenbuch Verlag

fi 16842 / 1

Nina Schmidt
Abgebrezelt
Roman
Band 18474

Was soll schon schiefgehen?

Was gibt es Schöneres für eine Frau als ihren 35. Geburtstag?
Richtig. So ziemlich alles! Auch Jessica steht unter Druck,
denn wenn sie schon so unfassbar alt wird, dann will sie dabei
wenigstens gut aussehen! Als sich auch noch ihr heißgeliebter
Ex-Freund zur großen Geburtstagsparty ankündigt, ringt
sich Jessica zu einer Botox-Behandlung durch. Millionen
Frauen lassen so was machen, was soll schon schiefgehen?
Richtig. So ziemlich alles. Nach einem Behandlungsfehler
verlässt Jessica die Arztpraxis mit einem hässlichen Matsch-
auge, und anstatt wie ein zwanzigjähriges Topmodel sieht sie
aus wie ein Mensch gewordener Auffahrunfall. Ihre Welt, in
der sich bisher fast alles um Äußerlichkeiten drehte, bricht
vollkommen zusammen. Niemand kann ihr helfen, bis Jessica
endlich anfängt, sich selbst zu helfen: Sie beginnt einen uner-
bittlichen Kampf gegen tussige Frauen, dummdreiste Männer
und nicht zuletzt gegen sich selbst.

www.fischerverlage.de

Fischer Taschenbuch Verlag

fi 18474 / 1

Ralf Husmann
Vorsicht vor Leuten
Roman
320 Seiten. Gebunden

»Solange ein Mann sich noch eine Bratwurst macht,
hat er nicht aufgegeben.«

Lorenz Brahmkamp aus Osthofen hat ein Talent zum Lügen.
Schon in der Schule hatten andere eine Begabung für Fremd-
sprachen, Mathe oder wenigstens Sport. Lorenz nur fürs
Lügen. Das haben irgendwann auch sein Chef und seine Frau
Katrin gemerkt. Jetzt ist er allein mit seiner Wurst, und beim
dritten Bier macht Sachbearbeiter Lorenz einen Plan:

Ziel: Katrin
Plan: 1. Abnehmen, 2. Job sichern, 3. Ehrlich werden

Aber dann taucht jemand in Osthofen auf, der größere Pläne
hat, und Lorenz Brahmkamp muss umdenken …

Nach dem Bestseller-Debüt ›Nicht mein Tag‹ jetzt der neue
Roman vom Stromberg-Kultautor: Intelligenter muss Humor nicht sein!

»Ralf Husmann – der Pate des deutschen Humors«
Die Welt online

»Der lustigste Mann Deutschlands«
Süddeutsche Zeitung

Scherz

fi 4-11064 / 1

Ralf Husmann
Nicht mein Tag
Roman
Band 17478

»Ralf Husmann – der Pate des deutschen Humors«
Philip Cassier, DIE WELT online

Till Reiners ist einer, der so ist wie alle, und bislang hat er das
für etwas Positives gehalten. Da wo Till ist, ist es nicht trendy. Schon sein Name ist nicht hip, und dann wohnt er auch
noch am Rande des Ruhrgebiets und trägt einen Seiten-
scheitel. Er hat eine Frau und ein Kind und ein Leben wie
eine Tatort-Folge: ziemlich deutsch, mäßig spannend, mit
wenig Sex, und man ahnt nach der Hälfte, wie es ausgehen
wird. Bis Nappo auftaucht, ein Kerl mit einer Tätowierung,
einer Sporttasche und einer echten Waffe. Plötzlich ist alles
anders: Ein Kaninchen stirbt, ein Mann wird zusammenge-
schlagen, ein unflotter Dreier findet statt, und Bruce
Springsteen spielt dazu. Außerdem fehlen der Dresdner Bank
mal eben 30.000 Euro. Und Till Reiners ist nicht mehr, was er
mal war ...

»In seinem ersten Roman zeigt ›Stromberg‹-Autor
Ralf Husmann einmal mehr, dass er ein tolles Gefühl
für Timing, knochentrockene Dialoge und
ziemlich seltsame Typen hat.«
TV Spielfilm

Fischer Taschenbuch Verlag

fi 17478 / 1